刘心武 著

也曾隔窗窥新月

生活·讀書·新知 三联书店

Copyright © 2023 by SDX Joint Publishing Company.
All Rights Reserved.

本作品版权由生活·读书·新知三联书店所有。
未经许可，不得翻印。

图书在版编目（CIP）数据

也曾隔窗窥新月／刘心武著．—北京：生活·读书·新知三联书店，2023.3 （2023.11重印）
ISBN 978-7-108-07546-8

Ⅰ.①也… Ⅱ.①刘… Ⅲ.①中国文学－现代文学史 ②中国文学－当代文学－文学史 Ⅳ.① I209.6

中国版本图书馆 CIP 数据核字（2022）第 216404 号

责任编辑	何　奎
装帧设计	康　健
责任校对	曹秋月　张国荣
责任印制	卢　岳

出版发行　**生活·讀書·新知** 三联书店
　　　　　（北京市东城区美术馆东街 22 号 100010）

网　　址	www.sdxjpc.com
经　　销	新华书店
制　　作	北京金舵手世纪图文设计有限公司
印　　刷	河北品睿印刷有限公司
版　　次	2023 年 3 月北京第 1 版
	2023 年 11 月北京第 2 次印刷
开　　本	635 毫米 × 965 毫米　1/16　印张 23.5
字　　数	251 千字　图 44 幅
印　　数	10,001－13,000 册
定　　价	65.00 元

（印装查询：01064002715；邮购查询：01084010542）

田野小路（为胡兰畦画）

诗潮(为公刘画像)

五塔寺的银杏树(为王小波画)

大观园内沁芳亭(为周汝昌画)

为宗璞大姐生日而作(为宗璞画)

谁在唱(为张权画)

目 录

前言　也曾隔窗窥新月　1

一　鸡鸣风雨

我对改革的认识是：它以理性的、平和的态度不懈地推动社会的良性变化。

我对开放的认识是：无论如何不能民族自我封闭，一定要融入世界，融入整个人类大家庭。

巴金　章仲锷：一封信引出的回忆与行为写作　7
冰心：十二封信、母亲与红豆　21
丁玲：复出独家见闻录　35
周立波：约稿　40
韦君宜：弹一曲没弦的琴　46
秦兆阳：创办《当代》　53

林斤澜：一江春水向西流　　58

邵燕祥：被春雪融尽了足迹　　70

卢新华：一张照片的故事　　79

胡兰畦：兰畦之路　　86

二　智趣人生

　　她是大彻大悟，把文学啊名利啊什么全都看破，在过一种"雪满山中高士卧"的神仙般生活。也许，她竟是在埋头撰写流溢自内心深处的篇章，将给予我们一个"月明林下美人来"的惊喜。

汪曾祺：醉眼不蒙眬　　97

陆文夫：一碗清粥　　101

沙汀　艾芜：矿工与爱吾　　105

端木蕻良：那一瞬的眼神　　110

王蒙：他在吃蜗牛　　114

柯灵：静气浸人　　117

冯亦代：山谷里遍响着流水的琤琮　　121

张中行：顺生　　127

冯牧：失画忆西行　　132

从维熙：不忘寒微之小善　　138

王小波：晚上能来喝酒吗？　　143

鄂华：在边缘微笑　　158

三 世间温情

纵使我们有足够的自信自强与自救自赎的能力,我们也许还是需要在关键时刻接到一个始料未及的救心电话。同时,我们应当自问:什么时候,我们也给他人拨一个这样的电话?

茅盾:拾花感恩　　167
叶圣陶:难忘的一杯酒　　171
严文井:最难风雨老人来　　174
周汝昌:悔未陪师赏海棠　　178
启功:给我老家题字　　183
顾行:救心电话　　188
范用:漂亮时光　　191
刘以鬯:那天电话没打错　　195
痖弦:月亮来了　　199
夏志清:耄耋老翁来捧场　　202
於梨华:悬空的书房　　205
李黎:小妹饮酒图　　209

四 遮蔽与超越

历史是一种宏大的叙事,它那筛网的网眼儿是很大的,它经常要无可避免,甚至是必须牺牲掉许许多多真实生动的细节。但作为个人的忆念性叙述,越是尊重、敬畏历史,便越应该如实地给历史以细节的补充。这是一般读者所企望的，也是史家所不拒的。

夏衍：给历史以细节　219

孙犁：了解一个人是困难的　224

蓝翎：让他们付出代价　237

刘再复：尝鼎一脔话性格　246

宗璞：野葫芦的梦　253

成荫：《西安事变》观后感　260

陈映真：超越遮蔽　269

李崇林：为京剧表演体系确立三身理论　274

五　艺苑百态

　　人生的意义，于大多数人而言不是"轰"的一声雷响，而是蜜蜂般"嗡嗡"不息地采撷花蜜；人从暗寂的子宫中来，还要渡到暗寂的彼岸去，那中间的历程，惊心动魄的事未必多多，真多了也未必是福，而常态的日常生活，以其平淡枯燥磨砺着我们焦虑的灵魂。倘若我们能消除娇嗔暴戾，而终甘于平凡，把有限的生命融入能与真、善、美相连的事体中，那可能便是缔造了真福。

新凤霞：说戏　287

谢晋：是谢静吗　292

郁风：聊画　300

李德伦：从忧郁中升华　306

沈鹏：随缘而吟意趣真　　310

孙维世：兰姑姑的戏票　　314

张权：谁在唱　　328

叶子：细雨中的荧光　　344

董行佶：关于米黄色的回忆　　351

王澍：幽窗棋罢指犹凉　　358

谷文娟：何处在涌泉？　　362

前言 | 也曾隔窗窥新月

我十四岁那年,在一个绿皮本上写诗,第一首叫《绿色交响乐》,被母亲偶然发现。她说:"倒有些'新月派'的味道,不过现在是新时代,你不要学那种旧格调!"我驳她:"我看过鲁迅文章,知道'新月派'不好,我怎么会去学?何况我到哪里去看'新月派'的诗?我一首也没有见过啊!"听完,母亲也就算了。那一年我订了《文艺报》,那时的《文艺报》四开,左侧有骑马钉,是杂志,但在封面报头下就刊发文章,又很像报纸。记得有期封面的文章标题赫然是《烦琐的公式可以指导创作吗?——与周扬同志商榷几个关于创造英雄人物的论点》,署名唐挚。父亲瞄过几眼后说:"能跟周扬同志商榷?看来真的是推行'百家争鸣'了!"那时《文艺报》为周刊,有一期发表了个座谈会报道。与会者里有个陈梦家,当时已经搞文物研究,但作为三十几年前的"新月派"诗人,又被请出来重返诗坛。他在发言里自称:"我是出土文物。"但他似乎也还没有马上出版他的诗集。我问父母当年是否读过他的诗?母亲说记得一句:"一朵野花在荒原里开了又落了……"父亲说连这句也不记得,但见过照片,是个美男子。我那时就想获悉陈梦家除"一朵野花"以外的其他诗句。

那一年又开始了普选。母亲参加街道工作,为此忙碌。我未成年,没有选举权与被选举权,当然置身事外。如今从人民网上查到:1953年4月2日,中央选举委员会发出《关于基层选举工作的指示》和《关于选民资格若干问题的解答》,拉开了新中国第一次人民代表选举的序幕。

记得那年夏天,我们钱粮胡同的部分选民,在我们住的那个院子里发放选民证,我在家里隔着有花式隔栅的玻璃窗,能望见那边马缨花树下的景象。母亲自然是张罗者之一。她在回屋取东西的时候,笑着对我说:"幺幺,隔壁的陈梦家先生在帮忙核对姓名呢,你不看看他吗?"我就赶紧隔窗窥望,于是一位俊逸儒雅的中年男子进入我的视野。他虽然穿的也是蓝布的干部服,但是浓黑的头发梳理得一丝不苟,衣裤和皮鞋一尘不染,一脸蔼然的微笑,在那里与一些人交谈。

三十二年以后,我和唐挚成了邻居。唐挚是笔名,真名唐达成。再两年以后,我们都赋闲,有时我就去他家闲聊。不知怎么就聊到陈梦家。达成说梦家不仅诗好,还是古文字专家,家里收集的明式家具,价值连城,美轮美奂。我补充说:"还是个美男子。"达成淡淡地问:"你见过?"我告诉他:"那时我家住钱粮胡同35号,是海关总署宿舍,很大的院子,隔壁34号缩进一块,是个小四合院,那就是陈梦家的私宅。"达成想了想,摇头:"不对吧。北京的门牌,都是路这边单号,路那边双号,34号怎么能跟35号挨着?"偏那时候我正研究北京的胡同,就告诉他,原来北京街道胡同的门牌编号都是从一边编起，到头后再拐到另一边，直到七十年代才改成一边单号一边双号的。达成感叹："多少事，多少变迁，越往后越难弄明白了！"我就把当年隔窗窥望陈梦家的故事讲给他听。达成叹道："我那时候糟糕，毕竟是写了大块文章跟周扬叫板。陈梦家只不过是有一次发言，建议文字改革应当慎重。他是研究古文字的，他的意见可供参考啊。"

达成的话令我忆起母亲讲到的情况。母亲说，她去34号院请陈梦家帮助街道核对选民证，他很高兴，说应该出力。可是就在我们院那棵马缨花树下，有位七十一岁的选民，不接他那张选民证，他说自己七十年来一直姓葉，现在凭什么给他改成了姓叶？如果接过那张证，他怎么对得起葉家列祖列宗？他竟声泪俱下。那一年刚刚公布了汉字简化方案。有的字，确实简化得好，比如把"體"简化为"体"，"人之本为体"嘛，"幣"简化为"币"，也很容易接受，"樹葉"简化为"树叶"还好，把姓氏"葉"简化为"叶"，人家一时难以接受，也应该理解。母亲当时只把这件事当成一个好笑的插曲道出。她还讲到，陈梦家建议在选民张榜时，遇到每位姓名中有被简化的字时，后面加一括弧将原来写法列出，不过他的这一建议未被采纳。那么，当年陈梦家之所以在鸣放中发表"文字改革应当慎重"的观点，是否也与他那天在我们院子马缨花树下的遭遇有关呢？

我四十四岁那年，在一个中外文学交流活动中，见到赵萝蕤女士。我知道她是陈梦家的遗孀。但那时候也还没有《梦家诗集》出版（在我六十四岁的时候中华书局才出），我也仍然只是知道梦家有句"一朵野花在荒原里开了又落了"的诗，但我知道赵萝蕤女士恰是美国现代派诗人艾略特长诗《荒原》的中译者，两个"荒原"令我有宿命的惆怅。我那时候也知道，赵女士住到美术馆后街她父亲赵紫宸家去了。那次我和赵女士邻座，她知道我，我也知道她，但是她没有问及我的写作与编务。我心里有陈梦家，有《荒原》，有钱粮胡同，但我们彼此没有以上内容的交谈。我们谈及西洋古典音乐，那时候CD盘在中国还远没有普及，我们家里都只有收听大唱盘和盒带的音响，我们各自道出最近最心爱的盒带。她听说我有法国作曲家、管风琴演奏家弗兰克的盒带，眉毛上挑，非常惊异："你哪里得来的？从巴黎买回的？"我就告诉她，是在金鱼胡同东口对过（现已拆辟为金宝街）的一家国营商店买到的。那一家专卖进口的大唱盘和盒带，时常可以遇到很特别的品种，比如弗兰克的这盘管风琴曲，他们只进口了两盒，我买时仅剩一盒。说到这里，她笑道："那盒该是我买啊！不知究竟谁给买走了！"我就表示将我那盒赠予她（我知道她父亲是神学家，弗兰克的管风琴曲多为圣乐），她说："哪能呀，咱俩互通有无吧！都允许对方翻录，完了物归原主，好吗？"一言为定后，我首先将弗兰克的盒带换来她的好版本的德沃夏克的《自新大陆》，后来我们又有所交换。但这种美好的交往未能持续。我五十六岁时从网上看到赵女士去天堂与梦家会合的消息。下一年，达成兄去世。再一年，赵家那极具文物价值的四合院被拆掉。"人散后，一钩新月天如水。"

一

鸡鸣风雨

我对改革的认识是：它以理性的、平和的态度不懈地推动社会的良性变化。

我对开放的认识是：无论如何不能民族自我封闭，一定要融入世界，融入整个人类大家庭。

巴金　章仲锷：一封信引出的回忆与行为写作

上

一位帮我整理书橱的"80后"小伙子，从一本旧书里抖落出一样东西，他捡起向我报告："有封信！"我问他："谁写给我的？"他把信封上的落款报告给我："上海……李寄。"我听清了那地址，连忙让他把信递给我："是巴金写来的啊！"他愣了一下，才恍然大悟："是啊，巴金原来姓李！"我抽出信纸，发现巴金的来信是用圆珠笔写在了《收获》杂志的专用信笺上，现在将其照录如下：

心武同志：
　　谢谢您转来马汉茂文章的剪报。马先生前两天也有信来，我写字吃力，过些天给他写信。我的旧作的德译本已见到。您要是为我找到一两本，我当然高兴，但倘使不方便，就不用麻烦了。

您想必正为作协代表大会忙着。这次会开得很好。我因为身体不好，不能参加，感到遗憾。

　　祝

　好！

　　　　　　　　　　　　　　巴金

　　　　　　　　　　　　　一月三日

　　说实在的，我已经不记得那是哪年的事了，仔细辨认了信封前后两面的邮戳，确定巴金写信是在1985年的1月3日。

　　我在"80后"前持信回忆往事，他望着我说："好啦！您又有回顾改革开放三十年的活材料啦！"我听出了他话里调侃的味道。跟"80后"的后生相处，我不时会跟他们"不严肃"的想法碰撞，比如巴金的《随想录》，他一边帮我往书架上归位，一边哼唱似的说："这也是文学？"我不得不打破"不跟小孩子一般见识"的自定戒律，跟他讨论："文学多种多样，这是其中一种啊！"最惹我气恼的是他倒一副"不跟老头子一般见识"的神气，竟欢声笑语地说："是呀是呀，这是一部大书！好大一部书啊！"巴金的《随想录》，确有论家用"一部大书"之类的考语赞扬，用心良苦，但从眼前"80后"的反应来看，效果并不佳。

　　在和"80后"茶话的时候，我跟他坦陈了自己的一些看法，供他参考。我感叹，个体生命在时空里的存活挣扎，其悲苦往往是隔代人不解不谅的。"为什么那么'聪明'？""怎么不敢当烈士？"是不解不谅者最常用的"追问"。记得萧乾先生晚年曾对

巴金（1904—2005）

我说:"有的年轻人那么说，可以理解，但要不了太久，他们当中的绝大多数会比我们更'聪明'。"其实全人类都有此类现象，二十世纪五十年代美国"垮掉的一代"的代表人物，如金斯伯格，到七十年代也都成了那个社会守规矩的纳税人，会心平气和地接受他们以前骂死的媒体采访，将著作交由他们以前鄙夷的主流出版商包装推出。

巴金无疑是写过无可争议的正宗文学作品大书的，不仅有"激流三部曲"《家》《春》《秋》及其他长篇小说，还有无论从人性探索还是文本情调都堪称精品的《寒夜》《憩园》等中篇小说。当然，他后半生几乎不再从事小说创作，他的最后一篇小说也许就是《团圆》。从文学的角度来看，那不是一篇杰作，更不能称为他的代表作，但根据这篇小说改编的电影《英雄儿女》自二十世纪六十年代初拍成放映后，影响极大。不过看过电影之后再去找小说看的人，恐怕很少。电影里那首脍炙人口的插曲《英雄赞歌》，在小说里是没有的，词作者是公木。巴金后半生没怎么写小说，散文随笔写了一些，我记得少年时代读过巴金写的《别了，法斯特》——法斯特是一个二十世纪四五十年代颇活跃的美国左翼作家，写过一些抨击资本主义的小说，但在斯大林去世、赫鲁晓夫否定斯大林的"秘密报告"泄露出来以后，感到幻灭，遂公开宣布退出美国共产党——法斯特当然可以评议，但巴金那时写此文是奉命，是一种借助于他名气的"我方""表态"。这类的"表态"文章，他和那个时代的另一些名家写得不少。那当然不能算得文学。可是，粉碎"四人帮"以后，巴金陆陆续续写下的《随想录》，却和之前的那些"表态"文章性质完全不同。他这时完全不是奉组织之命，而是从自我心灵深处说真话，表达真感情，真切地诉求，真诚地祈盼。这样的文字在那一特定的历史阶段得以激动人心，获得共鸣，我作为一个过来人，可以为之见证。"这也是文学？"年轻人发出这样的质疑，我也理解。拿眼前的这位"80后"来说，他觉得像帕慕克的《我的名字叫红》那样的著作才算得文学作品。这思路并没有什么不妥，帕慕克并不是一位"为文学而文学"的作家，实际上这位土耳其作家的政治观念是很强的。《我的名字叫红》里面就浸透着鲜明的政治理念，但无论如何，帕慕克不能凭借着一些说真话的短文来标示他的文学成就，他总得持续地写出艺术上精到的有分量的小说来，有真正的"大书"，才能让人服气。

巴金后半生没能写出小说，这不能怪他自己。他实在太难了。"文革"十年他能活过来就不易。粉碎"四人帮"后，他公布过自己的工作计划，他还是要写新作品的，包括想把俄罗斯古典作家赫尔岑的回忆录翻译完，但他受过太多的摧残，年事日高，身体日衰，心有余而力不足。尽管如此，他仍不懈息，坚持写下了《随想录》里的那些短文。特殊情况下的特殊写作，我们除了尊敬，别无选择。巴金晚年公开声明，他不是作家，只是一个通过写文章把心交给读者的人，我以为这不是谦虚，而是他已经非常明了自己作为一个特殊的生命，应有一个什么样的坚实的定位。

我不赞同那种因为巴金在粉碎"四人帮"后不但恢复了"文革"前的名誉地位，甚至更上层楼，就把他奉为神明，甚至非要把大白话的《随想录》说成巅峰"大书"的夸张性评价。那也实在是辜负了他最后给自己的定位。

"80后"小伙子问我："巴金给你的信讲的究竟是什么啊？怎么跟密电码似的？"其实这也不过二十多年，但拿着那张信纸重读，我自己也恍若隔世。我和巴金只见过一面。从这封信看，我起码给他写去过一封信，这是他给我的回信。"你既然见过巴金，还通过信，前几年他去世的时候，怎么没见你有文章？"我告诉他，以前的不去算了，粉碎"四人帮"以后，跟他交往频密的中青年作家很多，跟他通信的大概也不少，算起来我在他的人际交往中是很边缘、很淡薄的，对他我实在没有多少发言权。不过我既然发现了这封信，它也勾出了我若干回忆，而与眼前的小青年对话，也激活了我的思路，忽然觉得有话要说。

我跟"80后"小伙子从头道来。而这就不能不提到另一个人——章仲锷。"他是谁？也能跟巴金相提并论？"我说，世法平等，巴金跟章仲锷，人格上应享有同样的尊严，他们可以平起平坐。确实，巴金跟章仲锷平起平坐过。那是在1978年。那一年，我和章仲锷都在北京人民出版社（现北京出版社）文艺编辑室当编辑。当时只有《人民文学》《诗刊》两份全国性的文学刊物，我们北京人民出版社文艺编辑室的同人以高涨的热情，自发创办了向全国发行的大型文学刊物《十月》，但一时没有刊号，就"以书代刊"，兴高采烈地组起稿来。章仲锷长我八岁，当编辑的时间也比我长，他带着我去上海组稿。那时候因为我已经于1977年11月在《人民文学》杂志发表了短篇小说《班主任》，在文学界和社会上获得一定名声，组织上就把我定为《十月》的"领导小组"成员之一，但章仲锷并不是"领导小组"成员，所以他偶尔会戏称我"领导"，其实出差上海我是心甘情愿接受他领导的。他无论是在社会生活的经验还是对文学界的情况的了解都比我熟络，去巴金府上拜见巴金，我多少有些腼腆，他坐到巴金面前，却神态自若，谈笑风生。巴金祝贺《十月》的创办，答应给《十月》写稿，同时告诉我们，他主编的《上海文学》《收获》也即将复刊。他特别问及我的写作状况，为《上海文学》和《收获》向我约稿。他望着我说，编辑工作虽然繁忙，你还是应该把你的小说写作继续下去。现在回思往事，就体味到他的语重心长。他自己的小说写作怎么会没有继续下去？他希望我这个赶上了好时期的后进者，抓住时代机遇，让自己的小说写作进入可持续发展的轨道。我说一定给《上海文学》写一篇，巴金却说，你也要给《收获》写一篇，两个刊物都要登你的。《收获》也要？那时记忆里的《收获》，基本上只刊登成熟名家的作品，复刊后该有多少复出的名家需要它的篇幅啊，巴金却明确地跟我说，《上海文学》和《收获》复刊第一期都要我的作品。我回北京以后果然写出了两个短篇小说寄过去，《找他》刊登在了《上海文学》上，

刘心武与章仲锷（右）

《等待决定》刊登在了《收获》上。我很惭愧，因为这两篇巴金亲自约稿的小说，质量都不高。我又感到很幸运，如果不是巴金对我真诚鼓励，使我的小说写作进入持续性的轨道，我又怎么会在摸索中写出质量较高的那些作品呢？回望文坛，有过几多昙花一现的写作者，有的固然是外在因素强行中断了其写作生涯，有的却是自己不能进入持续性的操练，不熟，如何生巧？生活积累和悟性灵感固然重要，而写作尤其是写小说，其实也是一门手艺，有前辈鼓励你不懈地"练手"，并提供高级平台，是极大的福气。

作家写作，一种是地道的文学写作，如帕慕克写《我的名字叫红》，一种是行为写作。巴金当面鼓励我这样一个当时的新手不要畏惧松懈，把写作坚持到底，并且作为影响深远的文学刊物主编，向我为有特殊意义的复刊号约稿，这就是一种行为写作。巴金的行为写作早在他的青年时代就已十分耀眼。他主编刊物，自办出版机构，推出新人佳作，我生也晚，二十世纪前半叶的事迹也只能听老辈"说古"，但二十世纪五六十年代他和靳以主编的《收获》，我作为文学青年是几乎每期必读的，也留有若干深刻的印象。别人多有列举的例子，我不重复了。只举两个给我个人影响很深而似乎少有人提及的例子。一个是《收获》曾刊发管桦的中篇小说《辛俊地》，写的是抗日战争时期游击队员辛俊地。他和成分不好的女人恋爱，还有个人英雄主义，自以为是地去伏击给鬼子做事的伪军通信员，将其击毙，没想到那人其实是八路的特工……让我读得目瞪口呆却又回味悠长，原来生活和人性都如此复杂诡谲——《辛俊地》明显受到苏联小说《第四十一》的影响，但管桦也确实把他熟悉的时代、地域和人物融汇在了小说里。这样的作品，在那个不但国内阶级斗争的弦越绷越紧，国际范围的反修正主义也越演越烈的历史时期，竟能刊发在《收获》杂志上，不能不说是巴金作为其主编的一种"泰山石敢当"的行为写作。再一个是《收获》刊发了儿童文学作家任大霖的系列短篇小说《童年时代的朋友》，跳出那时期"政治挂帅"对少年儿童只进行单一的阶级教育、爱国教育、品德教育的窠臼，以人情人性贯穿全篇，使忧郁、惆怅、伤感等情调弥漫到字里行间，文字唯美，格调雅致，令当时的我耳目一新。这当然是巴金拓展儿童文学写作空间的一种可贵行为。

其实中外古今，文化人除了文字写作，都有行为写作呈现。比如蔡元培，他的文字遗产甚丰，老实说其中能有多少现在还令人百读不厌的？但说起他在担任北京大学校长期间以及跻身学术界时那种兼容并包宽容大度的行为遗产，我们至今还是津津乐道、赞佩不已。哥伦比亚的马尔克斯,《百年孤独》固然是他杰出的文学写作,而他一度履行的"文学罢工",难道不是激动人心的行为写作吗?晚年的冰心写短文《我请求》,还有巴金集腋成裘地写《随想录》,我以为其意义确实更多地,甚至完全地体现为一种超文字的可尊敬和钦佩的文学行为。

"80后"小伙子耐心地听了我的倾诉。他表示"行为写作"这个说法于他而言确实新鲜。他问我:"那位章仲锷,他的行为写作又是什么呢?难道编刊物、编书,都算行为写作?"我说这当然不能泛泛而言,作为主编敢于拍板固然是一种好的行为,作为编辑能够识货并说动主编让货出仓,需要勇气也需要技巧,当然前提是编辑与作者首先需要建立一种互信关系。章仲锷已被传媒称为京城几大编之一,从我个人的角度,以为他确实堪列于中国进入改革开放时期的名编之前茅。

下

这篇文章还没写完,忽然得到消息,章仲锷竟因肺炎并发心力衰竭,在10月3日午夜去世了!呜呼!我记得他曾跟我说过,想写本《改革开放文学过眼录》,把他三十年来编发文稿、推出作家的亲历亲为来个"沙场秋点兵",一一娓娓道来。"你是其中一角啊!"我断定他会以戏谑的笔调写到我们既是同事又是作者与编者的相处甚欢的那些时日。但他的遗孀高桦在电话里哽咽着告诉我,他的肺炎来得突然,他临去世前还在帮助出版机构审编别人的文稿,"苦恨年年压金线,为他人作嫁衣裳",自己的一部专著竟还没有开笔!

　　从写这段文字起我要称他为仲锷兄。他的音容笑貌宛在眼前。1980年我一边参与《十月》的编辑工作,一边抽暇写小说,写出了我的第一个中篇小说《如意》。这是我写作上的一个转折点,我不再像写《班主任》《爱情的位置》《醒来吧,弟弟》那样,总想在小说里触及一个重大的社会问题,以激情构成文本基调。我写了"文革"背景下一个扫地工和一个沦落到底层的清朝格格之间隐秘的爱情故事,以柔情的舒缓的调式来进行叙述。稿子刚刚完成,便被仲锷兄觑见,他就问我:"又闯什么禁区呢?"我把稿子给他:"你先看看,能不能投出去?"过一夜他见到我说:"就投给我,我编发到下一期《十月》上。"我知道那一期里他已经编发了刘绍棠的《蒲柳人家》,还有另一位同人正编入宗璞的《三生石》。这都是力作精品,中篇小说的阵容已经十分强大,我就说:"我的搁进去合适吗?"他说:"各有千秋,搭配起来有趣。听我的没错。"我虽然是所谓《十月》"领导小组"成员,但确实真心地相信他的判断。那时《十月》的气氛相当民主,不是谁"官"大谁专断,像仲锷兄,还有另外比如说张守仁等资深编辑,也包括一些年轻的编辑,谁把理由道出占了上风,就按理发谁的稿。

　　后来有同辈作家在仲锷兄那里看到过我《如意》的原稿,自我涂改相当严重。那时一般作者总是听取编辑意见,对原稿进行认真修改后再誊抄清爽,以供加工发稿。仲锷兄竟不待我修改誊抄就进行技术处理,直接发稿,很令旁观者惊诧,以为是我因《班主任》出了名"拿大"。仲锷兄却笑嘻嘻地跟我说:"人怕出名猪怕壮，活猪也能开水烫，说你几句是你福，以后把字写清楚！"他后来告诉我，他是觉得我那原稿虽较潦草但文气贯畅，怕我正襟危坐地一改一誊，倒伤了本来不错的"微循环"。你说他作为编辑是不是独具慧眼？

1981年我又写出了中篇小说《立体交叉桥》，写居住空间狭窄引发的心灵危机，以冷调子探索人性，这是我终于进入文学本性的一次写作，但我也意识到这个作品会使某些曾支持过我的领导和主流评论家失望甚至愠怒，写完后我搁在抽屉里好久不忍拿出。那时我已离开出版社，在北京市文联取得专业作家身份。仲锷兄凭借超常的"编辑嗅觉"，一日竟到我家敲门。那时我母亲尚健在，她开门后告诉他我不在家。他竟入内一迭声地伯母长伯母短，哄得母亲说出抽屉里有新稿子。他取出那稿子，也就是《立体交叉桥》，坐到沙发上细读起来。那个中篇小说有七万五千字，他读了许久，令母亲十分惊异。读完了，我仍未回家，他就告辞，跟母亲说他把稿子拿走了，"我跟心武不分彼此，他回来您告诉他他不会在意"。我怎么会不在意？我回到家听母亲一说急坏了，连说"岂有此理"，但那时我们各家还都没有安装电话，也无从马上追问仲锷兄"意欲何为"，害得我一夜没有睡好。第二天我才知道，他拿了那稿子，并没有回家，直接去了当时《十月》主编苏予家里，力逼苏予连夜审读，说一定要编入待印的一期。苏予果然连夜审读，上班后做出决定：撤下已编入的两个作品，以后再用，将《立体交叉桥》作为头条推出。《立体交叉桥》果然令一些领导前辈和主流评论家觉得我"走向了歧途"，但却获得了林斤澜大哥的鼓励："这回你写的是小说了！"上海美学家蒋孔阳教授本不怎么涉及当代文学评论,却破例地著文肯定。这篇小说也很快地被外面汉学家译成了英、俄、德等文字,更令我欣慰的是直到今天也还有普通读者记得它。如果没有仲锷兄那戏剧性的编辑行为,这部作品不会那样迅速地刊发出来。

我的第一部长篇小说《钟鼓楼》,责任编辑也是仲锷兄(那时他已调到人民文学出版社)。《钟鼓楼》获得了第二届茅盾文学奖,记得颁奖活动是在国际俱乐部举行。我上台领奖致谢颇为风光,但三部获奖作品的责任编辑虽然被点名嘉奖,却没有安排上台亮相。仲锷兄后来见到我愤愤不平,说就在后台把装有奖金的信封塞到他们手里完事,抱怨后还加了一句国骂。"80后"小伙子今天又来跟我聊天,听我讲到这情况说:"呀,这位章大编确实性格可爱,其特立独行的编辑方式也真是构成了行为写作!"

再回过头来说巴金给我的那封信。原委应该是1984年冬我应邀去联邦德国访问,其间见到德国汉学家马汉茂(Martin Helmut)。他虽然原本以研究中国清代李渔为专长,但在二十世纪七十年代末和八十年代初,对中国当代文学产生了浓厚兴趣,对巴金等老作家的复出和改革开放后新作家作品的出现都很看重。当时他是波鸿大学的教授,也是行为写作胜于实际写作。他自己翻译的中国作家作品并不多,主要是写推介性文章,积极组织德国汉学家进行翻译,并且善于利用自己在学术界的地位和社会影响,说动出版社出版中国当代作家作品的德译本,还从基金会或别的方面找到资金来邀请中国作家到德国访问,联系媒体安排采访报道以扩大影响。并且他具有向瑞典文学院推荐诺贝尔文学奖候选人的资格，尽管他后来的立场和观点具有争议性，而且不幸因患上抑郁症在1999年6月跳楼身亡，但他那一时期对中国当代作家作品进入西方视野的行为写作，我们不应该遗忘抹杀。我从德国回来，应该是把马汉茂在境外发表的与中国当代作家作品特别是与巴金有关的文章、访谈的剪报寄给了巴金。马汉茂那时候跟我说，后来我又从瑞典汉学家马悦然等那里听说——他们虽然观点多有分歧，但在这一点上却惊人一致——中国当代作家的作品本来不错，但缺少好的外文译本，特别是由中国外文局组织翻译的那些译本几乎都不行。他们认为中国文学要走向世界，必须要有好的外文译本。马汉茂很具体地跟我谈论了巴金作品的英、法、德文的译本，其中德译《寒夜》的一种比较好。他说要是巴金其他小说的译本都能达到或超过那样的水平，那么西方读者对巴金的接受程度会大大提升。我大概是带回了《寒夜》的德译本转给巴金，所以他信里说"我的旧作的德译本已见到"。那时在"文革"后巴金手里已经没有几个自己小说的境外译本，他希望我能替他多找到一两本，心情可以理解。

改革开放给中国当代文学带来怎样的生机？一是作家的生存方式和作品的面貌都呈现多元了，这是以前难以想象的。还有就是中国对外面的文学敞开了门窗，而中国文学也确实走出了国门，尽管到目前还是"入超"的局面。从巴金二十三年前的这封来信，你可以看出像我这样的新作家已经得到他那样的老前辈的平等对待，我们已经完全不必惧怕"里通外国"的嫌疑，可以坦率地谈论与外国汉学家的交往以及中国作家作品在境外的翻译出版情况。"80后"小伙子说他从网络上查到一份资料。天津有一位用世界语写诗的苏阿芒,写的诗完全不涉及政治,但因为投往境外的世界语杂志发表,竟被以"里通外国"的罪名锒铛入狱,直到胡耀邦主政时才被平反昭雪。我说你应该多查阅些这类的"近史"资料,有助于理解祖辈父辈是通过怎样的历史隧道抵达今天的,而这几辈人也就可以更融洽和谐地扶持前行了。

巴金信里说"您想必正为作协代表大会忙着",他的猜想不确。我这人不习惯开会,到了人多的会场总手足无措。他说的是中国作协的第四次全国代表大会,我没等会议开完就回家去了,那以后我没有参加过类似的会议,我从未为开会而忙碌过。巴金认为"这次会开得很好",但另有地位显赫的人士认为开得很糟。

在改革开放的历史进程中,共识的形成、凝结、发酵和碰撞、破裂、分驰,是必然的,文化界包括文学界莫不有这样的现象。现在大体上歧见各方对问题的"点穴"几无差别,但如何化解这些问题,则择路不同。作为一个改革开放进程的参与者与见证人,我的想法是无论如何不能往回走。巴金的一封信,使我对老一辈肩住因袭的闸门,自己走不动了,鼓励后辈冲出闸门,去往广阔的天地那样一种悲壮的情怀深为感动,我同时回忆到仲锷兄那样一起往前跑的友伴。就实质而言,我们的生命价值可能也都更多地体现于行为写作。我对"80后"小伙子说,创作出真正堪称"大书"的作品,希望正在你们身上。他没有言语,只是拿起那封巴金的信细看,似乎那上面真有什么"达·芬奇密码"。

2008年10月6日于绿叶居

冰心：十二封信、母亲与红豆

前些日住在远郊的朋友R君来电话，笑言他"发了笔财"。我以为他是买彩票中奖了，只听他笑嘻嘻地卖关子："我找到一大箱东西，要拿到潘家园去换现！"潘家园是北京东南一处著名的旧货市场，想必他是找到了家传的一箱古玩。但他又怪腔怪调地跟我说："跟你有关系呢！咱们三一三十一，如何？"这真让我丈二和尚摸不着头脑。

说笑完了，R君又迭声向我道歉。事情越发地扑朔迷离了！

R君终于抖出了"包袱"，原来是这么回事：五年前，我安定门寓所二次装修，为腾挪开屋子，我把藏书杂物等装了几十个纸箱，运到R君的农家小院暂存。装修完工后，我又雇车去把暂存的纸箱运回来，重新开箱放置。因是老友，绝对可靠，运去时也没有清点数量，运回来取物重置时也没觉得有什么短少，双方都很坦然。没承想，前些时R君也重新装修他那农家小院，意外地在他平时并不使用的一间客房床下，发现了我寄存在他那里的一个纸箱。当时那间小屋堆满了我运去的东西，往回搬时以为全

1990年拜望冰心

拿出来了,谁都没有跪到地上朝床下深处探望,它就一直被遗留在那里。R君发现那个纸箱时,箱体已被老鼠啃过。所以他赶忙找了个新纸箱来腾挪里面的东西,结果发现纸箱里有我二三十年前的一些日记本,还有一些别人寄给我的信函,其中有若干封信皮上注明"西郊谢缄"的。起初他没有在意,因为他懂得别人的日记和私信不能翻阅,他的任务只是把本册、信函等物品垛齐装妥,但装箱过程中有张纸片落在了地上,他捡起来一看,一面是个古瓶图画,另一面写的是:

心武:

好久不见了,只看见你的小说。得自制贺卡十分高兴。我只能给你一只古瓶。祝你新年平安如意。

冰心　十二，廿二，一九九一

他才恍悟，信皮上有"西郊谢缄"字样的都是冰心历年寄给我的信函。

R君绝非财迷，但他知道现在名人墨迹全都商品化了。就连我的信函，他也在一家网站上发现有封我二十六年前从南京写给成都兄嫂的信在拍卖。我照他指示去点击过，那封一页纸的信起拍价一千零八十，附信封（但剪去了邮票）。信纸用的是南京双门楼宾馆的。我拿放大镜检视，确是我写的信，虽说信的内容是些太平话语，毕竟也有隐私成分，令我很不愉快。估计是二哥二嫂再次装修住房时，处理旧物卖废品，把我写给他们的信都弃置在内了。人生到了老年，就该不断地做减法。兄嫂本无错，奇怪的是到处有"潘家园"，有"淘宝控"。他们善于化废为宝，变弃物为金钱。R君打趣我说："还写什么新文章？每天写一页纸就净挣千元！"我听了哭笑不得。但就有真正的"淘宝控"正告我：这种东西的价值，一看品相；二看时间久远，离现在越久价越高；三看存世量，就是你搞得太多了，价就跌下来了，最好其人作古，那么收藏者手中的"货"就自动升值……听得我毛骨悚然。

R君将东西"完璧归赵"。我腾出工夫把那箱物品加以清理。里面不仅有往昔的日记，还有往昔的照片。信函也很丰富，不仅有冰心写来的，还有另外的文艺大家写来的，也有虽无社会名声，但于我更须珍惜的至爱亲朋的若干来信。我面对的是我三十多岁至五十多岁的那段人生。日记信函牵动出我丝丝缕缕五味杂陈的心绪。

这个纸箱里面保存的冰心来信，有十二封，其中一封是明信片，三封在贺卡上，其余的都是写在信纸上。最早的一封是1978年写在那时候于我而言非常眼生的圣诞卡上的——那样的以蜡烛、玫瑰、文竹叶为图案的圣诞卡，那时候我们国家还没有印制，估计要么是从国外得到的，要么是从友谊商店那种一般人进不去的地方买到的——"心武同志：感谢你的贺年片。你为什么还不来？什么时候搬家？冰心拜年 十二、廿六、一九七八"。我寄给她的贺年片上什么图案呢？已无法想象。我自绘贺卡寄给她，是二十世纪九十年代后的事了。

检视这些几乎被老鼠啃掉的信件，我确信，冰心是喜欢我、看重我的。她几乎把我那时候发表的作品全读了。

> 感谢您送我的《大眼猫》，我一天就把它看完了。有几篇很不错，如《大眼猫》和《月亮对着月亮》等。我觉得您现在写作的题材更宽了，是个很好的尝试。
> （1981年11月12日信）

> 《如意》收到，感谢之至！那三篇小说我都在刊物上看过，最好的是《立体交叉桥》，既深刻又细腻。
> （1983年1月4日信）

> 看见报上有介绍你的新作《钟鼓楼》的文章，正想

向你要书，你的短篇小说集就来了，我用一天工夫把它从头又看了一遍，不错！（1984年11月18日信）

1982年我把一摞拟编散文集的剪报拿给她，求她写序。她读完果然为我的第一本散文集《垂柳集》写了序，提出散文应该"天然去雕饰"，切忌弄成"镀了金的莲花"。这是其自身的经验之谈，也是对我那以后写作的谆谆告诫。二十世纪九十年代后我继续送书、寄书给她，她都看，都有回应。

大概是1984年左右，有天我去看望她。之前刚好有位外国记者采访了她，她告诉我，那位外国记者问她：中国年轻作家里，谁最有发展前途？她的回答是：刘心武吧。我当时听了，心内感激，口中无语，且跟老人家聊些别的。此事我多年来除了跟家人没跟外界道出过，写文章现在才是第一次提及。当年为什么不提？因为这种事有一定的敏感性。那时候尽管"50后"作家已开始露出锋芒，毕竟还气势有限，但"30后""40后"作家（那时社会上认为还属"青年作家"）势头正猛，海内外影响大者为数不少，我虽忝列其中，哪里能说是"最有发展前途"的呢？我想，也许是因为二十世纪初的冰心，是以写"问题小说"走上文坛的，因此她对我这样的也是以写"问题小说"走上文坛的晚辈有一种特殊的关照吧。其实，那时候的冰心已经过八望九，人们对她，就人而言是尊敬有余，就言而论是未必看重。采访她的那位外国记者，好像事后也没有公布她对我的厚爱。那时候国外的汉学家、记者，已经对"伤痕文学"及其他现实主义作品失却热情，多半看重能跟西方现代主义、后现代主义接轨的新锐作家和作品。而在引导文坛创作方向方面，冰心的话语权极其有限，中国作家协会领导层的几位著名评论家那时具有一言九鼎的威望，比如冯牧。他在我发表《班主任》《我爱每一片绿叶》后对我热情支持并寄予厚望，但是在我发表出《立体交叉桥》后就开始对我摇头了。正是那时候，林斤澜大哥告诉我，从《立体交叉桥》开始，我才算写出了像样的小说，冰心则赞扬曰"既深刻又细腻"，但是他们的肯定都属于边缘话语。在那种情况下，我如果公开冰心对我的看好，会惹出"拉大旗做虎皮"的鄙夷。只把她的话当作一种私享的勉励吧。

现在时过境迁，冰心已经进入二十世纪的历史。虽然如今的"80后""90后"也还知道她，她的若干篇什还保留在中小学教材里，但她已经绝非"大旗"，更非"虎皮"。一个"90后"这样问过我："冰心不就是《小橘灯》吗？"句子不通，但可以意会。有"80后"新锐作家更直截了当地评议说冰心"文笔差"。那么，现在我可以安安心心地公布出，一位八十多岁的"文笔差"的老作家，认为一位那时已经四十出头的中年作家会有发展，确有其事。

冰心给我的来信里偶尔会有抒情议论。如：

……这封信本想早写，因为那两天阴天，我什么不想做。我最恨连阴天！但今天下了雪，才知道天公是在酿雪，也就原谅他了。我这里太偏僻，阻止了杂客，但

写在贺卡上的信

是我要见的人也不容易来了,天下事往往如此。(1984年11月18日信)

显然,我是她想见的客人。1990年12月9日她来信:

心武:

感谢你自己画的拜年片!我很好。只是很想见你。

你是我的朋友中最年轻的一个，我想和你面谈。可惜我不能去你那里，我的电话××××××××有空打电话约一个时间如何？你过年好！

如今我捧读这封信，手不禁微微发抖，心不禁丝丝苦涩。事实是，我二十世纪九十年代后去看望她的次数大大减少，特别是她住进北京医院的最后几年，我只去看望过她一次，那时坐在轮椅上的她能认出人却说不出话。那期间有一次偶然遇上吴青，她嗔怪我："你为什么不去看望我娘呢？"当时我含糊其词。在这篇文章后面，我会做出交代。

我去看望冰心，总愿自己一个人去。有人约我同往，我就找借口推托。有时我去了，开始只有我一位，没多久络绎有客来，我与其他客人略坐片刻，就告辞而退。我愿意跟冰心老人单独对谈。她似乎也很喜欢我这个比她小四十二岁的谈伴。真怀念那些美好的时光，我去了，到离开，始终只有我一个，吴青和陈恕（冰心的女儿和女婿）稍微跟我聊几句后，就各自去忙自己的。于是，阳光斜照进来，只冰心老人，我，还有她的爱猫，沐浴在一派温馨中。

我常常跟冰心谈到我母亲。母亲王永桃出生于1904年，比冰心小四岁。一个作家的"粉丝"（这当然是现在才流行的词语），或者说固定的读者群，大体而言都是其同代人，年龄在比作家小五岁或大五岁之间。1919年5月4日那天，冰心（那时学名谢婉莹）所就读的贝满女子中学，母亲所就读的女子师范大学附属中学，都有许多学生涌上街头，投入时代的洪流。

母亲说,那天很累,很兴奋,但人在事件中,并未预见到它后来成为中国近代史上的"五四运动"。那时母亲由我爷爷抚养。爷爷是新派人物,当然放任子女参与社会活动。但是母亲的同学里就有因家庭羁绊不得投入社会,而备感苦闷的。冰心那以后接连发表"问题小说",其中一篇《斯人独憔悴》把因家庭羁绊而不得抒发个性、投入新潮的青年人的苦闷鲜明生动地表述出来,一大批同代读者深受感动。那时候,母亲随我爷爷居住在安定门内净土寺胡同,母亲和同窗好友在我爷爷居所花园里讨论完《斯人独憔悴》,心旌摇曳。当时有同窗探听到冰心家在中剪子巷,离净土寺不远,提议前往拜访,但后来终于没有去成。母亲1981年至1984年跟我住在北京劲松小区,听说我去海淀拜访冰心,笑道:"倘若我们那时候结伙找到剪子巷,那我就比你见到冰心要早六十几年哩!"我后来读了《斯人独憔悴》,没有一点共鸣,很惊异那样的文笔当时怎么会引出那样的阅读效果。母亲还跟我谈到那段岁月里读过的其他作家作品,她不止一次说到叶圣陶有篇《低能儿》,显然那是她青春阅读中最深刻的记忆之一。我直到现在也还没有读过叶圣陶的这个短篇小说。一位"80后",算得是"文艺青年",他知道叶圣陶,也是因为曾在语文课本里接触过,但离开了课本,他就只知道"叶圣陶那不是叶兆言他爷爷吗?"。在时光流逝中,许多作家作品就这样逐渐被淡忘了。

自从冰心知道母亲是她的热心读者以后,每次我去了,都会问起我母亲,并且回忆起她们曾共同经历过的那个时代的一些大大小小的事情。我告别的时候,冰心首先让我向我母亲问好,其次才向我妻子和儿子问好。回到家里，我会在茶余饭后，向母亲诉说跟冰心见面时聊到的种种。冰心赠予的签名书，母亲常常翻阅。记不得是在哪篇文章里，反正是冰心在美国写出的散文，里面抒发她的乡愁，有一句是怀念北京秋天的万丈沙尘。母亲说这才是至性至情之文，非经历过常人道不出的。现在人写文章，恐怕会先有个环境保护的大前提，这样的句子也是写不出来的。冰心写这一句时应该是在美国韦尔斯利女子大学或附近的疗养院，那里从来都是湖水如镜绿树成荫。

1983年9月17日冰心的来信：

心武同志：

你那封信写的太长了。简直是红豆短篇。请告诉您母亲千万别总惦着那包红豆了，也不必再买来。你忙是我意中事。怎么能责怪你呢？你也太把我看小了。现在你们全家都好吧？孩子一定又上学了？你母亲身体也可以吧？月前给你从邮局（未挂号）寄上散文集一本，不知收到否？吴青现在在英国参观，十月下旬可以回来。

问候你母亲！

事情过去二十七年了，我现在读着这封信只是发愣。红豆是怎么回事？从这信来看，应该是母亲让我把一包红豆给冰心送去，而我忙来忙去（那时候我写作欲望正浓酽，大量时间在稿纸上爬格子码字，还常到外地参加"笔会"，那一年还去了趟法国），竟未送去，于是只好写信给冰心解释，结果写得很长,害得她看着很累。她说写成短篇小说了,恐怕是很差的那种短篇小说。红豆,一种是可以煮粥、做豆沙馅的杂粮,另一种呢,则是不能吃而寄托思念的乔木上结出的艳红的豆子,多用来表达恋人间的爱情,同时也可以推而广之用来表达友人间的情谊。母亲嘱我给冰心送去的,究竟是用来食补的一大包红小豆,还是用来表达一个读者对作者敬意的生于南国的一小包纪念豆(我那一年去过海南岛,似乎带回过装在小口袋里的红豆)?除非吴青那里还存有历年人们写给冰心的信函,从中搜检出我那"红豆短篇",才能真相大白,我自己已是完全失忆了。但无论如何,冰心这封回信是一位作家和她同代读者之间牢不可破的文字缘的见证。

母亲最后的岁月是在祖籍四川度过的。1988年冬她仙逝于成都。1989年2月17日冰心来信:

心武同志:

　　得信痛悉令慈逝世!你的心情我十分理解!尽力工作,是节哀最好的方法。《人民文学》散文专号我准备写关于散文的文字,自荐我最有感情的长散文《南归》,不知你那里有没有我的《冰心文集》三卷?那是三卷305—322页上的,正是我丧母时之作。不知你看过没有?请节哀并请把你家的住址和电话告诉我。

1987年初我遭遇到"舌苔事件"。1990年我被正式免去《人民文学》杂志主编职务。我被"挂起来",直到1996年才通知我

"免挂"。冰心当然知道我陷入了窘境。上引1990年底的那封信，所体现出的不只是所谓老作家对晚辈作家的关怀，实际上是她怕我出事情。我那时被机构里一些人视为异类，在发表作品、应邀出国访问等事项上屡屡受阻。他们排斥我，我也排斥他们。我再不出席任何他们把持的会议和活动。即使后来机构改换了班子，对我不再打压，我也出于惯性，不再参与任何与机构相关的事宜。我在民间开拓出一片天地。我为自己创造了一种边缘生存、边缘写作、边缘观察的存在方式。二十世纪九十年代初，我只能尽量避开那些把我视作异类，甚至往死里整的得意人物。我事先打好电话，确定冰心那边没有别人，才插空去看望她一下。冰心也很珍惜那些我们独处的时光。记得有一回她非常详尽地问到我妻子和儿子的状态，我告诉她以后，她甚表欣慰，告诉我，只要家庭这个小空间没有乱方寸，家人间的相濡以沫是让人得以渡过难关最强有力的支撑，有的人到头来挨不过，就是因为连这个空间也崩溃了。但是，到后来，我很难找到避开他人，单独与冰心面晤的机会。我只是给她寄自绘贺卡和发表在境外的文章剪报。我把发表在台湾《中时晚报》上的《兔儿灯》剪报寄给她，那篇文章里写到她童年时拖着兔儿灯过年的情景，她收到后马上来信：

  心武：你寄来的剪报收到了，里面倒没有唐突我的地方，倒是你对于自己，太颓唐了！说什么"年过半百，风过叶落"，"青春期已翩然远去"，又自命为"落翎鸟"，这不像我的小朋友刘心武的话，你这些话让我这九十一岁的人感到早该盖棺了！我这一辈子比你经受的忧患也不知多多少！一定要挺起身来，谁都不能压倒你！你像关汉卿那样做一颗响当当的铜豌豆……（1991年4月6日信）

重读这封来信，我心潮起伏而无法形容那恒久的感动。敢问什么叫作好的文笔？在我挨整时，多少人吝于最简单的慰词，而冰心却给我写来这样的文字！

吴青不清楚我的情况。我跟她妈妈说的一些感到窒息的事、一些大苦闷的话她没听到。整我的人却把冰心奉为招牌，他们频繁看望，既满足他们的虚荣心，也显示他们的地位。冰心住进北京医院后，1995年，为表彰她在中国译介纪伯伦诗文的功绩，黎巴嫩共和国总统签署了授予她黎巴嫩国家级雪杉勋章的命令，黎巴嫩驻中国使馆决定在北京医院病房为冰心授勋。吴青代她母亲开列了希望能出席这一隆重仪式的人员名单，把我列了进去。有关机构给我寄来通知，上面有那天出席该项活动的人员的完整名单，还特别注明有的是冰心本人指定的。我一看，那些整我的人，几乎全被开列在名单前面。他们有的是相关部门的头头，有的是负责外事活动的，出席那个活动顺理成章。当然名单里也有一些翻译界名流和知名作家，有的对我一直友善。我的名字列在后面显得非常突兀。我实在不愿意到那个场合跟那些整我（他们也整了另外一些人）的家伙站在一起。在维护自尊心及行为的纯洁性和满足冰心老人对我的邀请这二者之间，我毅然选择了前者。我没有去。吴青后来见到我有所嗔怪，非常自然。到现在我也并不后悔自己的抉择。其实正是冰心教会了我，在这个世道里坚决捍卫自我尊严是多么重要！

2010年9月25日于温榆斋

丁玲：复出独家见闻录

1978年，我在北京人民出版社参与了《十月》杂志的创办（刚开始称"丛书"）。编辑部的人们都积极四出组稿。那时我对曾经挨过整、遭过难的文坛前辈，不仅确实同情，还总愿意为他们做点什么。在我的组稿对象里，他们是重要的对象。

那时候听说丁玲也回到了北京，住在友谊宾馆，为自己政治上翻身努力活动。从后来她自己及相关人士的回忆文章可以知道，她的平反历程并不那么顺遂，不是一步到位。我找到友谊宾馆丁玲住处，跟她说我是《十月》编辑，是来向她求教，跟她约稿的。她怀疑地望着我说："我的东西你们能发表吗？恐怕落伍了吧？"我说："哪能呀？《十月》的读者如果见到您的作品，不知道有多么高兴呢！"她就说："我倒是有现成的一篇。不过，给人家看过，人家不愿意就这么发表。"我说："怎么会不愿意呢？您拿给我们去发吧。"她犹豫了一下，打开书桌抽屉，拿出一篇稿件来，却没有马上递给我，仍然说："我怕你们年轻编辑看了，觉得我这种东西老旧。"停了停她又

丁玲（1904—1986）

说："人家说结尾写得不好，让改呢。"我说："就给我们拿去发吧。"于是她把那篇稿子递给了我。回到家，我展读。那篇散文叫《杜晚香》，写一位北大荒的女劳动模范。从题材和叙事方法上看，它确实属于"文革"前看惯了的那类革命现实主义作品。但丁玲毕竟是丁玲，她的文稿有着并非刻意而是自然流露的个人风格。以前的这类作品往往以激情洋溢取胜，她这篇却非常冷静，似乎拙朴，却颇隽永，其结尾我不但没觉得不好，反而觉得是水到渠成。于是当晚我就在家里斗室给她写了一封信，告诉她我看了《杜晚香》的感受，认为这样的作品在《十月》上刊登是非常合适的，读者也早就期待着她的复出。第二天，我到了编辑部就跟"领导小组"其他成员汇报了情况，大家都很高兴。几个人看过以后，都认为不必修改，我就立即编发。过两天我再附一封短信，寄出了那晚给丁玲写的长信。那一期（应该是《十月》的第二辑）的稿件基本上审定，即将送往印厂付印。

就在这关口，出现了戏剧性的情况。一天晚上，我当时所住的那个小院门口忽然开来一辆小轿车，里面下来一个人，进院就问："刘心武住在哪屋？"邻居指给他看的同时，我也闻声迎了出去。来的是刚刚恢复活动的中国作家协会的负责人之一葛洛。此前我已经认识了他，他那时也是《人民文学》杂志的副主编（主编由于张光年调去当中国作协一把手，已经换成李季）。他怎么大老晚的跑我家来了？葛洛来不及进屋就问我："丁玲的《杜晚香》在你手里吗？"我说："我已经编发了。稿件现在在编辑部。"他气喘吁吁地说："那就快领我们去你们编辑部。"我莫名惊诧："编辑部早没人了呀。恐怕整个北京人民出版社除了传达室看门的，全走光了。什么事这么急？明天再去不行吗？"葛洛严肃地说："明天就晚了，必须今天，现在！走，你坐上我的车，咱们边走边说。"就这样，我跟他上了那辆小汽车。我告诉司机怎么往编辑部所在的崇文门外东兴隆街开。车子行驶中，葛洛告诉我，几个小时前，中央给中国作家协会来电话，说已决定给丁玲平反，书面通知随后会到，但现在必须立即安排丁玲复出的事宜，就是火速在即将出版的一期《人民文学》杂志上刊登她的作品。而丁玲本人表示，她现成的作品就是《杜晚香》，而《杜晚香》前两天被《十月》的刘心武拿走了，还收到刘心武的信说已安排在《十月》上刊发。葛洛说，丁玲复出的首发作品，必须由《人民文学》来发，这是中央的指示。他连连叹息，说其实他们杂志的一位编辑在我之前去过丁玲那里，丁玲把《杜晚香》给了她，没想到她很快退稿，说质量不够，要丁玲有了质量高的作品再给《人民文学》。"你看，把事情弄成了这样！"葛洛的口气很懊丧。我说，丁玲复出的首发作品由《人民文学》刊登，这我理解。但这事光跟我说不行啊，需要通知《十月》的"总头头"甚至出版社的"总头头"才行啊。我一个人怎么能把编好待发的《杜晚香》抽出来交给你们呢？他说你今天的任务就是让我们拿到《杜晚香》，其他的事情我们自然会跟你们出版社领导乃至北京市协调，肯定不会给你个人造成任何麻烦。车子开到出版社门口，发现还有车子等候在那里，原来人民文学出版社的负责人严文井也来了。他怎么也来了？原来他也得到通知，中央决定为丁玲平反，他们出版社也要赶编赶印丁玲的书，书里也要收入《杜晚香》。我就领他们进入出版社楼里，拿我平日用的钥匙打开编辑部的门，取出了已经过技术处理的《杜晚香》原稿，葛洛与严文井如获至宝。至于他们在那个年代如何去复印分享，我就不得而知了。

第二天不待我汇报，出版社的诸领导都说已经知悉来龙去脉，"没什么好说的，丁玲复出国际关注，自然轮不到《十月》首发"。此事可谓当年中国大陆作家作品与政治交融的一大例证，可回味处甚多，但我现在回忆此事想特别强调的是，尽管后来丁玲与中国作家协会几位主要领导发生了许多摩擦，而我后来被调往中国作协担任了《人民文学》杂志主编，丁玲在风向对中国作协不利、我的处境不妙的情况下，仍在一次文学界的公开活动中感念那时被《人民文学》退改的《杜晚香》得到我的真诚肯定。她说："我现在还保留着青年作家刘心武给我的信，或许有一天我会公布出来。"丁玲已去世多年，估计我写给她的那封信，仍可在她遗物里找到。

2009年3月19日

［附记：我当年给丁玲的两封信在其去世后已由其家属交现代文学馆保存，并已有研究者引用。我得以从引用者文章中转录下自己当年所写的这两封信。］

周立波：约稿

这里说的不是去向"壹周立波秀"的那位清口演员约稿，而是向一位生于1908年的老作家约稿。那是在1978年，那时候我是《十月》丛书的编辑。我骑着自行车，奔驰在北京各处约稿，其中若干有趣的细节镶嵌在记忆中。比如到友谊宾馆找到丁玲，她说："我有人家退的稿子，你们能用？"我说："读者等着您的文章。"她拉开身前抽屉，拉了一半，望着我的眼睛。到右安门内找到雷加，他热情地擂了我一拳。到北池子一个招待所找到王蒙，他沏了一杯新疆奶粉给我，放多了，成了糊糊。找到刘绍棠，他把我引到他那个小院的树下，指认他被划为"右派"后悲哀地埋葬长篇小说手稿的位置……那么，找到周立波的时候，有怎样的景象呢？

现在的年轻人几乎都不知道老作家周立波了。而我从二十世纪五十年代起就成为文学青年，对他不仅熟悉，也相当钦佩。那时候我甚至并不知道诺贝尔文学奖，而把斯大林文艺奖当成衡量文艺作品价值的权威标准。许多人知道丁玲因长篇小说《太阳照在桑干河上》获得过斯大林文艺奖的二等奖，周立波因长篇小说《暴风骤雨》获得过三等奖，但是很少有人注意到，周立波是中国唯一两次获得那个奖的作家。中苏合作拍摄了大型彩色长纪录片《解放了的中国》，主创人员基本上全是苏联人，影片获得了一等奖，而那部影片的解说词作者是周立波。我不仅读过周立波获奖的那部长篇小说，就连他1949年以前的老作品《铁门里》、1955年的长篇《铁水奔流》都通读过。但是要承认，他1963年前后写成出版的《山乡巨变》，我则未能卒读。

我对周立波感兴趣还有另一个原因，就是我知道，他的爱人林蓝是个儿童文学作家。那部到现在仍经常出现在荧屏上的电影《祖国的花朵》，人们多半只记得其中插曲《让我们荡起双桨》的词作者是乔羽，而忽略了其编剧是林蓝。我去找周立波，其实也是去找林蓝，欢迎他们伉俪一起支持新生的《十月》。

我是辗转得到周立波那时候的住址的，在北京阜成门外百万庄小区。那个小区有一大片简易的居民楼，每栋楼造型雷同。我费老大劲才找到他住的那栋，不在一楼，我忘了是几楼，爬上楼梯，找到号码对头的门便敲。那时猫眼还远没普及。门半天没开，我都快绝望了。正当我要转身离开时，门开了。一位瘦高的老人，穿一身干净的旧干部服，戴着眼镜，出现在我面前，手把着门，问我找谁。我说出名字，他说"我就是"，却并没有马上让我进去。我说明身份和来意后，他才请我进去。他把我引到一个小房间，自己坐到床上，让我坐椅子。屋子里光线很暗。度其状态，那应该是他借住的一处地方。他端详了一下我，说了句："你很年轻。"那一年他已经七十岁，我三十六岁。

那以后很久，我都没有参透他那句"你很年轻"的意味。其他前辈作家也有说我年轻的，从表情语气里可以知道那是赞叹。但周立波那端详我的眼光，和令我感到阴郁的语气，实在难解。

我介绍了我们出版社和《十月》筹备的情况。他默默地听着，我也端详着他。他显得格外憔悴。我就忍不住说："您在'文革'里受苦了。"他惨然一笑："那时候，他们什么时候想斗我，就把我揪去斗。那时候，我只剩一身脏衣服。"但他不愿意说更多，主动把话题引开，问我们第一期已组到的稿子。

直到多年以后，有一回我听一位只比我小几岁的人说："'文革'有什么不好？那时候我们想斗谁就斗谁。"口气表情并没有开玩笑的意味，我不由得想起周立波那句"他们什么时候想斗我，就把我揪去斗"。我得承认自己是一个超敏感的人。我再回忆起那年周立波望着我说"你很年轻"时的表情、语气，就恍悟他可能是在思忖，以我的年轻，当年是否当过红卫兵、造反派，是否属于"他们"一伙，以随时随地"想斗谁就斗谁"为乐。

和我上下差三五岁的人，确实多有当过红卫兵、上山下乡的经历，但我在"文革"前已经到中学任教，身份定位与人生经历就跟他们有诸多不同。我们是一代人。改革开放前后，这代人里有的很早就跟工农兵文艺决裂，对周立波那代作家写出的《暴风骤雨》之类的作品嗤之以鼻。有的崇尚西方的"新左派"，听他们中部分人的部分言论，我总觉得有为他们自己在"文革"中"与人斗其乐无穷"辩护的意味。我对各种站位和论辩都尽量去理解。我后来形成并一再重申的认知是，每一个生命都无可遁逃于其所置身的时空环境，因此以大悲悯的情怀作为理解的前提是必要的。我自省，如果我在那个年纪没有成为中学教师，我很可能也是红卫兵，并且斗人不疲。如果我是周立波，我多半也会在年轻时参加左翼作家联盟，后来投身红色根据地，在土地改革时怀着满腔激情投入斗争，然后以深厚的积累与饱满的笔墨写出《暴风骤雨》那样的作品；再后来，明明经历了三年困难时期，却听命于一种高于生命体验的原则，去勉强自己写出《山乡巨变》之类的卷帙。那个年代作为一名作家，是多么不容易啊！即便你一贯地歌颂革命，当"文革"浪潮卷来，你也会被残酷揪斗。周立波还算幸运，他没有死。他被斗得只剩一身脏衣服，依然向往自由。他原名周绍仪，立波这个笔名，正是那英文名词 liberty 的译音。

我见到周立波时，他已经被平反，已经自由，但是，显然还有诸多遗留事宜有待处理。而且，那时候十一届三中全会还没有召开，"两个凡是"的阴云还笼罩在头上。虽然我已经不是第一个找上门跟他约稿的编辑，但是那时候上面还并没有明确像他那样的，特别是划过"右派"的作家的作品，是否能公开刊发。我们这些编辑完全是出于自己的良知，去主动向这些作家约稿。

周立波渐渐对我建立起信任。我跟他讲起十几岁的时候读《铁水奔流》的印象。他严肃地说，那部长篇小说在艺术上是粗糙的，如果能够再版，他想做比较细致的修改。他又微微一笑："时间哪里还够哟？这不是，你也来约我写新的。"我提到我读过林蓝的《杨永丽和江林》，还看过拍成电影的《祖国的花朵》，他似乎惊异我连林蓝的作品也熟悉。我说来这里也是想跟林蓝约稿,他告诉我林蓝有事外出了。和现在许多人只知道比作家周立波小五十九岁的同名清口明星一样,现在有的人也只知道林蓝,不过是比写《祖国的花朵》的林蓝小五十一岁的广东女画家。

我还跟周立波提到,读过他翻译的苏联作家肖洛霍夫的《被开垦的处女地》。他说,作家最好至少掌握一门外语,能直接阅读原文的外国作品,对于自己的写作肯定有好处。他鼓励我学外语,告诉我:"口语对作家不那么重要。你能读懂就行,建议先在读上下功夫。"我说我喜欢肖洛霍夫的短篇小说《一个人的遭遇》,以及改编拍摄的那部电影。他沉吟一下说:"我们把他批得好惨啊。"我心里想,肖洛霍夫可没有你惨,人家还得了诺贝尔文学奖呢。

我跟周立波的约稿没能开花结果。他在"文革"后写出的第一个短篇小说《湘江一夜》,大概在我去他那里的时候已经成形了。但是他没有交给《十月》,后来刊发在《人民文学》上。那时候我已经和林斤澜熟悉,对他以大哥相称,见面时总不免把酒论文。他对我说:"周立波文笔老辣,写湘江战役,很有戎马倥偬的味道。"坦率地说,我读后只为老作家有新作品高兴,并没有更多体会,经林大哥点拨后再读,才觑破其叙事策略与遣词炼句的功力。

转眼到了1979年,恢复活动的中国作协举办了第一届全国优秀短篇小说评奖活动。我和周立波都在获奖名单中。我期待着跟他在颁奖活动中会面,但是他因病难以出席。就在那一年秋天,他溘然而逝。

作家和作品被人淡忘、遗忘,是很正常的事情。在历史的大筛子里，每个时代只会有少数的前代作家、作品，跟簇新的作家、作品留在筛面上，依然被读者关注、阅读。簇新的作家也会变成老作家，一时热闹的作品也会冷寂，从历史筛网的筛眼里滑落。当然，也有那样的现象，就是已经被筛掉的作家、作品，因某种机缘，又被拾回到筛面上。历史的筛子随时都在摇动。如果还没有被漏下筛眼，就依然创造吧。

2015年1月31日于温榆斋

韦君宜：弹一曲没弦的琴

人的记忆里会有痛点，这痛点往往出乎他人的意料。人们在公开的发言或文字里，多半会对逝者奉献记忆中的暖色与谢赞；在私下的交谈或私信中，又多半会对与逝者接触中所呈现的冷色有所不悦不敬。公开回忆文字其实并非易事快事：若不能把所经历的人与事严格地还原，会招致误会訾议；但若要令真人真事真实地储留在历史中，则必须克服自我人性中的弱点，又勇于面对人性中的弱点，把那记忆里的痛点照直写出。

韦君宜，我这辈人私下里多有称她为韦老太的。近来从报纸副刊上看到连载的冯骥才的《凌汛》，文章对改革开放前后的韦老太有许多生动而温暖的回忆。这确实是一位值得以暖色描绘的老革命、老作家、老编辑。冯骥才对韦老太扶植他进入文坛的感恩之情溢于言表，读来暖心。其实最应该感恩，而且也已多次以文字表达了感恩之情的，是王蒙。1956年王蒙在《人民文学》杂志发表了《组织部新来的青年人》（原题目是《组织部来了个年轻人》，发表时编辑部调整了题目并且在最后改动中补充了若干关键

青年韦君宜

文字）以后，当时韦君宜和黄秋耘在中国作协主持《文艺学习》杂志，立即开展了影响非凡的讨论。所引出的动静很大，上自毛泽东同志，下至普通读者，当然还有许多评论家和作家，对这部作品都有所评议。鉴于毛泽东同志对这个作品表达了基本肯定的态度，这个作品本身并没有导致王蒙的落难。但在1957年的大形势下，王蒙还是倒霉了，韦君宜亦岌岌可危。要不是当年在延安与她共事的胡乔木打电话到中国作协，进行政治担保，韦君宜也跟王蒙归为一类了。但是韦君宜自身情况稍有好转后，便不时给予王蒙温暖，伸出援手。1962年初，韦君宜主动通知王蒙，他那部1957年初已经开始在上海《文汇报》连载并已由人民文学出版社发稿，却由于情势突变而夭折的长篇小说《青春万岁》，正考虑安排出版。但正如1957年一样，上半年觉得没问题的事情，下半年就绝不可再做,《青春万岁》再次夭折了。王蒙1963年决定去新疆,临行前韦君宜对他鼓励有加。在王蒙自传第一部《半生多事》中,他写道:"韦君宜支持我去新疆,并说一个是去新疆可以写一些少争议的题材……一个是,我可以改变一下那种比较纤细的风格。"1963年底,王蒙全家乘火车,经西安奔赴乌鲁木齐。那远行的人际温暖里,韦君宜的份额不是一个微小的量。

我是在改革开放以后才接触到韦老太的。那时候在我这一茬的青年作家里,流传着关于她的许多趣闻。其中一条是1935年的"一二·九"运动里,呼吁抗日的游行学生,被军警赶进了景山公园,四围高墙,大门紧闭,爱国学生奋力反抗,韦老太当时当然不老,乃妙龄少女,却也攀到墙边大树上,大声斥骂墙外军警。学舌的人模仿她愤怒地爆粗口,令我辈大为仰慕。因为我辈那时都读过长篇小说《红岩》,觉得她的气概丝毫不让书里那位"双枪老太婆"。因此,韦老太之称绝非不敬,倒是美称。当然,后来学舌者被我诘问:你那时尚未落生,哪里听来?他告诉我说是某革命前辈所述。此传说虽然真伪待考,但韦老太首先是个性格带棱带角的老革命,则是无可置疑的。

1978年初,那时我是北京人民出版社(现名北京出版社,不是跟人民文学出版社长期在一个楼里的那个人民出版社)的一名编辑。忽然接到一个电话,是韦老太打来的,口气很硬,让我马上到朝内大街166号人民文学出版社她的办公室去一趟。我本以为她找我去是为了写作上的事情,而且那时候我们出版社正筹办《十月》,我也正好跟她约稿,万没想到却是她把我当面数落一通。由于我事前毫无思想准备,那大我二十五岁的"双枪老太婆"的气派，竟让我憋屈得流出了眼泪。我当时的委屈是，她批评我对境外访问者应答有错。如果有错，也应该是由我所属的单位领导找我谈话，或者是当时负责这类事情的三联书店的老总范用（那次访谈是他安排的）来批评我，而且我知道范用的办公室那时候就跟她在同一栋楼里。我一憋屈流泪，轮到韦老太不知所措了。她本良善，绝非要我那么难堪。她态度很快柔和下来，回忆起1939年在延安编《中国青年》杂志的种种情形，我们也就渐渐能自然交流了。最后她送我出办公室，并答应给《十月》写稿。那以后无论我自己单位的领导，还是范用都没有对我那次访谈进行批评。但是我对朝内大街166号，也就不可能有冯骥才那般提起来就春意盈心的共鸣。

后来中国作家协会恢复了，有了外联部，不时组织一些跟境外作家交流的活动。有时韦老太会跟我同时被邀去参加，她会穿上旗袍，衣领下别一个不小的银制花形胸针，因为我心里总梗着"双枪老太婆"的印象，见了多少有些惊诧。我有点躲着她，她却似乎很愿意跟我攀谈。印象深的一次是，她对我说："现在从美国回来的那些人，其实当年在大学里都是功课不怎么样的。像我们功课好的大都参加革命了，他们功课不好的那时候大都出去留学了。"1984年我的长篇小说《钟鼓楼》在《当代》杂志分两期连载，韦老太很快在《光明日报》上发表了赞扬鼓励的书评。我打电话去表示感激，她说："我是先看后半部，觉得有意思，才找前半部来看的。"后来她出版了《露沙的路》，立刻签名寄赠给我。再后来，她病得不行了，抱病完成了《思痛录》。一天，忽然有人按我家门铃，开门见是一个憨憨的小伙子，对我说："妈妈让我把书给你送来。"我见扉页上有她歪歪扭扭的签名，莫名感动。我让她那儿子进来坐下，想多聊聊，对方却只是憨笑。于是我明白，这就是那个她和夫君杨述双双被打倒后，被一些借势欺人的家伙打傻了的儿子，我眼睛潮湿了。

前些时，王蒙邀我去他家跟他和新婚的妻子单三娅小聚。三人闲聊，不知怎么就提到了韦老太。我说，我注意到一件事——在王蒙的回忆录里有，在仙去的瑞芳嫂的回忆录里也有，而且在王蒙的长篇小说四部曲"季节系列"里又化为了一个情节，那就是，支持鼓励王蒙多年的恩师韦君宜，忽然呈现出她人性中阴冷的一面。在王蒙自传第一部《半生多事》里，他这样忆及："已是'四人帮'垮台后，芳去北京探亲，我仍要她去看望一次韦君宜，韦对芳也是一句话也没有，直到芳干干地告辞，说是她说了一句：'代问好。'整个拜访，得到的就是这三个字。芳说……她认为自己从来没有受到过这样的侮辱。"行文中之所以用了"我仍要她去""也是一句话也没有"，那是因为1975年韦君宜以人民文学出版社负责人的身份去乌鲁木齐，王蒙找到她的住处，感恩之心热似火，说了许多的话，但韦君宜几乎不跟他对话，只冷冷地说了几句，其中最锥心的是："你现在不能写作。"

一个投身革命的大家闺秀，一个不仅可称编辑家，而且自己的散文小说也写得非常出色的作家，为什么在历史的那个节点上，对以前关怀备至的晚辈作家夫妇，忽然呈现出那么阴冷的面目？前些时在王蒙家谈及时，王蒙感叹说："那种你兴冲冲去拜望她，她却面无表情，一句话也不说，只等你自己意识到必须离开的情景，确实像掉进冰窟窿。但是后来我也理解了，其实她心里对我还是好的,哪怕能看到一丝我的希望,她也不会那样啊。"而直到她在北京朝内大街166号扶植大冯创作《义和拳》的时候,她对王蒙那样的作家重返文坛还是没有看到一丝希望。她何以会对有的事情那般绝望?

2006年,我应邀到美国讲完《红楼梦》,乘航班从纽约飞回北京。太巧了,旁边正好坐着韦老太的女儿杨团,我们攀谈起来。原来,韦君宜夫妇都为组建中国新民主主义青年团(后改名中国共产主义青年团),并为编辑团刊团报奉献了生命黄金期,但他们先是在"抢救运动"里被诬陷打击,后来更在"横扫一切"的运动里被抄家批斗。韦君宜虽然在粉碎"四人帮"前重新被起用,在人民文学出版社签发"新人新作",但是她后来在《思痛录》里,对那段编辑史进行了痛彻的否定与忏悔。"四人帮"被粉碎前,已有一些被打倒的干部得到平反。粉碎"四人帮"以后,平反运动中的冤假错案更是天天有新的进展,而她的夫君杨述却一度被罩在"两个凡是"下不得平反。你想韦君宜是什么心情?后来我读到她在七十年前的"抢救运动"中身处困境时写的两首诗,一首古体《四三年审干后作》:"小院徐行曳衫破,风回犹似旧罗纨;十年豪气凭谁尽,补罅文章伏笑谈;自忏误吾唯识字,何似当初学纺棉;隙院月明光似水,不知身在几何年。"一首新体《家》:"家呀/让我再呼唤这一声!/我们对得住你/你愧对了我们/世界/人生/革命/学来好大个聪明! /如今/已变成无家的流民/夜晚寻不上宿头/让我弹一曲没弦的琴/你听/站在旷野里/呆望着/最远的星星。"经历一次劫难,从绝望中复苏过来已属不易,没想到还要重复经历而且烈度更大,你想她人性中的良知良能，被挤压到了怎样的程度！在那个历史的节点上，她以那样绝对的冷漠对待王蒙夫妇，也就实在不难理解了！她是在"弹一曲没弦的琴"啊！她在生命的最后时段写出《思痛录》，"银瓶乍破水浆迸"，是想给后人留下警世涤心之音啊！

2014 年 3 月 20 日于温榆斋

秦兆阳：创办《当代》

却嫌脂粉污颜色

人的联想往往会是无端的，比如提到《当代》杂志，我会倏地想到两句唐诗："却嫌脂粉污颜色，淡扫蛾眉朝至尊。"这是杜甫咏虢国夫人的句子，怎么能拉扯到《当代》杂志？真真是拟于不伦。可是没有办法，联想比仲春的柳絮游丝更难拘束，它就是要无端地浮上心头，提到另一家大型文学杂志，我会想到"蜻蜓飞上玉搔头"，更岂有此理？

但是细琢磨，人的那些无端的联想里，往往潜伏着对事物烂熟于心的理解，只是难以一一缕述，急切里也就顾不得逻辑上的推演，于是用听来似乎极为悖理的语句，将自己对那事物的独特感悟，一吐为快了。

记忆里的秦兆阳，从朦胧渐次清晰。我是在他创办《当代》杂志后才有缘与他相见的。他1956年发表了《现实主义——广阔的道路》一文，那是具有世界眼光的论文。也是在那一时期，法国共产党的文艺理论家加洛蒂发表了《论无边的现实主义》，都体现出对教条主义桎梏的冲决，力图为直面社会现实的作家从理论上开辟出一条更宽阔的道路，从美学框架上提供有力度的支撑。这种冲决是要付出代价的，秦兆阳为此蒙难二十年，加洛蒂受到当时苏联官方理论家的猛烈批判。

改革开放的曙光映照下的秦兆阳脸上漾着真诚的微笑，他不怎么愿意回答我就当年他那篇文章内容所提出的问题，只是跟我讲他手里正料理着的《当代》的一些具体事情。他那时心里所想的已不是理论务虚，而是以实践来现身说法。秦兆阳那时亲自为《当代》设计封面，那些封面真可谓素面朝天，这一风格被《当代》延续至今。封面里面呢？尽管秦兆阳和韦君宜等前辈都已仙去，杂志的负责人也因离退休而更换几次，但可以说是"移步而不换形"。"移步而不换形"是梅兰芳对京剧改革奉献的一种观点。我一直以为无论是京剧还是文学以及别的什么文化门类，在发展中可以有多种多样乃至多元的路径。"奔跑脱形"只要自成一格，也未必就是糟蹋传统，但"移步而不换形"应该是一种最值得尊重的选择，因为这做起来更难，而一旦做成也会更为出色。

《当代》真的很当代。眼下中国社会脂粉气浓烈起来，有的杂志跟进脂粉，努力地"环肥"或者拼命地"燕瘦"，以博文化消费者一粲，当然也不能简单地说人家就不对头，但《当代》选择了"却嫌脂粉污颜色"的站位。所谓"淡扫蛾眉朝至尊"，如果把"至尊"指认为读者，即广大的文化消费者，那么要知道，其中相当大一部分是并不喜欢脂粉气的，他们希望读到直面现实、针砭社会、描摹人生、汗泪交融、见血见肉、入骨三分、探究人性、浑然天成的文字。《当代》迎向他们,他们拥抱《当代》,这是文学界生动的一景,是多元格局里一片葱郁的具有可贵野趣的多彩植被。

我与《当代》缘分不浅。获茅盾文学奖的《钟鼓楼》和另一长篇小说《栖凤楼》都由《当代》首发,新世纪里我连续在《当代》上发表了四部中篇小说。我很感激《当代》对我创作的支持。我给《当代》的这四部中篇,都体现着我近期的追求,那就是"平和的批判性"。具体来说,也就是在描摹现实、展示当下社会人生的原生态时,保持审视的眼光、叩问的态度,绝不放弃对不合理不公正的批判性站位,但又绝不走极端,不以激情驾驭文本,承认社会人生中有相当难以判断的混沌区域,不自信自己对社会人生特别是人性有通释的能力。也就是"两个不粉饰",一不粉饰生活,二不粉饰自己的认知,审美上力图沉浸于一种淡然的平和的境界,期盼在宁静幽微的观照中,与读者一起品味人生,思索真谛。我给《当代》稿子时倒从未跟他们这么说明过,但写到这里我也就更加明白,我的这种追求,与《当代》一以贯之的品位间确有相通之处,相信既然我们都"却嫌脂粉污颜色",那么今后的合作一定更加默契,更加愉快。

江声浩荡

直到如今,还有一些作家企盼能公派出国。某作家终于遂愿,坐飞机抵达了异国机场。机场漆黑一片,来接的只有我国驻该国文化参赞。进了汽车,窗帘密掩。到了大使馆,送进房间,窗帘也密掩。原来，该国当天发生了军事政变。一夜无眠，参赞不断地联络，问机场何时恢复航班，终于有了结果。第二天，天还没亮，作家被摸黑送到机场，送上了回国的飞机。某作家没见到一位外国人、一瞬的外国风景，甚至没看到"外国月亮"，这算不算享用了一次"出国指标"？

"出国指标"很金贵，许多人在想方设法地争取。可是，作家协会几次请一位资深作家、编审率团出国，却回回都被婉谢。这当然并不意味着他对文学交流及开阔眼界持消极态度，这只体现出他个人的一种性格。性格人人有，难得是带棱带角、执着刚劲。"出国指标"于他可无，办好刊物于他则事比天大。当然，你也知道，我说的是业已作古的文学前辈，长期担任过《当代》主编的秦兆阳。

《当代》二十年，里面倾注着秦兆阳大量的心血。当然，《当代》的"含血量"很大，心血不是他一个人在沥，办刊的同人们哪个不是呕心以献？不过，秦兆阳在某种程度上，确实象征着《当代》这刊物的性格。"严肃文学"一词，有人质疑，这里不做讨论；但秦兆阳曾亲自设计过《当代》的封面，那风格好像一直延续到现在，真是既严肃，又文学，一望就有厚重感，也有儒雅气。

二十世纪八十年代，对国内的大型文学刊物，曾有"四大名旦"之谑。仿佛是，有的被指认为正旦，有的被形容为青衣，有的则被说成是刀马旦、花旦。其中就有《当代》，记不真被指为了"正旦"，还是"青衣"。其实"四大名旦"的含义不是四种旦角的行当，而是梅、程、尚、荀四大艺术流派。以哪个流派比喻

《当代》更为恰切？其字正腔圆，颇近梅派，而宛转沉郁，又极近程派。我们都知道尚小云很早就大胆排演过《摩登伽女》，穿钟罩般的西洋大落地裙上场，革新"文本"，敢为人先；况"摩登"即英语"当代"译音，据此似乎又以尚派喻之更为对榫……

比喻永远是"半残废"，难令苛求准确性的人们满意。总而言之，《当代》有独特的性格。长期担任其主编的秦兆阳任期中虽没出过国，《当代》可是在世界上许多地方都有订户。这本厚重的刊物，在"现实主义——广阔的道路"上，脚步坚定，越走越远。

我曾写过一部《钟鼓楼》，稿成，想在某杂志分两期刊出，被告可以，但只能以跨1984、1985两年处理。我当时对跨年度刊登产生了心理障碍，另求《当代》，被容纳于1984年第五、六两期。没想到因此它竟符合了第二届茅盾文学奖的评选范畴，又经《当代》大力推荐，竟意外地获了奖。1996年，我于是把《栖凤楼》又投给了《当代》，也被爽快地容纳。这回无望得奖，但心里总觉得跟《当代》有某种特殊的缘分。

一晃二十年了，我忽然想到罗曼·罗兰《约翰·克利斯朵夫》开篇的句子：江声浩荡。这不是比喻。听得很真切。一定的，《当代》将把跨世纪的浩荡江声，传递得更加清晰，更加激越。

1999年3月28日于绿叶居

林斤澜：一江春水向西流

1956年，《人民文学》杂志编辑部收到北京市文联一位作者寄去的两个短篇小说——《姐妹》和《一瓢水》。编辑读后，一是觉得作者写作能力很强，二是主题含混，似不宜发表。《人民文学》创刊时的主编是茅盾，但那时候的主编已换成严文井。这两篇作品能不能发表？编辑部为慎重起见，最后把作品送往老主编茅盾那里。茅盾彼时已出任文化部长，日理万机，却抽出时间细读了这两篇作品。《姐妹》写的是一对同在孤儿院长大，虽无血缘关系，却在一个被窝度过童年的女子，历经抗日战争、解放战争，分离遇合，渐渐在认知上出现严重疏离，却又在姐妹情谊上剪不断、理还乱的故事。作者究竟是否意在通过这两姐妹的沧桑肯定一个否定一个？朦胧，暧昧，文字传达的似乎并非臧否，而是感叹。对于这篇，编辑部向茅盾表态尚可斟酌刊发，但对《一瓢水》就觉得实在古怪，难以接受，希望茅公能予以裁决。

那两篇小说的作者，就是当年三十三岁的林斤澜。茅盾为

《一瓢水》给编辑部写去一封很长的信,先概括小说内容:"写司机助手小刘留,在路上,忽值司机老赵发病,小刘留为赵找草药郎中,翌日就好了,再上路。小刘留写得还可爱。老赵工作好,负责,但是心境不好,家里闹离婚(原因是老赵工作忙,不能回家,老赵因此也苦闷,在病中呓语,有'叫她到疯人院里找我'之句,盖谓如此下去,自己也要变成疯人也),很少和小刘留搭腔。写小刘留扶病人找草药郎中的住处,他的举动都带上阴森的味道。有几处使人惊心。"然后细心统计:"全篇共七千五百字左右。"下面进入评价:"可以从两个方面评价这篇小说。如果要否定它,理由可以是:不知作者要拥护的是什么,要反对的是什么?(这是一句老调了,但常常被作为不可辩驳的尺度。)甚至还可以进一步作诛心之论,认为作者故意把人的心境、环境,都写得那么阴暗,把乡村描写得那么落后、荒凉,写草药郎中还要仗剑作法,巫医不分,写草药店老太婆迷信说见过鬼,而且,还可以质问作者:写满街人家都糊红纸,'红艳艳,昏沉沉',是何所指?写老赵高热中呓语,分明是暗示紧张劳动会逼疯了人,逼得人家庭破碎,那不是污蔑我们的制度?等等。但反过来,如果不这样'深刻地'去'分析',则此篇的最大毛病亦不过是写了一写,不能不说这篇小说在技巧上是有可取之处的。例如他懂得如何渲染,怎样故作惊人之笔,以创造氛围。他的那些招来指责的描写,大部分属于这一范畴。那么,看了全篇后,是不是引起阴暗消沉的感觉,即所谓不健康的情绪来呢?我看也不见得。如果我们不愿神经过敏,以为这个作者是'可疑人物',作品中暗含讽刺,煽起不满,那么我们就可以这样想一想:这样一个似乎有点写作力的作者,倘能帮助他前进一步,那岂不更好呢?"茅公此信到达编辑部,林斤澜的小说立即放行。在同一期上《姐妹》《一瓢水》两篇都被刊出,只是在目录与内文排序上隔开安排。那以后,林斤澜的小说便频频见于《人民文学》,他接下来刊发的《台湾姑娘》更引人注目。我当时是一个十四岁的文学少年,每期《人民文学》都看,读《姐妹》,不大懂,但朦朦胧胧地产生了对命运的敬畏感。读《一瓢水》,能懂,觉得那些阴森怪诞的场景,正说明僻远山乡的落后,需要把公路修进去,需要有司机把大卡车开进去,用文明驱除野蛮。我记得小说里有个细节,就是老赵趴在车底下修车的时候,衣兜里掉落一封揉皱巴的信,说明老赵有私生活方面的隐痛,但他仍然带病修车、开车,忠于职守,是很感人的。而小刘留,有着美好的憧憬,就是成为正驾驶,把文明送进更荒僻的角落。这是一篇往我那样的少年心中洒进光亮的有趣的小说啊!

茅盾就《一瓢水》写给《人民文学》编辑部的信,是应该重视的历史文献。这封信体现出茅公对有才华的文学写作者的爱惜,对异样写作风格的保护,真正体现出其容纳百花竞开的博大胸襟,但这封信直到2004年《茅盾手迹精选》出版才得以公开。我建议,所有的文学刊物的主编、出版机构的总编辑,以及从事文学组织工作的人士,都应该将这封信作为重要的参考。

众所周知,新中国的文学发展,是经历过曲折坎坷的。那时候把社会主义现实主义奉为正宗。但究竟如何先把现实主义概念厘清?1956年,秦兆阳发表了《现实主义——广阔的道路》,试图把现实主义的写作路数拓宽,但很快遭到了批判。1963年,

林斤澜(1923—2009)

法国共产党的文艺理论家罗杰·加洛蒂出版了《论无边的现实主义》一书,其中关于文艺创作方法的思考是世界性的。加洛蒂经过一番论述,把卡夫卡及其代表作《变形记》纳入现实主义的作家作品范畴,结果1965年苏联《真理报》就展开了对他的批判,我们这边也很快跟进。茅公呢,不但作为一个在创作实践上经验丰富的资深作家,也作为一个在文学理论上一贯用力的思考者,在1958年——那时他在文化部长任上白天公务繁忙,就晚上读书、深思,断续写成了《夜读偶记》一书。这本书林斤澜当然看到了,我那时作为一个十六岁的文学青年买来很认真地学习了。茅公将文学(主要是小说)的发展轨迹归纳为:古典主义—浪漫主义—现实主义—新浪漫主义或现代派。他认为就文学的创作方法而言,现实主义是最正确的,但是遭到了非现实主义,尤其是现代派的挑战,那时候还没有后现代主义。所以他大力批判现代主义,认为文学创作方法存在着两条道路的斗争,而一部现代文学史,也应以现实主义与反现实主义的斗争为纲。按我当时的阅读理解,像荒诞派、象征派、颓废派、抽象派,都属于反现实主义,都是应该杜绝的。茅公在那样一个历史环境下的夜读思考,是真诚严肃的，但其思路显然是从就《一瓢水》致《人民文学》编辑部那封信后有所后退。

到二十世纪六十年代初，文学写作剩下的路子已经相当狭窄，似乎只有歌颂性的作品才能存活。正是那时候，浩然脱颖而出，从短篇小说《喜鹊登枝》到长篇小说《艳阳天》，他的写法成为一种优良的范式。他笔下的生活剔除了杂质，正面人物没有瑕疵。那种写法，打个比方，就好似"一江春水向东流"，大方向绝对正确，文笔顺畅，读来喜兴。那么，在这种写作环境下，林斤澜怎么写？林斤澜没有停笔，他继续写，但他"移步而不换形"。他也歌颂，真诚地歌颂生活中那些平凡的好人好事，但他不改艺术上的"傲骨"。他坚持茅公肯定过的技巧，"懂得如何渲染，怎样故作惊人之笔，以创造氛围"。在艺术手法上，人家"一江春水向东流"，他却"一江春水向西流"。中国的地理地质结构，使得大部分河流都是自西向东流，但也有例外。少数河流是自东向西流，像新疆的伊犁河、青海的倒淌河、台湾的浊溪河；就是黄河、长江的某些河段，也有"一江春水向西流"的景象，例如湖北嘉鱼县簰洲湾，就呈现出水向西流的特异景观，以至有些游客偏要找到那里，获取特异的审美愉悦。二十世纪六十年代初，林斤澜的短篇小说《新生》被《人民文学》作为头条推出。这篇小说的故事很简单，就是在北京远郊深山老林的僻远村庄，一个产妇难产，好不容易联系到公社所在的镇上，希望派一位经验丰富的老医生来抢救，但老医生年岁太大，已经难以涉水上山。"谁知到了后半夜，一声喊叫，一支火把，那二十来岁的姑娘大夫，戴着眼镜，背着药箱，真是仿佛从天上掉了下来。人们还没有看个实在，就已经钻到屋子里去了。往屋子里钻时，还绊着门槛，虽说没有跌跤，却把眼镜子摔在地上，碎了。人们定了定神，想起老大夫没有来，新媳妇躺在那里，只有出的气没有进的气了。"且看林斤澜如何渲染，怎样故作惊人之笔，以创造氛围："半夜一阵暴雨。只见雨水里，几个上年纪的妇女，招呼着几个小伙子，悄悄地喘着气，抬着木头来了。生产队长惊问：'怎么就要做这个了？'小伙子们不作声，上年纪的妇女光说：'做吧，做一个使不着的，冲冲喜，消消灾。'提出这老辈子传下来的厚道的心愿，她们有些不好意思哩！队长心想：'防备万一，也好。'就不说什么了。"如果是"东流派"的写法，不会这样来写，这不把生活中的"毛刺"写出来了吗？这样的情景是"不纯净"的啊。林斤澜接着写，"那新媳妇的男人，是一个高身材的小伙子。山里人不爱刮脸，这时脸色煞白，胡子黑长。雨水浇透的衣服，贴在紧绷绷的肌肉上。那浑身上下，有的是山里人的倔强。一声不响，抢过斧子，猛往木头上砍，'空'呀'空'的，使劲砍哪使劲地砍"。如果"东流派"写这样的正面人物，也不会这样下笔，这人物有瑕疵啊。可是我读了这一段，就非常感动。

1980年至1986年，我曾是北京市文联专业作家，跟林斤澜"一口锅里吃饭"，来往频密。有回我邀他到我家喝酒，我就告诉他，读到《新生》里的这段描写，我就产生了电影感，觉得那山村丈夫举斧砍棺材木的声响，与那屋里难产的妇人的呻吟声嘶喊声，交错在一起，持续良久，那是爱与死的抗争啊！我甚至有将《新生》改编为歌剧的冲动。那时候我结识了几位很有才华的作曲家，就说可以约请他们中一位谱曲，而且我觉得在舞台上演出时，虽然舞台画面是中国山村，人物也都是土得掉渣的山民，但演到山村丈夫不停地举斧劈木时，可以像古希腊悲剧演出那样，有歌队出场，可以有五个穿希玛申长袍的男歌者，五个穿紫色基同装的女歌者……那时候我已与林斤澜成为忘年交，称他林大哥，深谈多次。林大哥对我《立体交叉桥》以前的小说，虽有鼓励，但从技巧上、文学性上多坦率指出缺陷，使我受益匪浅。他知道我早读过罗念生翻译的古希腊戏剧，我跟他说过索福克勒斯的《俄狄浦斯王》里歌队设置得最好。当"弑父娶母"的悲剧结局呈现，俄狄浦斯自刺双目，自我放逐，歌队悲怆地唱出："这苦难啊，叫人看了害怕！我所看见的最可怕的苦难啊！可怜的人呀，是什么疯狂缠绕着你？是哪一位神跳得比最远的跳跃还要远，落到了你这不幸的生命上？哎呀，哎呀，不幸的人啊！我想问你许多事，打听许多事，观察许多事，可是我不能望你一眼；你吓得我发抖啊！"

《新生》中写道，那姑娘大夫竟在一顿饭的工夫里，使用产钳把那小生命完好地钳了出来，"石头房子里，新生命吹号一般，亮亮地哭出声来时，男人们一甩手，扔了斧子锯子，妇女们东奔西走，不知南北。有的跌坐井台上，一时间站不起来了。新媳妇的男人脸色转红，连胡子也不显了。看见姑娘大夫走到门边，掏出巴掌大的小手绢擦汗。那男人跳到鸡窝跟前，探手抓住一只母鸡，不容分说，连刀都顾不得拿，拧断了鸡脖子，随手扔在姑娘大夫脚边，叫道'你有一百条规矩，也吃了这只鸡走'"。写山村村民受益于姑娘大夫的医术，其感谢方式竟如此粗犷、狂放,给我留下的印象也极深刻。同一人故事,换个人写,特别是由"东流派"来写,可能会是另一种明亮、欢快,绝对不会引起"误会"的笔法。林大哥写歌颂性作品,也能写出"一江春水向西流"的"异样"文本,透出"怪味",而且超出当时的语境,令我这样的读者联想到古希腊戏剧。这正说明,他参透了文学的本性——那就是无论你写的是什么故事什么人物,到头来你要写人性,写人类心灵相通的情愫,写爱与死的抗争,写善与美的永恒。

我倾诉出对《新生》的读后感,颇令林大哥吃惊。他说改革开放后,有评论家评论他以往的作品时,《新生》是排在最不看好的第三档的。我就知道,有些人士,还总是从歌颂/揭露、明亮/晦暗、融入/抗拒、拯救/逍遥等二元对立的框架来评判作家作品,其实文学的本性在这些框架之外。他又说,我对《新生》的解读,显然是拔高了他那篇东西。其实他那篇小说里,后面用很多的篇幅描写那姑娘大夫是怎么在许多热心人的帮助下,才跋山涉水到达那山村的。引得我激动的那些文字,其实在全篇里所占比例有限,他也没有把那山村汉子举斧砍棺材木的声响,与石头房子里产妇的呻吟嘶叫交错着描写。他几笔淡淡的描写,竟惹得我要动用古希腊戏剧里的歌队!我们交谈的时候,国内已经把德国文学理论家尧斯的"接受美学"理论介绍了过来。"接受美学"认为,一部作品印了出来,摆上了书店书架,并不能说这部作品就完成了;一部作品的真正完成,是通过读者阅读,让读者在阅读中参与创作,不同的读者会根据自身的生命体验与审美经验,在接受作家文本的过程中,把某些部分放大,或对作品加以补充，甚至加以校正，加以延伸；这样，一部作品才算活了起来，才算达于完成。林大哥就鼓励我说，老弟作为一个读者，阅读中参与别人作品的创作，使其更丰富，更动人，是个好读者。林大哥视我为知音，感叹知音难求！他笑我那时候写个什么都能引出轰动，总是红火；他呢，虽有若干知音，却总火不起来。我在《北京晚报》上发表短文，称他的小说为"怪味豆"，他看后呵呵笑："你给取的这个符码，还是流行不开啊！"

其实，林大哥并不真在乎好评、红火、奖项、声望，他沉浸在创作的欢愉里。

跟林大哥在一起的最大快乐，就是谈文论艺。有段时间里，他集中重读法国小说家梅里美的作品，有次跟我特别聊起《伊尔的美神》。我记得那篇小说，写一个新郎官在花园打网球，为了不受妨碍，把婚戒暂时套到了花园里一尊美神铜像手指上。但他打完网球，却怎么也取不下那枚戒指了，没想到晚上听到他所住的小楼楼梯传来沉重的脚步声，竟是那铜铸女神上楼到了他的房间。第二天，人们发现新郎官被铜像压得窒息而死了。后来人们用那女神另铸了一口铜钟，但那口钟的钟声造成两年葡萄藤的冻灾。林大哥问我：有的文学史，把梅里美定位为现实主义作家，但像《伊尔的美神》这样的作品，神秘、诡异、朦胧、暧昧，能算进现实主义里吗？我说，难以划定，但他写的毕竟是人们在现实中的困惑，肉身的人可能还会轻视誓言，铜铸的女神却觉得，你给我手指戴上了戒指，那你就是选我做了新娘，我找你，是要你落实誓言。从这个角度解读，它写的是现实中的人际、人性，因此，也算现实主义的一种吧。林大哥后来写了篇关于《伊尔的美神》的文章,在《读书》杂志上刊出。但现在我身边的荔枝皮颜色封面的十卷本《林斤澜文集》里,却怎么也找不到那篇文章,可见是漏收了,而且这文集里每篇文章后面都没有注明写作时间,是很大的遗憾。不过,这个文集能出,就好。

林大哥晚年推出的《矮凳桥风情》系列小说,把他那"一江春水向西流"的艺术个性推向了极致。打头的一篇,就是《溪鳗》,算算字数,七八千,是林大哥短篇小说的标准篇幅。看下来,大体只写了三四个人物,主角是来历不明的弃婴,开篇已然徐娘半老,但风韵岂止是"犹存",简直仍带仙气。这是个被唤作溪鳗的女子,有着极坚韧顽强的生命力。还有一位叫袁相舟的退休教师,他被请到溪鳗开的专卖鱼丸、鱼松、鱼面的小饭铺,溪鳗请他给饭馆取个名字,并且写成匾额。当中还出现了一个偏瘫的男子,溪鳗精心地照顾他。小说的叙述方略是半明白半朦胧。朦胧的文字中,读者可以意会到,几十年前那配枪的强悍镇长,一番仕途浮沉,或可说是他得势时捕获了溪鳗,或可说是溪鳗在他沦落时不离不弃。那袁相舟最后写下"鱼非鱼小酒家"匾额,还附带题词,溪鳗满意,那瘫子也呜啊呜啊地赞好。此篇在半明半白、暧昧诡异的叙述中,竟概括出了这片大地上的沧桑变化,可以说是写了社会,写了家庭,写了邻里,写了风俗,写了爱情,却也写了情色。溪鳗半人半妖,有很纯的人情美,也有很混沌的人性挣扎,读者莫问主题,却可意会到意趣丰沛。全篇文笔好极了,比如描写矮凳桥和吊脚楼下的溪水:"这时正是暮春三月,溪水饱满坦荡,却像敞怀喂奶、奶水流淌的小母亲,水边滩上的石头,已经晒足了阳光,开始往外放热了;石头缝里的青草,绿得乌油油,箭一般射出来了;黄的紫的粉的花朵,已经把花瓣甩给流水,该结果的要灌浆坐果了;就是说,夏天扑在春天身上了。""那汪汪溪水漾漾流过晒烫了的石头滩,好像抚摸亲人的热身子。到了吊脚楼下边,再过去一点,进了桥洞,在桥洞那里不老实起来,撒点娇,抱点怨,发点梦呓似的呜噜呜噜……"更妙的是写落难后的前镇长,提个篮子,里面盘着好不容易得来的两尺长的溪鳗,盖上毛巾,懵懵懂懂地就走到了矮凳桥上,"镇长一哆嗦,先像是太阳穴一麻痹,麻痹电一样往下走,两手麻木了,篮子掉在地上,只见盘着的溪鳗,顶着毛巾直立起来,光条条,和人一样高,说时迟那时快,那麻痹也下到腿上了,倒霉镇长一摊泥样瘫在桥头"。这仅仅是在写一个醉汉突发脑溢血吗?那和人一样高的溪鳗究竟是幻觉,还是那尽管他落难仍眷顾他的女子赶来了?他在得势时曾谩骂坚持开饭馆的溪鳗:"来历不明,没爹没娘,是溪滩上抱来的,白生生,光条条,和条鳗鱼一样,身上连块布,连个记号也没有,白生生,光条条,什么好东西……"可见"白生生,光条条"深深地嵌入了他的潜意识,是诅咒,是暗恋,也是瘫痪时渴盼的天仙。林大哥的小说都需要细品,怪味里有乾坤,含混中有细理。

记得我2006年在美国哥伦比亚大学讲我个人的研究《红楼梦》心得,那年夏志清还很康健。他上午来听,大声插话鼓励,我已很是感动,上午讲完,我趋前致敬,劝他下午就别来听我"胡说"了,他却下午仍来听,仍大声插话肯定。晚上小型聚餐,我们言谈甚欢。我就跟他说,真该像他当年把几乎被尘埃掩埋的沈从文、张爱玲发掘出来一样,也给林斤澜一个"学术公道",

引起文学史家、评论家和广大读者最高程度的重视。我把《矮凳桥风情》中的《溪鳗》简略地讲给他听,并且模仿他当年对张爱玲《金锁记》的评价——"《金锁记》是中国自古以来最伟大的中篇小说"——造出这样一个句子:《溪鳗》是二十世纪下半叶中国伟大的短篇小说。"我没有说是"最伟大",只说"伟大"。夏先生认真听我诉说,一副很严肃的表情,最后叹息道:"可惜我精力不济,读不了那么多,也弄不来那么多了,不过,你既然真那么认为,倒不妨写点文章。"

林大哥2007年荣膺北京市作家协会"终身成就奖"。2009年4月11日下午,我和从维熙去医院看望他,那时候他刚又一次被抢救过来,坐在轮椅上。我大声呼唤:"林大哥!"他望着我,现出一个灿烂的微笑。他女儿林布谷过去,把他搀扶到病床上躺下,对我们摆手,示意不要进入病房,我和维熙兄就绕到阳台上去,我忍不住哭了起来。我和维熙离开医院约两小时后,林大哥仙去。

前些天有晚梦见,似乎和林大哥一起,站在簰洲湾,只见一江春水,溶溶漾漾,水波潋滟,美感独特,从容西流。

2020年10月11日于温榆斋

邵燕祥：被春雪融尽了足迹

大约是1985年的夏天，我从琉璃厂海王村书店出来，顺人行道朝南走，忽然迎面的慢车道上，一个清瘦的中年男子骑自行车过来。他先认出我，到我跟前，便刹住了车，招呼我："心武！"

这一声招呼，时隔二十六年了，却似乎还在耳畔。那是一种特别具有北京味儿的招呼，"武"字儿化得极其圆润。其实招呼我的人并非地道的北京人，他祖籍本是浙江萧山，大概因为全家迁京定居年头多了，因此说起话来全无江浙人的平舌音，倒满像旗人的后代，往往将一种亲切感，以豌豆黄似的滑腻甜美的卷舌音自然而然地表达出来。豌豆黄是一种北京美食，据说是当年慈禧太后最爱，就如她将京剧调理得美不胜收一样，豌豆黄也在满足她的嗜好中越来越悦目可口。

那天不过是一次邂逅。我去琉璃厂买书，他那时住在琉璃厂南边不远的虎坊桥，也许只是骑车遛遛。我已完全不记得他招呼完我以后，我们俩说了些什么话了，但是那一声"心武"，却在岁月的磨砺中仍不失其动听。

我是一个敏感的人，往往从别人并不明确的表情和简短的话语里，便能感受到所施与我的是虚伪敷衍还是真诚看重。我从那一声"心武"，感受到的是对我的友好善意。

那天招呼我的，是兄长辈的诗人邵燕祥。

早在1955年，也就是那一声"心武"的招呼的再三十年前，邵燕祥于我就是一个熟悉的名字。我背诵过他的篇幅颇长的诗《到远方去》，那时候不仅他那一代的许多青年人，充满了建设自己祖国的激昂热情，就是还处在少年时代的我，以及我的许多同代人，也都向往着到远离北京的地方，去建设新的工厂和农庄。还记得那前后，邵燕祥写了一首题目完全属于新闻报道的诗，抒发的是架设了高压输电线的喜悦豪情，现在的青少年倘若再读多半会怪讶吧——这也是诗？但那时的我，一个爱好文学的少年，读来却心旌摇曳，那就是我这个具体的生命所置身的地域与时代。其实每一个时空里的每一个具体生命，都无法遁逃于笼罩他或她的外部因素，其命运的不同，只不过是他或她的主观意识与外部因素相互作用所产生的不同效应罢了。

那时候看电影，苏联电影多半是莫斯科电影制片厂出品，开头总是其厂标，一个举铁锤的健硕工人和一个举镰刀的集体农庄女庄员，以马步将铁锤镰刀交叉在一起，形成一个极具冲击力的图标。中国国产电影仿照其模式，片头在持铁锤镰刀的男工女农外，增添一个持冲锋枪的士兵，随着庄严的音乐徐徐从侧面转成正面。因为看电影多了，因此我和许多同代人都能随时将那片头厂标曲哼唱出来。后来我知道，那首曲子叫作《新民主主义进行曲》，是由老革命音乐家贺绿汀谱成的。新民主主义，至少在1955年以前是一个非常响亮的名词，毛泽东曾撰《新民主主义论》。记得那时我父亲——他是一个被新海关留下，并予以重用的旧海关人员——每当捧读《新民主主义论》时都会一吟三叹，服膺不已。我那时候还小，不大懂得，却印象深刻。那时候，老师这样给我们解释五星红旗上五颗星的象征意义：大的那颗星星代表共产党，团结在其周围的四颗星，则分别代表着工人阶级、农民阶级、小资产阶级和民族资产阶级。

想到这些，不是无端的，与那时所有的人皆相关，包括邵燕祥。

邵燕祥少年时代就左倾，那时的左倾，就是倾向共产党，是服膺于新民主主义的纲领，在《新民主主义进行曲》的旋律下，建设一个光明的新中国。

但是没过多久，新民主主义的提法就式微了，要掀起社会主义革命的高潮，还要跑步进入共产主义。国产片片头的工农兵塑像还保留着，却取消了《新民主主义进行曲》的伴奏。到后来，老师跟学生解释国旗上五颗星的象征意义，也就不再是我儿时听到的那种版本。《社会主义好》的歌曲大流行，《新民主主义进行曲》被抛弃淘汰。一首歌，被抛弃淘汰也就罢了。但是人呢？活泼泼的生命呢？建设当然也还在建设，与天斗，与地斗，却都还不是第一位的，提升到第一位的是人斗人。到我十五岁那一年，就有不少我原来熟悉的作家、诗人、艺术家，被从人民的队伍里抛弃和淘汰掉了。在被批判的诗人名单里，赫然出现了艾青。紧跟着我被告知，还有一些诗人也成了社会主义革命的对象，其中就有邵燕祥。多年以后，我读了邵燕祥回忆那一段生命历程的《沉船》，有两个细节给我的印象最深。一个细节是当他参加中国新闻代表团访问苏联回来后不久，本来似乎更要"直挂云帆济沧海"，却猛不丁地就遭遇"飓风"而"沉船"。他在自己的宿舍里闷坐，对面恰好是大立柜上的穿衣镜。他望着自己的镜像，头脑里不禁浮出"好头颅谁取之"的想法。还有就是他写到有一场对他的批判会是在乒乓球室召开的。我曾当面问他："怎么会在乒乓球室里召开批判会？"他没想到我会有此一问，说他那样记录不过是白描罢了。我的心却在阵痛，敢问人世间，自有乒乓球这项运动，设置了供人锻炼游嬉的专用乒乓球室后，在何处，有几多，将其用来人斗人？

生命是脆弱的，生存是艰难的。穿越劫难活下来是不容易的。

1975年，我从任教的中学借调到当时的北京人民出版社文学室当编辑。当时在文学室的一位女士叫邵焱，她负责编诗歌稿件。我们相处半年以后，才有人跟我透露，她原名邵燕祯，是邵燕祥的妹妹。这让我想起了《到远方去》，想起了新民主主义时期的高压输电线，觉得自己有了接触邵燕祥的机会，暗中兴奋。但是我几次试图跟邵焱提起邵燕祥，她虽满脸微笑，却总是一两句话便岔开。1976年10月以后，政治情势发生了变化。1978年出版社同人一起创办《十月》丛刊，我那时忝列《十月》"领导小组"，就跟邵焱交代，跟邵燕祥约稿，无论诗歌散文都欢迎。邵焱仍是满脸微笑，过几天我问起约稿的事，她的回答很含蓄，好像是"现在行吗？"一类的疑问句。我隐隐觉得，是邵燕祥还要再观察观察，包括观察《十月》究竟是怎样的面貌。后来与他接触，证实他的确不是个急脾气，而是凡事深思熟虑、一贯气定神闲的性格。

进入改革开放时期后，邵燕祥和我先后被调入中国作家协会，他在《诗刊》，我在《人民文学》。他忙他的，我忙我的，见面不多，谈得很少，但我总能感觉到他对我的善意。我记得他曾将邵荃麟女儿邵小琴一篇回忆亡父的文章刊发到《诗刊》上，我问他：邵荃麟是文学理论家、翻译家，并非诗人，而邵小琴写的也不是悼亡诗，你怎么不介绍到《人民文学》发而偏在《诗刊》发呢？他也不解释，只是告诉我："邵荃麟在1957年保护了人啊，要不那时中国作协的运动会更惨烈！"后来他又几次跟我说起邵荃麟"保人"的事。这说明邵燕祥对爱护人、保护人的行为深深崇敬。我心中不免暗想，倘若那一年邵燕祥是在邵荃麟够得着的范围里，是不是也有幸被保护下来，只"补船"而不至于"沉船"呢？人世间基于正直、仗义而冒风险保护别人不至于沉沦的仁者，确实金贵啊！

到了二十世纪九十年代，邵燕祥和我都赋闲了。后来组织通知他，还把他的名字保留在中国作协的主席团里，他坚决辞掉了。再后来又一届会议，我收到一份表格，是保留全国委员须填写的，我退了回去，注明应将此名额给予合适的人选，结果中国作协当时一把手通过从维熙兄打电话转达我：名单已上报无法更改，但我可以不填表，不去开会。这样，我们都自在了，就几次结伴去外地旅游。2001年我们同去了奉化、宁波、普陀、杭州。回京后燕祥兄将几张照片寄我并附一信：

心武：

　　鄂力已将他的照片寄来。我们拍的也冲出加印四张奉上，效果尚可。

　　此行甚快，值得纪念。唯发现你平时欠体力活动，似宜注意。不必刻意"锻炼"，散步（接地气，活血脉）足矣。

　　绣春囊为宝钗藏物，亦"事出有因"之想，可启人思路，经兄之文，始知世间有人如此细读红书。

　　顺祝

双好

燕祥

九，一九，二〇〇一

信中所提到的鄂力，是京城许多老一辈文化人都熟悉的民间篆刻家，我是从吴祖光、新凤霞那里认识他的，后来也成了忘年交。他以我私人助手的名义帮助我十几年，那次南游他也是燕祥、文秀伉俪的好游伴（现在的网络语称"驴友"）。燕祥自己坚持长距离散步已经很多年了，他很早就习惯在腰上挂一个计步器，严格要求自己完成预定的步数。这和他写杂文一样，在时间、地点、人物、事件的引述上一丝不苟，尤其是原来某人某文件是怎么说的，后来如何改口的，总凿凿有据，虽点到为止，必正中穴位，读来十分痛快。我老伴去世前，不怎么能欣赏燕祥的诗，却总对他发表在《新民晚报·夜光杯》上的杂文赞叹，有时还念出几句或　段给我听，然后对我说："看看人家!"这意思是让我"学着点",但我却总自愧弗如,学不到手,其中最关键的一点,是燕祥兄有积攒、查阅历史资料的超强意识与意志,所以能做到言必有据,他的反诘句也就格外具有尖锐性与精确性。

这封信里提到的关于《红楼梦》研究的一个新奇的观点,并不是我提出的,我只不过是在一篇文章里引用,并表达了一番感慨罢了。在曹雪芹笔下,王夫人抄检大观园的起因,是傻大姐在大观园里的山石上捡到了一个绣春囊。所谓绣春囊就是绣有色情图画的香袋儿,富贵家庭的小姐按礼是绝不应拥有的,就是个别丫头行为不轨得到了,也该藏在身上不令旁人看到。在曹雪芹笔下后来有个情节,就是从二小姐迎春丫头司棋的箱子里,搜出了她表哥给她的一封情书。里面提到了香袋,这应该是司棋拥有绣春囊的一个证据,但毕竟曹雪芹并没有很明确地交代出绣春囊究竟是何人不慎遗落到山石上的,因此后来就有研究者提出多种猜测。清末有位徐仅叟,就发表了一番惊世骇俗的见解,认为那绣春囊是薛宝钗收藏的。燕祥兄写这封信前,大概正看完我发表在报纸副刊上的相关文章,因此即兴提起,他并不认为绣春囊为薛宝钗所藏的说法荒唐,反而觉得"事出有因""启人思路"。我觉得他并不是在参与红学研讨,而是多年来阅世察人有所悟,深知人性的深奥莫测。世上就有那么一种表面上温良恭俭,而内里藏奸的人,也许就在你身边,不可不知,不可不防。

燕祥兄几年前动了手术,心脏搭了四个桥,预后良好。现在他仍坚持每天按预定步数散步。我曾为《文汇报》撰写过《宗璞大姐啖饭图》《维熙老哥乒乓图》《李黎小妹饮酒图》,且都是随文附图，一直想再写一篇《燕祥仁兄计步图》。成文不难，难的是如何画出他腰别计步器散步的那悠闲淡定的神态。前些时跟他通电话，他告诉我耳朵开始有些失聪了。在流逝的岁月里，有多少值得记忆的声音积淀在了他的心底里？相信还会化作诗句，以有形无形的乐音，浸润到读者的心灵。

燕祥兄从1990年4月到1991年6月，写成了组诗《五十弦》，前面题记里用了曹雪芹的话："忽念及当年／所有之女子……"可知是一组情诗，或者其中许多首都是献给过去、现在、未来岁月里，他始终深爱的谢文秀的。不过我读来却往往产生出超越男女爱情的思绪。其中第二首：

  曾经　少年时
  全部不知珍惜
  一次回眸　一次凝睇
  一阵沉默　一次笑语
  一回欢聚　一回别离
  当时说成是插曲

  人生如歌
  随早潮晚潮退去
  最值得追忆的
  是再也听不到的插曲
  被风声吹散的断句
  被星光点亮的秘密

还有渐行渐远的

被春雪融尽了的足迹

  我已过了童年、少年、青年、中年,进入老年。我懂得珍惜生命中小小的插曲,即如那年在琉璃厂,燕祥兄迎面骑车而来,见到我亲热地唤我一声"心武"。他可能早忘怀了,我却仍回味着这小小的插曲。他现在在电话里仍然用同样的语气唤我"心武"。在共同旅游中,他应该是看到我许多的缺点,他仍不拒弃我,总是尽量给我好的建议,对我释放善意,包容我。就有那么一位他的同代人,也跟他一样有过"沉船"的遭遇。后来我在《十月》也是积极地去约稿,也在一口锅里吃饭,他二婚的时候我还为他画了一幅水彩画,他见了我故意叫我"大作家"。我那时也没听出其中的意味,后来他竟指控我"不爱国",甚至诬我要"叛逃"。若不是大形势未向他预期的那样发展,他怕是要将我送进班房,或戴帽子下放了吧。人生中此种插曲,虽已"随早潮晚潮退去",许是我这人气性大吧,到如今还意难平。插曲比插曲,唯愿善曲多些,恶曲少些。

  人生的足迹,印在春雪上,融尽是必然的。但有些路程,有些足迹,印在心灵里,却是永难泯灭的。于是想起来,我和燕祥兄,曾一起走过长长的路,走到那头,又回到这头,那一次,他腰里没别计步器。

2011 年 4 月 15 日于温榆斋

卢新华：一张照片的故事

一个"80后"，大学本科毕业已经工作两年；一个"90后"，明年就要考大学。他们二位在帮助我收拾书房的过程中发现了一张三人合影，觉得很古老，问我什么时候的、为什么会拍那样一张照片？

其实在我来说，拍那张照片的情形，似乎就在昨天。细算一下，不禁有"流光容易把人抛，红了樱桃，绿了芭蕉"之叹，怎么转眼就过去二十九年了？

到今年底，我们进入改革开放的历史新时期就满三十周年了。"80后"那位叫我伯伯听来还顺耳，"90后"那位竟然叫我爷爷。他觉得很自然，却让我心绪复杂起来，怎么不知不觉地，我的人生就已经进入需要跟年轻人"说古"的"夕阳红"阶段了？

有首老歌叫作《听妈妈讲那过去的故事》。在我系红领巾的时候，学校就常组织"革命老妈妈"来给我们讲过去的故事。记得1955年，学校请来一位参加过红军长征的老妈妈。她讲得很

刘心武与卢新华（左）和王亚平（右）

生动，我们听得好兴奋。仔细回想，那时的那位"革命老妈妈"其实才四十出头。1935年，中国工农红军正处于"生存，还是死亡"的严峻关头。经过遵义会议，确定了正确方针，才在1936年取得了长征的胜利。你算一算，从那时起到1949年天安门广场升起五星红旗，只不过十三四年。那十三四年里，中国发生了多少惊心动魄的事情啊，故事真是讲也讲不完！

但是，被称为新长征的改革开放进程，一晃却已经三十年了。在这三十年里也有许多故事。作为老一辈，应该讲给年轻人听。帮我收拾书房的"80后"和"90后"，彼此不交谈不知道，一交谈令我吃惊，特别是"90后"那位，他记事以后所有的岁月似乎都充满近似的平淡与欢快，可以说是完全没有历史感。而且，"甭跟我说历史"，"我最烦什么回忆童年之类的话题了"，竟成了他们的口头禅。他们善于精致地享受当下的幸福，我怎会反对？但我要提醒他们，一个对历史完全缺乏了解，对自己从哪里来、打算和应该往哪里去完全无所谓的生命，是有缺陷的生命。人生的支点之一，应该是对以往、对先人、对父辈的知晓与理解。

我告诉他们，那张照片是1979年春天拍的。当中是我，左边是卢新华，右边是王亚平，我们算是那时候"伤痕文学"的三个重要的代表人物。"80后"就说："咳，知道。'伤痕文学'嘛，那时候'四人帮'被抓起来了，你们遵命写作嘛，就写些伤痕什么的。"我就讲给他们听，不是那么回事。1976年10月虽然"四人帮"被抓，但情况还很复杂。在抓"四人帮"的好人里，有的思想保守，心愿是把国家调整好，但是自己给自己，更给全党和全国人民，设置了"两个凡是"的羁绊。如果按那"两个凡是"去做，比如说"六十一个叛徒集团"就绝不能平反，更不要说为刘少奇翻案了——至于什么是"两个凡是"，什么是"六十一个叛徒集团"，我书房里都有现成的书，他们可以借看——因此，1976年底到1978年底之间的两年就有许多的故事。当时爱好文学的年轻人，比如我们照片上的三个，就总想通过小说写作来参与表达社会诉求，希望能突破"两个凡是"，出现一种良性的变化。那时我们写那样的文章，设法把它公开发表出来，完全不是"遵命"，而是冒着风险的。关于我1977年11月发表在《人民文学》杂志上的《班主任》和卢新华1978年8月11日发表在《文汇报》上的《伤痕》，我们分别写过文章，有关报道也较多，就不多讲了。我现在重点讲讲王亚平1978年9月在《人民文学》发表《神圣的使命》的故事。真是一波三折。他写了一个公安系统的老干部为一个蒙冤的知识分子平反的故事——"90后"听到这里说："那有什么稀奇呢？"——1978年王亚平写那篇小说的时候选取那样一个题材，却被认为极其敏感。因为在十年动乱里，公安部因为原部长罗瑞卿被定为"彭、罗、陆、杨反党集团"中的"黑帮"之一,整个公安部被"砸烂"。若按"两个凡是"的逻辑,被"砸烂"的公安系统的老干部里面哪里还有好人呢?而王亚平的小说里阻挠正义的角色,却是一个"革命委员会主任"(发表时为了"慎重"起见改成了"副主任")。所谓"革委会"是动乱期间的权力机构,如以"两个凡是"为圭臬,又岂能对"革委会"表示质疑呢?但王亚平从真实的生活感受出发,觉得不把自己构思的故事写出来胸臆不舒。他两次投稿,两次被退。他也一再修改,但不将其公开发表,气何以能平?最后,是老作家冯至助了他一臂之力,亲自出面向《人民文学》杂志推荐。再几经打磨,它才终于被刊出。一经刊出,就获得了读者欢迎,反响十分热烈。

　　我一时觉得,真有无数的故事要给"80后"和"90后"讲。我不是要教诲他们什么,他们完全不必跟我观念一致,但是他们应该知道一些故事。比如,关于冯至的故事。冯至(1905—1993)早年写小说,后来写诗,再后来主要致力于翻译、研究德语文学。那时候他挺身而出,帮助一个才二十岁出头的毛头小伙子发表出《神圣的使命》,完全没有狭隘的功利目的,甚至连"文学老前辈扶植文学新人以传为美谈"的想法似乎也没有。他就是觉得这篇小说在那个历史时期能促进社会的良性变革,应该予以发表。1978年,在动乱中被犁庭扫闾的中国作家协会恢复工作。其负责人当中也有位姓冯的,就是冯牧(1919—1995)。他对那时期文学的复苏贡献很大。当"伤痕文学"遭到攻击与阻挠时,他做了大量的"排雷"工作。《神圣的使命》到头来还是他促进编辑部下决心刊出的——"那时候写那样的作品、支持那样的作品真的会有冒风险的感觉吗？"两位晚辈一起问——我告诉他们，冯牧那时候有一次亲自对我说，一位自己在动乱中也饱受批斗、被关进监狱多年的老干部，因为不理解冯牧的所作所为，甚至发出了这样的声音："怎么还不把冯牧抓起来啊？"——"伤痕文学"就是在那样的情况下出现，并产生出巨大的社会影响的。

当然，"伤痕文学"是在特殊历史时期特殊情况下持续时间不过一年的一个写作潮流。潮流中所出现的那些作品，如今看来都并不具有长远的审美价值；它们的价值不是体现在文学上，而是成为中国历史奇诡发展轨迹中的一份可长期保存参考的资料。

1978年底，十一届三中全会召开并通过了决议，启动了中国正式进入改革开放的新长征。1979年春，中国作家协会举办了第一届优秀短篇小说评奖活动。我的《班主任》获第一名，王亚平的《神圣的使命》获第二名，卢新华的《伤痕》等多篇"伤痕文学"作品同时获奖。卢新华的作品使那股文学潮流获得了一个最恰切的符码。在参加颁奖活动的过程中，我和卢新华、王亚平一见如故，相谈甚欢。那时候，我们还都没有自己的照相机，就一起走到崇文门外一家照相馆拍下了那张照片。那次获奖的作者从年岁上说包括好几茬，陆文夫是"20后"的，王蒙等是"30后"的，我是"40后"的——已经不算太年轻，卢新华和王亚平则是"50后"的。其实，在这些获奖作者背后，还有若干"20前"的老作家在发挥作用。除了上面的例子，还可以举出骆宾基（1917—1994）。经他推荐，并经过一番周折，张洁的《从森林里来的孩子》得以在《北京文学》刊出并获奖。帮我收拾书房的"90后"原来以为"'伤痕文学'大概全是些遵命写出的哭哭啼啼的文章",当我找出张洁的这篇作品,他读了后才知道"伤痕文学"其实在取材、写法、情调上也各式各样,并非只有沉痛,也有乐观、清丽、幽默——随着整个社会全方位迈步"从头越",文学也从这个起点上迅速地朝前发展,直到三十年后出现我们现在所面临的乱花迷眼的局面。

端详着照片,我感慨丛生。常有人说,写文学作品应该追求久远的审美价值,应该写出经典来。我很惭愧,虽然从小喜欢文学,可以说是笔耕不辍,发出来的作品也老多了,可是,还没有哪篇哪部敢说是具有久远审美价值的,更罔论经典。"伤痕文学"时期的文友,有的如卢新华,断续地有作品发表,但其主业已并非写作;有的如王亚平,从部队退役后,出国经商,更在另一番天地里奋斗。我钦慕那些立志要写出甚至已经写出纯文学经典的人士,但作为写作爱好者,我珍惜当年写作《班主任》的情怀和所产生的社会影响,相信卢、王二位久未谋面的老弟也会这样想。

我对"80后""90后"的晚辈说,我对改革的认识是:它以理性的、平和的态度不懈地推动社会的良性变化。我对开放的认识是:无论如何不能民族自我封闭,一定要融入世界,融入整个人类大家庭。尽管我这三十年来也越来越重视文学本身的独立性,写作上也力求个人化、个性化,独创性,但是也希望以自己的文字承载社会对继续改革开放的诉求,这一情怀不能放弃。

"80后""90后"的小朋友,从他们的表情上看,并不是想听我讲所有的故事,更不一定把我的观念当作必要的参考,但他们至少对那张照片是真的感兴趣，甚至说我们一老二小三个，是否也模仿那姿势拍一张照片，以留给他们向三十年后更新的生命"讲那照片的故事"？人能超越种种差异包括代际差异，体现出一种沟通、商量的善意，并能以幽默为润滑剂，人世间还有什么比这更具久远价值的呢？

2008年4月9日于绿叶居

胡兰畦：兰畦之路

1957年初冬，我十五岁那年，忽然有个妇女出现在我家小厨房门外。我望着她，她也望着我。我不知道她在想什么，我在想的是：她算娘娘，还是婆婆？

那时候，我家住在北京钱粮胡同的海关宿舍里。那宿舍原是大富人家的带花园的四合院。我家住在有垂花门的内院里，但小厨房是另搭在一边的。一株很高很大的合欢树，像巨伞一样罩住小厨房和住房外的部分院落。走拢小厨房的那位妇女，穿着陈旧的衣衫，戴着一顶那个时代流行的八角帽（帽顶有八处折角，带帽檐）。她脸上尽管有明显的皱纹，但眼睛很大很亮。那时我随父母从重庆来到北京，还保持着重庆地区的话语习惯，对较为年轻的妇女唤娘娘，对上了年纪的妇女唤婆婆。但是，眼前的这位妇女年纪介乎二者之间，我望着她只是发愣。她望够了我，一笑："像天演啊！你是他幺儿吧？"我父亲名天演，显然这位妇女是来我家做客的，我就朝厨房里大喊一声："妈！有客来！"妈妈闻声提着锅铲出了厨房，一见那

胡兰畦青年时期

妇女,似乎有些意外,但很快露出真诚的微笑,而那妇女则唤妈妈:"刘三姐,好久没见了啊!"妈妈忙把她引进正屋,我就管自跑开,去找小朋友玩去了。

我妈妈姓王,在她那一辈里大排行第三。因为嫁给了我爸爸,同辈亲友都唤她刘三姐。后来广西民族歌剧《刘三姐》唱红了,又拍了电影,有到我家来拜访的人跟传达室说"找刘三姐",常引出"你开什么玩笑"的误会,但我从小听惯了人家那么称呼妈妈,看电影《刘三姐》时绝无关于妈妈的联想。

我玩到天擦黑才回到家里,那时爸爸下班回来了。那位妇女还没有走,爸爸妈妈留她吃晚饭,她就跟我们同桌吃饭。这时妈妈才让我唤她胡娘娘。我唤她,她笑,笑起来样子很好看,特别是她摘下了八角帽,一头黑黑的短发还很丰茂。

我家常有客来,留饭也是常事。爸爸妈妈跟客人交谈,我从来不听。至于客人的身份,有的直到今天我也搞不清。

但是,就在胡娘娘来过后的一个星期天,妈妈责备我到处摆下书报杂志,督促我整理清爽。我懒洋洋地应对,妈妈就亲自清理床上的书,其中一本是长篇小说《福玛·高捷耶夫》。妈妈正看那封面,我一把抢过去:"正经好书!高尔基写的!"妈妈就说:"啊,高尔基,那胡娘娘当年很熟的呀!"我撇嘴:"我说的是苏联大文豪高尔基啊!你莫弄错啊!"妈妈很肯定:"当然是那个高尔基,他常请胡娘娘去他家讲谈文学的啊!"我发蒙,这怎么可能呢?

我那时候虽然还只是个中学生,但是人小心大,读文学书,爱读翻译小说。对于高尔基的《福玛·高捷耶夫》,有的成年人读起来也觉得枯燥难啃,我却偏读得下去。妈妈又拿起一本法国作家巴比塞的《火线》,说:"啊,巴比塞,胡娘娘跟他就更熟了啊。"我大喊:"天方夜谭!"妈妈不跟我争论,只是说:"好,好,你看完一本再看一本吧,不管看没看完都要放整齐,再莫东摆西丢的!"

胡娘娘没有再到我家来。我没有故意偷听,但偶尔爸爸妈妈的窃窃私语,还是会传进我的耳朵。关于胡娘娘,大体而言,是划成"右派分子",送到什么地方劳动改造去了。爸爸提到四川作家李劼人时说:"他也鸣放了,有言论啊,可是保下来了,没划右"——那是一副很为其庆幸的声调。妈妈就提到胡娘娘:"她也该保啊!那陈毅怎么就不出来为她说句话呢?"爸爸就叹气:

"难啊！"他们用家乡话交谈，"毅"发"硬"的音，但我还是听出了说的是谁。我非常吃惊，不过懒得跳出来问他们个究竟。

1983年，爸爸已经去世五年，妈妈住到我北京的寓所。记不得是哪天，我忽然想起了胡娘娘，就问妈妈，她便跟我细说端详。论起来，大家都是同乡。在上个世纪的历史潮流里，爸爸妈妈上一辈及同一辈的不少男女，走出穷乡僻壤，投入更广阔的生活天地，也就都有了更复杂扭结的人际关系。胡娘娘名胡兰畦，她虽有过一次婚姻，但遇上了陈毅，两个人沉入爱河，这在亲友中并不是秘密。他们山盟海誓，在时代大潮中分别后互等三年，若三年后都还未婚，则结为连理。胡兰畦生于1901年，1925年大革命时期活跃在广州。后来国民党分裂，胡兰畦追随国民党左派人士何香凝。何香凝让儿子廖承志先期去了德国，胡兰畦不久也去了德国，并在那里由廖承志介绍加入了德国共产党，组成了一个"中国支部"，积极投入国际共产主义运动。1933年，德国纳粹党上台，疯狂打击共产主义分子，廖承志和胡兰畦先后被逮捕入狱。那一年何香凝去了法国，并到德国将廖承志营救出狱。何香凝与廖承志回到巴黎以后，就和我姑妈刘天素住在一起。我姑妈刘天素到法国留学，也是何香凝安排的。不久，入狱三个月的胡兰畦被营救出狱，也流亡到了巴黎。在那里她写出了《在德国女牢中》，这个作品先在法国著名作家巴比塞主编的《世界报》上以法文连载，很快又出版了单行本，并被翻译成俄、英、德、西班牙文，在世界流布。那时候的苏联文学界，能阅读中文原著的人士几乎为零。汉学家虽有，但翻译的中国当代作家作品很少。他们也许知道鲁迅，却未必知道冰心。丁玲在当时的中国才刚露头角，更不为他们所知，但他们却都读了俄文版的《在德国女牢中》。这虽然是部纪实性的作品，但有文学性。那时世界共产主义运动密切关注德国纳粹的动向，这部作品也恰好碰到阅读热点上。于是，1934年苏联召开第一次全苏作家大会时就向寓居巴黎的胡兰畦发出邀请。她成为会议唯一从境外请去的"中国著名作家"，参加了那次盛会。（当时中国诗人萧三常住苏联，参加了大会并致贺词。）

胡兰畦命途多舛，但寿数堪羡。她熬过了沦落岁月，活到了改革开放时期，得到平反，恢复党籍，于1994年含笑去世。她在复出以后写出了《胡兰畦回忆录》，但到1997年才正式出版。尽管关注这本书的人至今不多，留下的宝贵历史资料却弥足珍贵。1934年，胡兰畦到了莫斯科，那次全苏作家大会邀请了世界上许多著名作家作为嘉宾，而且多数人是左翼作家，从开列出的名单看也够壮观的。胡兰畦是来自中国并且作品广为人知的女作家，那一年她才三十三岁，端庄美丽，落落大方，成为会上一大亮点。那次大会选举高尔基为第一任作协主席。他对胡兰畦非常欣赏，除了在大会活动中主动与胡兰畦交谈，还多次邀请她到他城外的别墅做客。一次，高尔基大声向其他客人这样介绍胡兰畦："她是一个真正的人！"那时候胡兰畦接触的苏联官员与文化界人士中，赫赫有名的除高尔基外，还有布哈林、莫洛托夫、日丹诺夫等，像爱伦堡、法捷耶夫等都还不足以与她齐肩。因为她是共产主义作家，西欧对她限制入境，苏联政府就为她在莫斯科安排了独立单元住房，说"养起来"都不足以概括对其的礼遇，实际上简直是供了起来。1936年高尔基去世，斯大林亲自主持了高尔基的丧事。出殡时，斯大林亲自参与抬棺。那时有多少人出于崇拜也好、虚荣也好，希望能成为棺木左右执绋人之一，但名额有限，最后的名单由政治局实际上也就是由斯大林亲自圈定，而"来自中国的著名女作家胡兰畦"被钦定为执绋人之一。

"人生最风光的日子，也就那么几年！"这是十几年前一位仁兄在我面前发出的喟叹。他举出的例子里有浩然。他说有的人争来论去地褒贬浩然，其实浩然的悲苦在于，他最风光的日子往多了算，也就是1963年到1966年，以及1973年到1976年那么六七年。胡兰畦作为"国际大作家"在莫斯科活动的日子，只有不到两整年的时光。

1936年底，胡兰畦回到中国。在1937年到1949年这十二年里，她的活动让我这个后辈实在搞不懂。国共联合抗日，她公开身份是站在国民党一边。作为战地服务团团长，蒋介石给她授了少将军衔，成为中国近代史上第一个女将军。她为共产党暗中做了许多策反一类的工作，但她的共产党员资格却被地下组织轻率取缔。这期间她与陈毅有几次遇合，爱得死去活来，但盟誓三年之后他们失却联系。陈毅最后与张茜缔结良缘，并携手穿越历史风雨白头偕老。1949年中华人民共和国成立，这应该也是胡兰畦此前奋力追求的一个胜利果实，但她的身份却变得格外尴尬，她算什么？国际共产主义运动的斗士？但能证明她这一身份的人要么已经不在人世，要么已经在这个运动的流变中成为可疑之人甚至"叛徒"。她算苏联人民的朋友？跟她一起照过相、谈过话、来往过的如布哈林等人在1937年斯大林的"大肃反"中已被处决，一些也曾被斯大林"养起来"的外国文化人在"大肃反"中被视为西方间谍驱逐出境,实际上她后来也被克格勃怀疑。她算"中国著名作家"?她那本《在德国女牢中》后来虽然也在中国出版,但并没产生什么大的动静。她算共产党的地下工作者?谁来证明她有那样的身份?她一度是宋庆龄的助手,但宋庆龄和何香凝、廖承志一样,多年没见过她,不能证明。陈毅跟她之间只有隐私,没有工作联系,又能证明什么?上海解放后,陈毅担任第一届市长。她顺理成章地写信到市政府请求会面,很快有了回音,约她去谈,但出面的不是陈毅,而是副市长潘汉年。潘汉年多年来担任共产党谍报机关负责人,却并未将胡兰畦纳入过他的体系。他告诉胡,陈已娶妻生子,"你不要再来干扰他",胡只好悻悻离去。1950年以后,她在北京工业大学找到一份工作,不是担任教职,只是一个总务处的职员。那时候北京工业大学在皇城根原中法大学的旧址,离我家所住的钱粮胡同很近。当她灰头土脸地走过隆福寺,前往我家时,街上有谁会注意到她呢?谁能想象得到这曾经是一位在中国革命大潮乃至国际大舞台上叱咤风云的巾帼英雄呢?谁知道她在1927年大革命时期的事迹,被茅盾取为素材,以她为模特儿塑造了小说《虹》中的女主角呢?更有谁知道她曾经和蓝苹也就是江青,以及其他当年的美女一样,登上过《良友》画报的封面呢?

就是这样一位女性,五十几年前出现在我面前,妈妈让我唤她胡娘娘。那时从爸爸妈妈的窃窃私语里,我就知道,胡娘娘"日子难过"。"三反""五反"运动里,她因管理大学食堂伙食,在并无证据的情况下被定为"老虎"(贪污犯),关过黑屋子。"肃清胡风反革命集团"时,她又被定成"胡风分子",其实她根本不认识胡风,她倒是与远比胡风著名的国际大作家有交往。苏联的那些不说了,像德国的安娜·西格斯(其《第七个十字架》《死者青春长在》等长篇小说在新中国成立后被翻译过来,曾风靡一时),就是她的密友。那可是坚定的左派啊,可谁听得进她那些离奇的辩护呢?她的国民党将军头衔虽然是在国共合作时期获得的,但肃反运动一起,她不算"历史反革命"谁算?到了反右派斗争时,像她那样的"货色",有没有言论都不重要了,不把她率先划进去划谁?她实在是比热锅上的蚂蚁还难熬啊!她到我家来找"刘三姐",连我那么个少年都看穿了,除了享受温情外,实际上也是来借钱的。在那个革命浪潮涌动的年代,像我爸爸妈妈那样还能接待她的人士,实在已经属于凤毛麟角。

在胡娘娘波澜壮阔的一生里,我爸爸妈妈只是她复杂人际关系里最边缘的一隅,但我爸爸妈妈在人际圈里确实有"心眼最好"的口碑。在那个事事都要讲究阶级立场,对每个人都该追究阶级成分的历史时期,我的爸爸妈妈也是很注意不犯政治错误的。在我的印象里,他们衷心地认同新中国,拥护共产党,但是对具体的人和事,却不放弃基于良知的独立判断。比如除了这位胡娘娘,还曾有位蓝娘娘(蓝素琴),在肃反运动里被判刑入狱,刑满释放后无处可去。且不说其身份不雅,她是个老处女,脾气很古怪,纵使没有那样的政治污点,哪个亲友愿意收留她呢?但她辗转找到"刘三姐",爸爸妈妈竟让她住进我家,供吃供喝,直到政府终于把她安置到一个学校里去工作。据说当时组织上也曾找爸爸谈话,问他怎么回事。他坦然地说,蓝女士在德国留学时期,与周恩来、朱德都很熟,也算是个社会主义者,不过后来她参与的派别是错的。解放后对她的历史进行清算，我是理解的，但她的罪不重，这从刑期不长且提前释放可以看出来。她还是可以进行思想改造的。考虑到要把她化学方面的一技之长发挥出来，贡献给新中国，我们暂时收留她，也给国家对她如何妥善安置留下了充裕的考虑时间，因此觉得这是一件应该做的事。爸爸妈妈公然收留蓝娘娘一事，胡娘娘当然知道。那么到了她走投无路时，来我家求助，也就毫不奇怪了。即使在最苛酷的斗争风暴里，也还保持一份对个体生命的温情与怜惜，这是爸爸妈妈给予我最宝贵的心灵遗产。他们相继去世多年，我感谢他们，使我穿越过那么多仇恨与狂暴，仍没有丧失大悲悯的情怀。

　　最近我抽暇整理近二十几年来陆陆续续画出的水彩画和油性笔线画，把其中自己比较满意的装进定制的画框里。装好之后，在自我欣赏的过程中，我往往浮想联翩。我有一幅田野写生，画的是田间小路。那是2002年春天，中央电视台纪录片板块拍摄一组《一个人和一座城市》，让我作为"一个人"来讲北京这座城。他们在我乡村书房温榆斋录完访谈，又随我到藕田旁的野地。我画水彩写生，他们录了些镜头，后来用在了完成片里。我画这条乡间小路时，想到的是自己似乎曲折的命运。但是现在再端详这幅画，我忽然想到了胡兰畦。她的生活道路，那才是真的万分曲折、千般坎坷、百般诡谲呀！兰畦之路，几乎贯穿一个世纪，折射出多少白云苍狗、河东河西、沧海桑田！……忽然想缄默下来，咀嚼于心的深处。

2008年11月4日于绿叶居

二 智趣人生

她是大彻大悟，把文学啊名利啊什么全都看破，在过一种『雪满山中高士卧』的神仙般生活。也许，她竟是在埋头撰写流溢自内心深处的篇章，将给予我们一个『月明林下美人来』的惊喜。

汪曾祺：醉眼不蒙眬

我认识汪曾祺的时候，他还并不到花甲，但其容貌却十足地让我觉得老气横秋。他背已微驼，毛发稀疏，牙齿也已经七零八落。我头一回见到他，是粉碎了"四人帮"后在林斤澜家中。那时我知道他是京剧样板戏《沙家浜》的剧本执笔，身份是北京京剧院的编剧，在单位里处境似乎不是太好。谈话间，他绝不提文学艺术方面的事儿，但说到烹饪什么的，却既内行，又生动。倒是林大哥有劝他写小说的话，他也不接那话茬儿。

那时候，我算是北京市文联的专业作家。有一天我去单位，路过《北京文学》编辑部，只见也是老气横秋的李清泉坐在那儿，手里举着份什么稿子，就着窗外射进的阳光，戴着一副瓶子底般的眼镜，嗫着嘴唇，在那里审读。我觉得他那姿势神态非常可乐。老李1957年以前曾是《人民文学》杂志的编辑部主任，粉碎"四人帮"后到《北京文学》主持编务。他真是把憋了二十多年的劲头全铆上去了。过了些天，我跟几位文友模仿起老李看稿的痴迷样儿，他们都笑趴了。但同时就有人正告

小说家、剧作家汪曾祺
（1920—1997）

我:"知道吗？他签发了一篇有突破性的短篇小说！"那就是汪曾祺的《受戒》。

那个时期，在"伤痕文学""反思文学""改革文学"等浪潮涌过后，《受戒》把沈从文曾挥洒过而中断了多年的田园唯美小说，重新引回了文学百花园，令人精神一爽。在年过花甲后，汪曾祺被人们普遍地尊称为汪老，他的创作生涯竟出乎他自己意料地进入了一生中最顺畅也最辉煌的时期。他的小说一篇接一篇地发表出来，好评如潮，崇拜者甚众。最近我看到一本书批判十位名作家，其中一位是他。编写这种书的批评家，对非进入经典名册或非为世人耳熟能详的作家作品，是绝对不屑一顾的。汪老仙逝已有数年，不知他在仙界读到时，会现出怎样的表情。

1982年，我曾和汪老、林大哥等人，应四川作协邀请，在全川兜了一大圈。二十多天里，我熟悉了汪老的人间表情。汪老嗜酒，但不是狂喝滥饮，而是精于慢斟细品。我们到达重庆时，正是三伏天。那时宾馆里没有空调，只有电扇。我和一位老弟守在电扇前，还觉得浑身溽热难耐，汪老和林大哥居然坐在街头的红油火锅旁边，优哉游哉地饮白酒，涮毛肚肺片。我们从宾馆窗户望出去，正好把他们收入眼底——那"镜头"直到今天依然没有模糊。后来他二人酒足肉饱回来，进到我们屋，大家"摆龙门阵"。只见酒后的汪老两眼放射出电波般的强光，脸上的表情不仅是年轻化，简直是孩童化了。他妙语如珠，幽默到让你从心眼里往外蹿鲜花。

后来便发现这是一个规律：平常时候，特别是没喝酒时，汪老像是一片打蔫儿的秋叶，两眼蒙眬昏花，跟大家坐在一处，心不在焉。你向他喊话，他或答非所问，或竟置若罔闻。可是，只要喝完一场好酒，他把一腔精神提了起来，那双眼就仿佛充了电，思路清晰，反应敏捷，寥寥数语，即可使满席生风，其知识之渊博之偏门之琐细，其话语之机智之放诞之怪趣，真真令人叫绝！

1987年，我访问美国时，曾应邀到艾奥瓦大学写作中心参加一个三天的活动。在那里我遇到汪老，他是受邀住进那里的"五月花公寓"，做三个月长客的。为到美国，他安了满口假牙，衣装也比在国内光鲜，但见到我时连说："哎，我已经倦游！"其实，他说这话时才在那里待了不过十来天。那里缺少中国白酒，即使弄到了，又哪来重庆火锅那样的佐酒物？更何况缺少林大哥那样"珠联璧合"的酒友。

1994年，汪老、我，以及另外几位作家，应台湾《中国时报》人间副刊邀请，去台北参加"两岸三地华文文学研讨会"。

在香港机场转机时，汪老可真是老得糊涂了。过海关闸口时，他既拿不出护照，也找不见机票，懵懂得够呛。我和山西作家李锐两人，忙在他身上翻口袋，总算替他找全了供检验的东西。但在台北活动中的酒后，他提起了精神，仍容光焕发，出语惊人。

据说，汪老写他那些小说都是在酒后，双眼不仅不蒙眬，而且熠熠放光时一挥而就。我以为，若有人研究中国文人与酒的关系，汪老绝对是一个值得深入剖析的例证。

1995 年

陆文夫：一碗清粥

有一个场景总定格在记忆中，那就是陆文夫在村路边喝粥。

村路边有些小摊档，支着灰乎乎的布篷、长条桌、长条凳，下雨后桌凳所在地面泥泞不堪。那一天那一刻，在摊档吃东西的人很少，但身材颀长、眉清目秀的陆文夫，就到那里喝粥去了。不记得是去之前还是回来后，他对我说："不能放弃，好粥。"这真是非常琐细的一桩事，但我以为，正如尝一滴水可知海味，回思那一小小的镜头，可知陆文夫其人的风韵。

最近我花了不少精力研究《红楼梦》。琉璃世界白雪红梅，大观园的冬景真是美丽动人，然而更美的是活跃其间的青春花朵。脂粉香娃割腥啖膻，史湘云带头大嚼烧烤鹿肉，还带动宝琴等都围上来尝鲜，林黛玉打趣说："今日芦雪庵遭劫，生生被云丫头作践了，我为芦雪庵一大哭！"史湘云就还击她说："你知道什么！是真名士自风流，你们都是假清高，最可厌的！我们这会子腥膻大吃大嚼，回来却是锦心绣口！"果然，后来在芦雪庵联诗，独她和宝琴两个吃鹿肉最多的大展奇才，技压群芳。

陆文夫（1928—2005）

是的，真正高雅的人物，用不着装扮做作，其一举一动自然而然地就能显示出超俗洒脱的高品位来。

曹雪芹对他笔下的青春女性，虽有千差万别的描写，却一律欣赏，一概理解，一般爱惜。黛玉的病态、宝钗的内敛、妙玉的诡僻、迎春的懦弱、探春的精明、惜春的孤介、晴雯的任性、袭人的体贴、芳官的胆大、麝月的本分……在他笔下，无所谓绝对的优点或缺点，全是天生丽质、如花美眷。我们的文坛其实也是如此，众作家各有其特色，所谓"各有各的天理"，这一读者群所厌者，那一读者群喜欢，或者喜好者有所重叠，或者厌弃者各不相干。人见人爱的固然可贵，喜厌参半的也不可或缺，批评家应该有贾宝玉的情怀，做一个"绛洞花主"，以赏花护花为本。所谓批评，其实本质应该就是定位，比如指出玫瑰如何香艳，但要防刺扎手；水仙如何玲珑，但入口有毒；昙花十分堂皇，却必须抓紧欣赏……

史湘云，是曹雪芹极钟爱的角色，他特别安排由她说出"是真名士自风流"的名句来。

就这么样,我从史湘云忽然想到了陆文夫。他前些日子去世的消息传来,让我好一阵神伤。我不是要拿史湘云去全面地比喻陆文夫,那样就"拟于不伦"了,但确实派生出自然联想。

陆文夫是一位从不张扬的杰出作家。他一生居住苏州,描写苏州。他的作品可以说是姑苏风味十足,小桥流水响筝琶,不输长巷卖花声,极富特色。在他身上,我就体味到"是真名士自风流"。一次是1978年,他来北京领全国优秀短篇小说奖。我称他陆大哥,早就仰慕他的大名,急欲与他交谈,以获教益。一天,他牵头到招待所外面一家餐馆去聚餐,我自然紧随其后,到了餐馆坐他身边。大家随意闲谈,兴味盎然。酒尽之后,他站起来撤出,大家也都纷纷踱出餐馆,到了街上还边走边聊。我总问他些短篇小说技巧的问题,他的回答听似漫不经心,后来细加咀嚼,却都是点铁成金之言。走出很远了,陆大哥忽然止步,微笑问我:"我们付钱了吗?"啊呀,大家才想起来,我们竟忘了付账就离开餐馆了。于是我随陆大哥回餐馆,他补付餐款,我问柜台上的人:"你们当时怎么不拦住我们啊?"他笑指陆大哥说:"一看就不是俗人,肯定会回来找补,我们着个什么急哪!"

陆大哥那似乎永不会发脾气,永不会高声急语,永是蔼然可亲,永能将就他人的音容笑貌,此刻宛在眼前。又想起1983年,文章开头提到的那一幕,那回我们同游洪泽湖。一行人同乘一辆面包车,雨后路滑,车行减速,中途还抛了锚。我坐在车上,望见柏油路外一片泥泞,心中颇为不快,但忽见陆大哥从容下车,姿态优雅地走向村路边的一个粥摊,要了一碗清粥,坐在那粥摊简陋的木桌旁的长条凳上,两只脚小心地踩定于泥泞中,喝起那碗粥来。哎,他那将喝一碗乡村清粥当作审美活动的意态,真难描摹。我确实就联想到了《红楼梦》里史湘云的割腥啖膻,湘云说那之后才有锦心绣口。也恰恰在喝那清粥后不久,陆大哥就发表了绝妙佳构《美食家》,"是真名士自风流",这不是它在当代最好的诠释吗?

2005 年

沙汀 艾芜：矿工与爱吾

"那件事，你就不要问了。"林大哥听说我要去成都，笑呵呵地嘱咐我。

怎么可能不问呢？当时只觉得那是一桩趣事：1961年，五十七岁的艾芜领着三十八岁的林斤澜和一位三十多岁的女作家，一起到云南体验生活。艾芜年轻的时候曾从云南浪迹缅甸、马来西亚，1932年出版了根据那段生活写成的、富有传奇色彩的《南行记》。三十来年后他旧地重游，领着林大哥和那位女作家抵达中缅边境，住下来观察体验世道风气的变化，这本是再自然不过的事情。而林大哥那时候是初到云南边陲，满眼新景，满心欢喜。一天夜晚，他与艾老对酌，把酒论文，胸臆大畅，酒后精力充沛，遂取傣族长刀，在大榕树下舞动起来，那本也是文人的浪漫常态。没承想回到北京后，那位女作家竟向中国作协举报，说那天林斤澜表现异常，有越境叛逃之嫌。中国作协立即展开调查，当然首先是询问艾芜。艾芜担保林斤澜绝无叛逃境外之想法，更无丝毫相关的可疑举止。那位女作家，却在很长的时间里觉得自己的怀疑举报,正体现着"阶级斗争的弦应随时绷紧"的正义品质。

1986年秋天,我以《人民文学》杂志常务副主编的身份到成都组稿,特别用两个下午的时间分别去拜访景仰已久的老作家沙汀和艾芜。说实话,去见他们,约稿倒在其次,主要是欲一瞻风采,并从言谈话语间捕捉些创作经验。他们都是1904年出生的,与我父母正好同龄。那一年他们都已经八十二岁了,执笔自然已经有些困难,但思维依然条缕清晰,谈吐兴致盎然。

那时沙、艾二老都住在成都作协的宿舍大院里,家中朴素无华,没有任何一样东西令我眼睛一亮,镶嵌在记忆里。但他们本人都却如同充满气根的大榕树,给我留下独木亦可成林的深刻印象。

头天下午是去拜访艾老。我告诉他自己非常喜欢《南行记》和《南行记续篇》,也看过他到鞍钢体验生活写成的长篇小说《百炼成钢》。他笑道:"你怕不喜欢啊。你知道吗?我原来还打算写个修造十三陵水库的长篇哩,素材一大堆,提纲都有了,终究还是放弃了。"我开头有些拘束。艾老平等地跟我交谈,蔼然可亲,随意而又真挚,我也就渐渐放言不羁。聊到川籍作家,我们都推崇李劼人。艾老说:"你看《死水微澜》多圆熟,《暴风雨前》也不错,到《大波》,就好比绣工虽好,裂成片片,不成整幅了。"于是他归纳道:"作家还是要写熟悉的东西。"我回忆起读过的老作品里有叶永蓁的《小小十年》,写加入和离开黄埔军校的故事;还有穗青的《脱缰的马》,写抗战时期一个逃兵归队的故事;还有欧阳凡海的《无辜者》,写底层包括穷困的知识女性生存的艰难。看得出，这些作家写的都是自己经历过的生活，因为熟悉，所以生动。但是，艾老又说，这些作家，大都一部力作之后，就沉寂了；因为作家总写自己，总写自己所熟悉的，就会写空的，因此作家要去自己小世界之外的大社会里，体验大时代的新东西，也就实在必要。问题是，这往往又会遇到问题。那问题是什么？他只含蓄地告诉我："要写相信的。"后来我常常回味艾老这话。再读《大波》，我就悟出，本来李劼人是还可以像《死水微澜》那样，写显微镜下看到的真实，但是执笔整理《大波》时，就仿佛有只无形的手，非要他写出大全景，道出"历史规律"。他就为难了，他只能有限度地写，"写相信的"，拿不准的、不相信的，就回避，于是文本就碎片化了，真的很可惜。回顾我自己的写作历程，真真惭愧至极。1977年之前，我写熟悉的、相信的甚至独自思考的文字不是一点没有，但发表都极难。于是为了追求公开发表，我就去写自己并不真正相信的。那天跟艾老交谈甚欢，不知不觉两个多小时就过去了。我觉得艾老有疲惫之态，赶紧告辞。但是走出院门以后，我猛然想起竟忘了问及那年林大哥在边境小村月下舞刀的公案。难道单为这事，再去叨扰艾老吗？遗憾！

第二天下午我去拜访沙汀。艾芜原名汤道耕，沙汀原名杨朝熙。沙汀这个笔名，应该是"砂丁"的意思，砂丁也就是矿工。在"劳工神圣"口号响彻神州的大革命时代，取这样的笔名再自然不过。沙老1927年就加入了中国共产党，以前见到1938年入党的老革命就觉得资格了得，他们比起沙老来却得算是后进了。艾芜和沙汀同年出生，是四川省立第一师范学校的同窗。1931

年在上海邂逅，抵足而眠，彻夜论文，并且联名给鲁迅写信，就小说创作题材讨教。鲁迅先生很快给了他们回复，这是现代文学史上一个著名的篇章。但是，我是直到近年才知道，艾芜这个笔名的取意，来自胡适的一句箴言："人要爱大我，也要爱小我。"艾芜应是"爱吾"的谐音。比起"砂丁"，"爱吾"的命意确实颇为"布尔乔亚"（小资）。这恐怕也是艾芜直到沙汀的党龄已逾半个世纪后，才入党的一个缘由吧。

艾老给我的整体印象是清癯儒雅。我以为沙汀会具有我想象中的老革命风范。谁知见到了，交谈了，却越来越觉得他像是成都茶馆里的普通老人。他知道我生在成都，问我重回成都的印象，去没去茶馆的旧竹椅上坐坐？结果，我准备请教他的文学创作问题都没有来得及提出，倒是一起津津有味地聊起了成都风情。我说我在望江亭露天茶座，看到几个掏耳朵的师傅游走在茶座间。有的茶客就招呼那师傅给掏耳朵，那么长的耳挖子，师傅专注地歪起嘴巴，顾客受用得眯起眼睛……沙老就笑："对头，对头。"我说读过他的长篇小说《淘金记》，里头有个何寡妇。记得在他笔下，就特别写到发髻上插个耳挖子，有时候还要取下来用一下，给我留下鲜明的印象，只是不记得那耳挖子是银的还是锡的，还是别的什么材质的了。沙老也不澄清我的模糊回忆，只是说，写现实主义的小说就是要注重细节，要有逼真的细节；缺了这个，拿概念来搪塞，胡乱想象，那都是不行的。回想沙老的那些作品，白描的功夫了得，真个逼真到家！

那年我从成都回到北京，就准备第二年杂志的改版。谁知常务副主编的身份刚转换成主编，新的杂志甫出就酿成一个事件，哪里还顾得整理拜访沙、艾二老的印象。又过两年，居然有人诬告我要叛逃。不论我走红还是倒霉，总对我关照有加的林大哥感叹："有的人对别人的想法就那么阴暗。你现在遇到的更是荒诞，恐怕是还有私心。"更滑稽的是，一前一后诬我们要越境叛逃的两个人，一度竟又有着极其亲密的关系，而他们亲密时林大哥和我对他们则都十分友善。

二十八年过去，今天才终于从容地把拜访沙、艾二老的情形追记下来。沙、艾二老1904年同生于成都附近，又同于1992年仙逝。一个自命矿工，体现出亲和社会脊梁的霞色理想；一个既爱大我即族群，也珍惜自我，保持尊严；他们交融互补，是文学史上必将永镌的双子星座！

2014年6月27日于温榆斋

端木蕻良：那一瞬的眼神

我向一位年轻人推荐端木蕻良的短篇小说《鹭鹭湖的忧郁》，他问："是翻译过来的日本小说吗？"我告诉他端木先生是中国作家。他又问："中国作家怎么取了个日本名字？"我再告诉他，端木蕻良这个笔名的含义是"端正竖立的红高粱"。端木先生是抗日战争时期流亡的东北作家群里的一员，他们的意识、创作都是非常本土化的。年轻人读了《鹭鹭湖的忧郁》以后，有些惊异地跟我说："原来他写过这么好的小说。"

不少好的文字，被时髦的畅销文字遮蔽到几乎不存在的地步。我自己近来也有畅销的文字。能畅销，我高兴，但就我自己而言，畅销的文字把其实颇好的文字遮蔽住了，这又让我很伤感。我觉得自己最好的长篇小说是《四牌楼》，但它却没有畅销。"你是不是写不出小说了，才研究《红楼梦》？"这是我遇到的最多的问题。其实我年年在发表小说，2004年有一部中篇小说集《站冰》由人民文学出版社出版。那以后我新写的中短篇小说又可以编个集子，准备明年出版。但是，我的小说没轰动，构不

老年端木蕻良

成传媒的热点,因此许多人根本不知道我有那样的新作发表。

什么是幸福?在我看来,幸福就是能把为社会服务和自己的爱好结合起来。我在1980年到1986年曾被北京市文联接纳为专业作家,得以和许多前辈作家"一口锅里吃饭",端木先生就是"同锅吃饭"的老作家之一。那时候端木先生已经七十上下,经历过连续多年的蹉跎劫波,终于迎来改革开放的新时期,得以安心写自己喜欢写的东西。文联让专业作家报创作计划,他报的是写长篇小说《曹雪芹》。他早已开笔,但构思恢宏,工程艰巨。他一定是感觉到时间紧迫,所以抓得很紧。那年头一方面新潮涌动,一方面极左僵化的幽灵仍颇活跃。端木先生的创作选题,我听到过两种私下非议,一是觉得"并无新意",一是认为"脱离现实",但对他那一辈的老作家,从上到下都听任其便。我那时候报的选题是"表现北京市民生活的长篇小说",申请联系的体验生活的单位是隆福寺百货商场,但就多少经历了一点曲折。出于对我的关心爱护,有领导就觉得为什么不到工厂、农村和部队去体验生活,特别是那时候南方正有自卫反击战,年纪轻轻的似乎应该主动到前线去，我就说，写什么题材至少需要两个基点，一是能够跟自己以往的生活体验衔接，一是自己喜欢去写。后来对我选题不甚满意的领导也想开了，表示城市题材也是需要的啊。那以后我去隆福寺百货商场体验了一阵，再后来就写出了《钟鼓楼》。《钟鼓楼》出版后，我送给端木先生一本请他指正，他题赠了一本《曹雪芹》上部给我，那正是我所期盼的。

虽然端木先生比我大三十岁，完全是两代人，但读他写的《曹雪芹》，心却被共同爱好拉得很近。那时候就有人跟我说："端木他写完《曹雪芹》，就打算续《红楼梦》呢！"我跟端木先生总共没说过几句话，其中一次是当面问他："您还打算续《红楼梦》？"他只微微一笑，没答言，但他那一瞬的眼神实在传达出了太多的意蕴。现在回味起来，他似乎在对我说：是的，因为喜欢；不要刨根问底，那是我个人的事；那还只是一种意向，因为手头的工作还没有做完；别大惊小怪，世界上的写作原该多种多样；并无取代谁的意思，只不过是想通过这种方式抒发自己对曹雪芹的理解……

最近，我有一本新书《刘心武揭秘古本〈红楼梦〉》由人民出版社出版，这是对周汝昌先生根据十一种古本汇校的求真本《红楼梦》的一个评点本。我认同周老关于曹雪芹写完了《红楼梦》、全书共108回的判断。在新书的最后一部分，我把关于曹雪芹后28回内容的探佚成果通过回目、梗概呈现了出来。这不是续写，也没有在书里宣布我要着手续写，没想到有人向媒体乱爆料：刘心武要续写《红楼梦》啦！结果这条假新闻引出轩然大波。

于是，我又想起了故去十年的端木先生，想起了二十几年前那一瞬他的眼神。但愿我这篇关于端木先生眼神的短文，能让人们在假新闻有时广为流布的情况下，对我的真实心理状态有所理解。

2006年

王蒙：他在吃蜗牛

如今一提"吃螃蟹"，人们便会想到蘸有姜末浓醋的金红蟹黄与雪白蟹肉，不由得垂涎向往。可见"第一个吃螃蟹的人"为我们造福不浅。在我国，毒蛇、铁雀（麻雀）、蚕蛹等也早已成为习见食品，但是国外已颇流行的两种食品蜗牛和蚯蚓，在我国勇于尝试者似尚寥寥。

前几天，我见到作家王蒙，便戏称他为"吃蜗牛的人"，他报之以微笑。这并非因为他上月到联邦德国访问时吃过蜗牛宴，而是因为自去年秋天以来，他在写作方法上不断向外国当代文学借鉴，大胆进行尝试，颇有在中国带头"吃蜗牛"的气概。

去年10月底，王蒙在《光明日报》发表了《夜的眼》。这篇小说打破了传统的以塑造人物和讲故事为主的写法，充满了"生活流"的特异情趣。同时他又在《当代》上发表了中篇小说《布礼》，行文上的时空跳跃性很强。到了今年，他则在《北京文艺》第五期上发表了《风筝飘带》。这篇小说犹如一部多主题的交响乐，行文上不是"独奏"或"齐奏"，而是有巧妙的"和声""配器"处理,因而给予读者一种三度空间的立体感受,似可称之为"复调小说"。此外,他又在《人民文学》第五期上发表了《春之声》,这是一篇用纯"意识流"手法写成的"歌德"之作。最近我又看到他在《上海文学》第六期上发表的《海的梦》,全篇只表现主人公的心象与心绪,可称为"绪小说"。据说即将出刊的《十月》第四期上还有他另一中篇《蝴蝶》,它在形式上将更为新奇。

王蒙的这种"吃蜗牛"行为,已在文学界和读者中引起注意。有说"很喜欢"的,有说"虽喜欢却说不清为什么喜欢"的,有说"看不懂"的,有询问"中心事件是什么、主题何在"的,有说"过于着重形式未必佳"的,有说"中国传统写法尚继承不过来,又何必学人家外国写法"的……以上各种反应,我以为对王蒙都具有同等重要的参考价值。不过总体来说,我觉得广大读者和批评家们对王蒙的探索重视得还不够,应当对他的尝试加以分析、研究、争鸣、评价。

我个人对王蒙这种"头一个吃蜗牛"的精神是非常钦佩的。他的尝试,绝不含有对一切我们已有的"食源"(特别是"美味")加以贬低、扬弃的动机。而且从他那些小说的内容上看,无论是生活场面、人物形象,还是心绪、气氛乃至于景物,都是地道的国货,绝未脱离我们的时代和民族。因而可以断定,他并不是主张从国外搬回现成的"洋蜗牛"来吃,而是力图借鉴外国经验,在中国发现、采集、培植、烹制"土蜗牛"吃。这对发展我们中华民族的文学创作,特别是加强和丰富中国小说的创作手法、品种风格,实在是只有好处而没有坏处的。

我希望不要过太久，人们就会对"吃蜗牛"同"吃螃蟹"一样地感兴趣。

1980年7月8日

柯灵：静气浸人

"每临大事有静气",这话我很早就知道,但我生性急躁,往往在不算怎么大的事情上遭遇不顺时,便沉不住气,面容声气乃至肢体语言,就都不雅起来。1994年初,应台湾地区《中国时报》邀请,我们四位作家去台北参加"两岸三地华文文学研讨会"。那时候大陆和台湾的文学交流刚刚开始,大陆作家进入台湾地区时手续的烦琐程度,比现在还要厉害得多。我们此前都有过出境访问的经验,没想到这回去自己国家的一个地区,竟比去遥远的外国还要麻烦!记得那天上午到达香港,在机场跑出跑进去完成"必要的手续",一直折腾到下午四五点钟。在航空公司的柜台前,我们居然仍不能顺利地领到登机牌。那地方无椅子可坐,连个能靠一下的东西也没有,我只觉得身疲喉涩,忍不住发起牢骚。专程到香港来迎接我们的《中国时报》人间副刊的负责人焦桐先生,为此忙来忙去,不时向我们致歉,但他一时也没有办法化解所遇到的"技术问题"。就在这时,我忽然注意到,我们同行的人里年龄最大的柯灵先生,非常平静地站在那里,双手

柯灵（1909—2000）

握住身前的手杖，仿佛一株迎风微笑的大树。他那肢体语言使我憬悟：此时此地此事，应顺其自然，等候瓜熟蒂落，因为毕竟我们去参加的研讨会，是有积极意义的。从那一刻起，我就感觉到，柯灵先生身上有一种非常浓酽的沉静之气，这恰是我所匮乏的，我实在应该向这位长辈好好学习。

在台湾地区参加研讨会和参观访问期间，我对柯灵先生的举止风度有了更自觉的观察体会。他年事已高，耳朵失聪，但他待人接物绝无"长辈架子"，回答起问题来也绝不以"耳背"作托词笼统对付。他的微笑是真诚的，谈吐是文雅的。他在讨论问题时能深入浅出，或言简意赅，或幽默生动，使你感觉到他的思维仍然敏捷，创造力依然旺盛。即使在宴请的席间，他举箸应对，一招一式也让人感受到一种从容不迫的气度。那真是静气浸人，而且那静气是出自肺腑心臆。

现在张爱玲成为"五四"以来人们给予最高艺术评价的小说

家之一，一些文学史家、评论家乃至文学爱好者，简直是"言必及张"。但是，有些人还不知道，张爱玲的出道实在是端赖柯灵先生的大力提携。那是在二十世纪四十年代上海成为"孤岛"的时期，寂寂无名的张爱玲去给柯灵先生主编的杂志投稿。柯灵先生确是"伯乐"，一眼相中"千里马"，连续推出张爱玲别具一格的小说。虽然那些小说后来一度被遮蔽，但最终还是为中国文学史的发展留下了若干奇花异葩。在台湾访问时，我也曾就他慧眼识张爱玲一事与他交谈，他既没有眉飞色舞引以为功，也没有满口谦辞以示清高，只是静静地、淡淡地说："编刊物么，总归是不要埋没好稿子才对头。"

像我这个年纪的人，大都看过根据柯灵先生剧本拍摄的电影《不夜城》。那是一部描写上海民族资本家如何在解放后接受社会主义改造，实行公私合营的影片。那个时候的电影创作难免有主题先行的框架，但《不夜城》的剧本还是让你感觉到，如果不熟悉上海这个大都会的历史，不熟悉民族资本家的生活，不熟悉上海滩的人情世故，是不可能驾驭这样一个题材，表现得这样五光十色、生动可信的。电影"出笼"不久就受到严厉批判，批判的调门越扯越高，却又出乎意料地戛然而止。有人猜测是有关领导人看了片子后说了什么话。在台湾访问时，我也曾向柯老提及是否有这一可能性。他作为当事人，并没有我那一份探究"小道消息"的兴致，只是静静地说："是忽然不批判，不了了之了。"当然，到了"文革"时期，写作《不夜城》又成了罪状，但柯老在浩劫之后也不去谋求对《不夜城》的"再评价"。他是真正地朝前看，并着手创作史诗性的长篇小说《百年上海》。那开篇部分，在我们从台湾归来后不久就在《收获》杂志上刊载了出来。文笔可称汪洋恣肆、纵横捭阖，果然是老姜真辣，令我感佩。

不久前，我忽从报上看到柯老仙逝的消息，《百年上海》可能未及终卷，令我扼腕叹息。但我喜爱的刊物——辽宁教育出版社出版的《万象》新的一期正好来到手中。柯灵先生当年在上海主持的《万象》，与如今的《万象》，绝不是刊名偶合，其中有一脉静气是相通的！想到此，我要对柯老在天之灵说：您人走气在，凡正直、温煦之气，总是绵延无绝期的！

2000年

冯亦代：山谷里遍响着流水的琤琮

从网上看到一篇博客文章《中国为何出不了门罗那样的作家？》，文章大意是不能轻视短篇小说，而只追求长篇小说的"宏大叙事"，希望中国作家也能像门罗那样以短篇小说表现日常生活并探究心灵的"深洞"。文章的内容我是赞同的，但不赞成的是那题目。这题目虽然醒目，也属于"宏大叙事"，试图以门罗获诺贝尔文学奖一事，来对中国作家做一个全方位的判断与针砭。这样讨论问题，窃以为会夹缠不清的。按此逻辑，咱们则可以《加拿大为何出不了莫言那样的作家？》为题写篇文章，奉劝加国作家不要孜孜于以短篇小说去探测"覆盖着厨房油毡的深洞"，更要重视魔幻现实主义长篇小说的创作，这样似乎也挺过瘾。其实当代中国作家写短篇小说的大有人在，那篇博客文章里也提到林斤澜。林斤澜就是一位短篇小说大师，堪称中国的契诃夫。他没出过长篇小说，写的中篇小说寥寥无几，一生致力于短篇小说，积累起来的数量也很可观。我1978年结识林斤澜以后就尊称他为林大哥。2008年他病重住院，我去看望他，大声呼唤:"林大哥,心武看你来了!"他睁大眼睛望着我,几秒钟后忽然现出一个灿烂的微笑。就在我离开医院约两小时以后,林大哥驾鹤仙去了。他赠我的以及我自己买的那些他的小说集,是我枕边常备书。林大哥虽去了,但像他那样基本上以短篇小说为主业的中国作家,写日常生活、探究人性中的"深洞"的,我想起来的至少还有刘庆邦、曹乃谦。庆邦还曾亲得林大哥指点。

契诃夫曾有那样的话,大意是大狗小狗都有叫唤的权利。"犬吠水声中,桃花带雨浓",我们需要对大大小小、形形色色的造美者都予以尊重。林大哥是美男子。抗战时期,他作为流亡学生,在重庆成为舞蹈家戴爱莲的学生,专攻芭蕾舞。那时他只有十七八岁,戴老师有时会带些学生参加文化界的活动,因而他得以目睹那时重庆文化界不少人士的风采。多年后,他与我闲聊时有一回就说到冯亦代。冯比林大十岁。那时候他的正式身份是印刷厂副厂长,当然也有若干社会团体的头衔,经常参与进步文化界的活动。他写杂文随笔,翻译海明威的作品。林大哥跟我形容他所看到的冯亦代,大概三十来岁,西服革履,鬓如刀裁,面若美玉,风流倜傥,谈笑风生。但是到二十世纪八十年代我见到冯亦代时,却分明是一位眼袋突起、面有褐斑的老人,不过他的双眼依然炯炯有神,总是笑眯眯的。

1978年我参与《十月》杂志的创刊,编辑部派一女士去找林大哥约稿。去时她见林大哥正坐在小板凳上,俯身椅子进行写作,"远看他像赵丹,近看像孙道临"。现在"80后""90后"可能不知赵、孙是何许人了,可在二十世纪六十年代他们是全国电影院统一悬挂的二十二位大明星中的两位帅哥明星。林大哥一人兼具两位帅哥之美，非同小可！后来我请他到寒舍小酌，说起那位女士对他的印象，他先呵呵一笑，忽又正色对我说："人不可自以为美，美是脆弱的！"他回忆起二十世纪五十年代初，那时候他是北京人艺的编剧，写出的剧本有人叫好，也出过单行本，但是从未搬上过舞台。他告诉我，那时候著名的小说家路翎也写剧本。有一次戏剧界人士在老北京饭店宴请苏联戏剧家，他忝列末席，看到位列前席的路翎，俨然美男子，也是西服革履，扎着领带，其潇洒俊逸不让当年在重庆看到的冯亦代。当时路翎微醉，举着盛葡萄美酒的玻璃杯，表现出一副很销魂的模样，给他留下非常深刻的印象。但是两年以后，路翎就作为"胡风反革命集团"的主犯锒铛入狱，多年后刑满释放。他住在胡同杂院的一间破屋里，衣衫褴褛，满脸皱纹，每天须扛大笤帚扫街。改革开放以后，"胡风反革命集团"分几拨儿平反，路翎重返中国作家协会，并在虎坊桥分到了宽敞的住房。我后来成为《人民文学》杂志的负责人，去虎坊桥找一批包括他在内的老作家约稿。在作协那栋住宅外面的街上，见到一个两眼发直、脊背佝偻的老人，衣衫倒整洁，但那愣愣地朝前痴走的模样令我惊异。后来才知道，那正是路翎。他也还在写作，他的短篇小说《钢琴教师》后来刊发在了《人民文学》杂志上。我亲眼见到的路翎的形象给予的刺激，使我想到《红楼梦》里的"好了歌"及甄士隐的解析，想到了曹雪芹的祖父曹寅说过的"少年色嫩不坚牢"——这句话被曹雪芹的合作者脂砚斋写进了《石头记》的批语里。

1985年春，冯亦代忽然有一天找到我，赠我一本三联书店出版的他的《龙套集》。而且他还说《人民日报》副刊打算推介

《龙套集》封面

他这本随笔集,让他自己找合适的人来写书评。他说想了想,打算请我写,不知我是否愿意。我的第一反应是不敢当,他长我几乎三十岁,而且我知道,跟他一起经历过时代冲刷,有过类似悲欢的文化界人士那时健在的还很多。这个"瓷器活儿"应该由那些有"金刚钻"的长辈来承揽,我算老几?怎堪承接?但是他诚恳地对我说:"看了你的一些作品,觉得你应该是能够理解我们这些老龙套的!"于是我想起跟他的初识,是在叶君健先生家中。1949年以前他们都属于进步的文化人士,1949年以后都在党外为共产党出力。他们不是共和国文化主流里的主角,都属于跑龙套的一类。当然叶先生因为翻译了《安徒生童话》,属于"大龙套",冯先生则更接近于戏曲舞台上的"零碎杂角"。他们本来都是有大本事的人。比如叶先生在二十世纪四十年代就是英国著名的索尔兹伯里精英圈里的人物,跟维吉尼亚·伍尔芙是一个沙龙里的文友。那时他以世界语、英语写出的《山村》等小说很获好评，但是1949年以后，他放弃了成为英国作家的灿烂前途，毅然回到祖国，甘居边缘。冯先生原来是一个成功的文化运营者，也具备迻译全套英语经典名著的能力，后来却甘愿在中外文化交流的事务中打杂。他们磕磕绊绊地穿越了诡谲的世道，迎来了改革开放。但就有跟我一辈的人，对他们深为鄙夷。我理解了冯先生的心思后，欣然受命，并在细读他的《龙套集》后，以《池塘生春草》为题写了书评，发表在《人民日报》上。在他2005年谢世的前五年，我见到他出版的《悔余日录》。他对自己被划为"右派"后充当"卧底"一事——就是通过接触塌台的政治人物，向有关部门报告其思想动向——自我曝光。有人读后深恶痛绝，有很严厉的批判，但是我觉得他的自我揭发也就是表达了忏悔。我们这些没有因他当年的行为受到伤害的人，应该比较冷静、客观地对待所谓"卧底"的事。那是被伤害者的悲剧，也是冯亦代的悲剧。除了政治，还有很多复杂的因素，我比较愿意从脆弱的个体生命的生存困境这个角度，以大悲悯的情怀来看待冯亦代晚年勇于公开自己当年日记的行为。读他的那些日记，我们可以了解人性在苛酷的生存环境里，其中的善恶等因素在如何激荡。那种痛苦挣扎令我们不忍自居审判者，去予冯亦代那样的生命存在以挞伐，而宁愿把他的那些文字当作一面镜子，来检视自己人性的弱点。

最近，我重读冯先生根据英语译出的挪威作家西格丽·恩赛特的散文《挪威的欢乐时光》。文章里面写到春天来临时"山谷里遍响着流水的琤琮"。我忽然联想到许多许多。类似"中国为何出不了……？"那样的宏观思考非我所能，我无法鸟瞰大江的奔流，但我愿把我所知道的中国几代作家的秘辛絮絮道出。也许，那些琐细的溪流里的琤琮音响，也能有助于理解我们共同置身其中的这个空间，以及它在人性深处引发的种种复杂效应。

2013年

张中行：顺生

我有一回见到张中行先生，是在二十世纪九十年代初的一次婚礼上。他当主婚人。他戴一顶法兰西帽，妙语如珠，还伴之以丰富的肢体语言，令我颇吃惊。我原来把他想象成为一个沉静缄默的人。也许他确有那一面，甚至那是他更经常的一面，但我没机会见到他的沉静。我跟他头一回谋面，他就把其活泼挥洒的一面展现得淋漓尽致。

那天新郎特别把我介绍给他。他跟我很认真地握手。我跟无数人握过手。我往往就握得很不认真，轻轻一碰，就算礼到，人家也多半是触到即止。但那天张中行先生跟我的握手，让我现在想起来还仿佛是刚刚发生的。他不是那种夸张地用力捏的方式，他是把自己的手温很准确地传递给你，并且似乎也很在乎接受你的手温。他握手时双眼蕴含着真诚的笑意，直望住你的眼睛。那天，他的眼睛让我觉得格外有神采。

张中行先生眼睛细小。他的单眼皮，我很早就听说过。"四人帮"垮台后，原北京人民艺术剧院的党委书记赵起扬同志，跟我们一些新冒出的业余作者过从甚密。我有次跟他闲聊，说起当年北京电影制片厂向北京人民艺术剧院借于是之去演余永泽一事，老赵就摇头。我开始很奇怪，便说于是之演得很好呀！老赵就说，那哪是演电影，舞台痕迹太重！我抬杠，说《青春之歌》是直接拍的电影，怎么会有舞台痕迹？而根据舞台剧拍的电影《龙须沟》，于是之不是显示出了摆脱舞台痕迹、进入电影语言的超常功力吗？电影里的程疯子比舞台上的程疯子更显得血肉丰满啊！老赵就跟我说，当年他们真不该找于是之去演啊，他们首先看上的还不是他的艺术功力，而是他那细高身条和单眼皮儿！我这才知道，余永泽的生活原型的外形跟于是之相似。老赵的看法是对的，就是你从生活原型出发，去塑造一个艺术形象，特别是这样的题材的这样一个角色，何必非得去追求形似呢？在那样一个时代那样的社会氛围下，你这样拍出来的电影在满世界放，会给那仍须在那样环境里生存的原型包括他的家人多大的精神压力啊！老赵说他当时没有办法不同意于是之去演，但后来电影拍成看的时候，余永泽一露面他就感到别扭。

我终于在那一天见到张中行先生了。他有于是之般的细高身条和细长的眼睛，但是，我们握手四目相对时发现，他分明是双眼皮啊！我的疑惑很快被解开，新郎再一次过来招呼我时，告诉我："知道吗？老爷子新拉了双眼皮儿！"

那一年，张中行先生已经年过八十。他去拉了双眼皮儿。这是一个爱美的人，热爱生活并且善于享受生活的人。那享受绝不是体现在追求奢侈、显摆阔气上，而是不放过那些能使自己快乐，更能令别人快乐的，也许是琐屑的但是特别有趣味的小事情、小细节。

我们相识以后，他陆续给我寄来签名盖章的书：《负暄琐话》《禅外说禅》《顺生论》……慢读细品，真是打心眼里膺服、赞叹。

有一回，一家报社请我和张中行先生去北海公园仿膳饭庄小聚。只有一桌，客人就我们两个。我真有些受宠若惊。那是盛夏，张中行先生穿着短袖绸衫，满面红光。我那时在报纸副刊上开了个《红楼边角》专栏，发表一些赏红随笔，其中有一篇专谈大观园的帐幔帘子。因为文章刚刊登出来，话题就由此展开。张中行先生侃侃而谈，举凡《红楼梦》里的器物饮食、服饰发型他都信手拈来，全能解释，并且还生发出一些趣言妙论。可惜我当时没能记住，事后也未回忆笔录，咳珠唾玉，竟随风而散，现在想起真后悔不迭。记得我们还讨论了《红楼梦》里为什么写女性基本上不涉及脚的问题。美国的唐德刚教授探讨过这一问题，提出了值得令人重视的观点，但是他断言《红楼梦》全书完全没有写到女人缠足是不准确的。书里写尤三姐的时候直接写到过她为了与贾珍、贾琏抗争，反过来戏弄他们，一双金莲或翘或并。我说到这里，张中行先生就鼓励我说，读《红楼梦》应该这样细嚼慢咽，品《红楼梦》更需善察能悟。我那时刚看到某刊物有关于争议甚大的曹雪芹画像的新材料，张中行先生对此非常重视，要我细细地转述给他。

张中行先生研究《红楼梦》的心得甚多甚深甚独特，可惜他在这方面没有留下专著，如果他能再健康地生活十年，把研究红学方面的成果写成专著，那该多好啊！

我的祖籍是四川安岳县，安岳县境内有不少精美绝伦的石雕。改革开放以后，县里开发旅游资源，一方面抢救保护这些石雕，一方面改造旅游基础设施，建造起新式宾馆，这当然是好事。但忽然有一天，家乡的几位干部来到北京我家，说他们为了让新建的宾馆锦上添花，想请书法大师启功先生题写"安岳宾馆"四个字。他们认为我既定居北京多年，又已进入了文化界，一定可以帮他们求到启功先生的字。这可让我为难到背上发麻、脸上流汗，我与启功先生并无一面之缘，何况老早听说启功先生的字一字难求，这任务我可完不成啊！我解释、推托，他们不理解，生了气，以为我是忘了本、轻视家乡人。

家乡人知道启功先生的墨宝是难以估价的，而且即使人家题了字，也不会收钱。他们就说，反正我们为了给家乡宾馆争门面光辉，这字求定了，人家也未必接待我们面谢，我们就把这三箱五粮液放你这儿了；字写来了，替我们奉上，表达点感激之情吧！他们搁下那三箱酒走了，我急得如热锅上的蚂蚁。

情急之下，我偶然得知张中行先生与启功先生交情甚笃，是否可冒昧地求求他，或许能有一线希望？

没想到，竟一试就灵。张中行先生说，这字可题，我让启功写，他不能不写！没几天，张中行让他的一位忘年交给我送来了启功先生的题字，我问那箱酒如何送往启功先生家。小伙子转达张中行先生的话："启功不会喝酒！好酒该给会喝的人，全给我搬来！"

要说追星，我追过两颗星，一颗是王小波，一颗就是张中行先生。追，就是因为读了其文字，喜欢得不行，从而想方设法要去认识，想跟人家多聊聊。自从婚礼上认识张中行先生以后，我一直想有更多的机会接近他。可惜由于张中行先生身体日渐衰弱，不得不闭门谢客，近些年我再没能一睹风采，聆听其幽默妙语。

张中行先生驾鹤西去了，但书架上还有他题赠的书，我要再细细品读。张中行先生一生存疑，在边缘生存，提倡顺生。没细读他文字的人，有的就误以为他消极，其实完全不是这样。存疑就是坚守良知，正是因为他对"文革"存疑，当"革命造反派"的"外调人员"找到张中行先生，让他揭发杨沫的时候，他才能那样安详地告诉对方，那时候杨沫是真诚地去参加革命的。在边缘生存，并不一定就是对抗中心，社会应该是一种多元的和谐共存；中心的人做中心该做的事，边缘的人做边缘的事，也是社会所需要，或者至少是应该包容的。顺生，不是苟活，成为"闷人"，而应该像张中行先生那样充满情趣地生活。张中行先生留给我们的不仅有著作，还有他的人格遗产。

2006 年 2 月 26 日深夜

冯牧：失画忆西行

2013年6月10日，《笔会》上刊出了宗璞大姐写的《云在青天》一文，记叙了她迁离居住了六十年的北京大学燕南园的情况和心情。我读后即致电给她，感叹一番，同时告诉她，我1981年为庆祝她生日所绘的水彩画，今年4月出现在北京的一个拍卖会上。她说已经有人先我向她报告了。她觉得非常遗憾。她说一直允诺要终生保留那幅小画，但迁居时她一个几近失明的老人，只能被动地由年轻人扶持转移，哪有清点所有物件的能力？而年轻人对那三松堂中大量的字纸，又哪有心思和时间逐一地鉴别？据说现在专有一种搞收藏的达人，盯住文化名人的居所，以略高于废品的价格，从收垃圾的人那里打包买下所有弃物，然后细心检视，多会大有收获。往往一个文化名人迁居不久，北京潘家园旧货市场就会有其便笺售卖。而有的拍卖会上，也就会出现相关的字画、手稿、函件，网上也会出现拍卖的信息。从三松堂流失并出现于拍卖行的，不只是我那幅水彩画，还有宗璞自己的手稿，甚至还有宗璞的父亲冯友兰先生写给一位广州人士的亲笔信。宗璞大姐在《云在青天》一文最后写道："我离开了，离开了这承载着我大部分生命的地方；我没有回头，也没有哭。"我们通电话时，她感叹之后依然是旷达淡定。我也说，那幅三十多年前给她庆生的水彩画，有人收藏也好，我就再画一幅给她吧。

那幅水彩画上写明了绘制的时间和地点，是1981年7月26日在兰州。怎么会是在兰州？原来那年夏天，应甘肃方面邀请，冯牧带着公刘、宗璞、谌容和我一起先到兰州，然后顺着河西走廊一直游到敦煌。冯牧那时在中国作家协会主事，是杰出的文学创作组织者、文学评论家和散文家。二十世纪初，他在云南昆明军区任职，培养扶植了一批在全国产生影响的军旅诗人、小说家，公刘（1927—2003）就是其中的一位。宗璞比公刘小一岁。谌容是1936年出生的，我是1942年出生的。我们这一行，是一个由二十世纪"10后""20后""30后""40后"组成的梯队，正是改革开放初期文坛新老会聚、文人相亲的一个缩影。

西行列车上，大家随意闲聊。我淘气，用一张四开白纸临时绘制了一幅西行游戏图。大家轮流翻书，以所显现的页码最后一位数来用硬币走步。所停留的位置可能是勒令后退几步，也可能是获准跃进几步，有时还会附加条件，如"念佛三声可再进三步，若拒绝则退回原位"。宗璞曾到达此位，她双手合十，念三遍阿弥陀佛，乐得跃进。但冯牧对我发起的游戏很不以为然，总需我一再敦促他才勉强应付。但说来也怪，大家只玩了一次，却是冯牧最先抵达终点敦煌。大家一路上也讨论文学，那时候西方现代派文学的信息涌进国门，朦胧诗以及小说中的意识流、时空交错、荒诞变形、黑色幽默，都引起创作者很大的兴趣。王蒙带头在其小说里搞实验，我和谌容等也有所尝试，冯牧却对热衷于借鉴西方现代派手法的行为"不感冒"。有的老作家，我总觉得是因为长期闭塞，便排拒相对而言新颖的事物。对于他们的反对声音，我只当耳旁风。冯牧却是在青年时期就接触到西方现代派文化。他父母曾在法国巴黎生活，父亲是翻译家。他自己具有英文阅读能力，涉猎过乔伊斯《尤利西斯》、伍尔芙《海浪》、艾略特《荒原》等作品的原版。他对当代作家过分迷恋西方现代派的行为给予降温劝告，这是建立在"知己知彼"的理性基础上的。因此，对于他的意见和建议，我就非常重视。他对我说过，西方古典主义追求精准描摹，现代派则崇尚主观印象，其实中国传统艺术的大写意也是很重要的美学资源。我知道冯牧和京剧"四大名旦"之一的程砚秋关系很不一般。有人说在冯牧投奔延安之前，程砚秋是收过他为弟子的；程砚秋去世前，冯牧虽然供职于文学界，也还是常去与程砚秋探讨京剧表演艺术。就在认识冯牧以后，我还发现如今当红的程派表演艺术家张火丁，出入冯家向他讨教如何突破《锁麟囊》唱腔中的难点。冯牧的审美趣味是高尚的，他对人类文明中的新事物是秉持积极了解、乐于消化的态度的。

1987年秋天，我访问美国70天后返京，并到他家拜访。他知道我在美国特意参观了一些体现后现代"同一空间中不同时间拼贴"的建筑，比如位于圣迭戈的购物中心和萨尔克生物研究所建筑群，便让我详细形容。他听得非常仔细，还和我讨论了这种"平面化拼贴"的手法，如果运用到小说结构里，会产生什么正面或负面的效应。我很感激在同他相识的十几年里，他给予我的点点滴滴的熏陶滋养。我们之间当然也有分歧。西行后的几年，他对我的长篇小说《钟鼓楼》是肯定的，但认为中篇小说《立体交叉桥》的基调不够明朗，而我自己却始终自信《立体交叉桥》是我小说中最圆熟的一部佳构。在兰州我也为冯牧画了一幅铅笔素描，画完还扭着他非要他签名。谌容看了说："人家是个美男子。你画成个平庸男了。"这幅画现在还在。我曾在整理旧画作时又端详过它，并且心头飘过一个疑问：何以有那么多女子喜欢，甚至不避嫌疑地公开追求冯牧？而冯牧为什么终于一个也不接纳？冯牧作为美男子，并非柔媚型。他中学时夺得过仰泳冠军。我结识他时他已年近花甲，既阳刚又儒雅，确实有魅力。可惜他走得早了些。他仙逝后，我到他家送去一幅水彩画以为祭奠，大哭一场。

那次西行，公刘给我的印象是非常之端庄、整洁、理性。我总以为诗人应该都是把浪漫形于外的，不修边幅，思维跳跃，言谈无忌，公刘却大异其趣。我和他谈论《阿诗玛》，那部彝族撒尼人民间长诗。它的最早的采风及整理，他都是参与的。一听要谈《阿诗玛》，他立刻郑重申明，大家看到的那部拍摄于1964年的电影《阿诗玛》和他一点关系也没有。他确实遇到过太多的那种询问："电影《阿诗玛》的剧本是你写的吧？"他必须费番唇舌才能解释清楚。但是对于我来说，他不用解释。我读过他于1956年写出并刊发在《人民文学》杂志上的电影文学剧本《阿诗玛》。那写得真是云霞满纸、诗意盎然，极富视觉效应。我在读时甚至有种冲动：我要能当导演把它拍出来该多过瘾！于是我便放诞坦言："1964年上海电影制片厂拍成的那个《阿诗玛》

中有两首歌还好听，但反面人物极度夸张，场面不小却诗意缺席，我是不喜欢的！现在创作环境大好，应该把你那个剧本拍出来，让观众不是被说教，而是沉浸在人性善美的诗意里！"公刘听了先是惊讶，后来觉得我确实不是庸俗恭维，而是真心激赏他那个只刊登于杂志而未拍成电影的文学剧本，又很高兴。他说："二十五年后得一知音也是人生幸事。"我说要给他画像，画出他的诗人气质。他微笑，那微笑是觉得我狂妄但可宽恕吧。画成后，我要他在我的画上签名。他依然微笑，那微笑是坚定的拒绝。后来他的同代人告诉我，公刘很早就形成了一个习惯，绝不轻易留下自己的笔迹，而且总是及时销毁不必存留的字纸。西行之后，我们还多次见面交流。2003年，他在合肥去世。画公刘的那幅《诗潮》，我一直保留至今。

谌容虽然比我大几岁，但我从未对她以姐相称，因为就步入文坛而言，我们算是一茬的。谌容于我，有值得大感谢之处。我发表《班主任》以后暴得大名。我在各种场合出现时，多有人责怪我骄傲自满，我也确实有志得意满的表情流露吧。检讨、收敛都是人生必修的功课，但有时我也深感惶恐，不知该如何待人接物才算得体，颇为狼狈。有次业余作者聚会，谌容为我辩解："我写小说的，看得出人的内心。心武不能主动跟人握手，包括生人跟他说话，他一时不知该怎么应答。种种表现，其实都不过是他面嫩，不好意思罢了！"她的这个解围，也真缓解了一些人对我的误解。我呢，也有值得谌容小感谢之处。谌容始终把自己的姓氏定音为"甚"。但若查字典，这个姓氏的发音必须是"陈"。某位著名的文学评论家就坚持称她为"陈容"，并且劝说她不要再自称"甚容",而谌容绝不改其自我定音。我就在一次聚会时说,我们四川人就把姓谌的说成姓"甚"的。我有个亲戚姓谌,我就一直唤她"甚娘娘"。后来我们都在北京,我还是唤她"甚娘娘",应该是字典在"谌"字后补上也发"甚"的音,而不应该让谌容自己改变她姓氏的发音。字典大概在谌字的注音上始终无变化,但后来在文坛上绝大多数人提起她发音时都是"甚容",再无人站出来"纠正"了。如今查字典,则已经注明"谌"作为姓氏的发音为"甚"。谌容走上文坛的经历十分曲折,但自从1979年她的中篇小说《人到中年》在《收获》刊发,并于1980年获得全国优秀中篇小说奖后,就一路顺风。有人戏称她是"得奖专业户"。那次西行,我俩也言谈甚欢。记得我偶然聊起说"鼻酸"这个词不错,她的反应是:"什么鼻酸?依我看,要么坚决不悲伤,要么就号啕大哭!"我想这应该是她天性的流露。十四年前,她在恩爱夫君范荣康去世后不久,又遭遇大儿子梁左猝死的打击。从此不见她有作品面世,也不见有信息出现于媒体。她淡出了文坛。也许,她是大彻大悟,把文学啊名利啊什么全都看破,在过一种"雪满山中高士卧"的神仙般生活。也许,她竟是在埋头撰写流溢自内心深处的篇章,将给予我们一个"月明林下美人来"的惊喜。

　　人生就是外在物件不断失去的一个流程。我送给宗璞大姐的那幅贺生画的流失实在算不得什么,但人生也是努力维系宝贵忆念的一个心路历程。失画忆西行,我心甚愉悦。

2015年11月13日于绿叶居

从维熙：不忘寒微之小善

1978年深秋，我三十六岁出头，在《十月》丛刊当编辑，心气很盛，到处跑去约稿。有一天我要去找从维熙约稿，编辑部一位老大哥完全出于爱护之心，蔼然地劝阻说，你到刘绍棠家找了他，又到北池子招待所找了王蒙……够了吧，怎么又打听出个从维熙？他们虽然"摘帽"，究竟还是"那个"。你别看现在"闯禁区"时髦，实际上呢——说到这儿，他不用语言，而是伸出右手，将手掌摊平，然后翻掌，再翻掌，又翻掌。我明白他的意思，我当然也不愿意在"翻烙饼"的形势里煎熬，但总觉得事在人为，我们每一个普通人都坚持去做问心无愧的事，那么，一点一滴地积累，也该是世道进步的推动力吧。我对老大哥的关照报以微笑，却依然骑着自行车去找从维熙。

那时候中共十一届三中全会还没有召开，成为"那个"的人们在来年纷纷获得"改正"，对此我岂能预知？但依我那时的见识，比如从维熙已结束劳改，被安排到地方文联工作。他作为中华人民共和国公民，有发表作品的权利，我作为文学丛刊的编

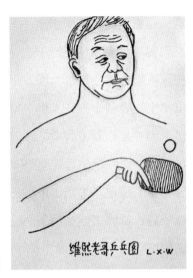

维熙老哥乒乓图

辑,找他约稿,顺理成章。

我打听到的地址是南吉祥胡同。那是夹在魏家胡同和什锦花园胡同之间的一条小胡同。我找到一个杂院,觅到一角的一间小屋。我唤出从维熙的名字,屋里出来个身板壮实的老大妈。她望着我说,"我是维熙他妈",便让我进屋。我问:"伯母,维熙什么时候回来?"她告诉我:"不巧,他昨天刚走,回山西了。下次什么时候给假回来,不知道咧。"我本以为维熙不过是在北京临时外出,那天会是我跟他的首次谋面。我要告诉他,我上中学的时候,读过他一本薄薄的《七月雨》,当然具体内容全忘了,但小说里有股淡淡的荷叶气息一直留存在记忆里;现在《十月》固然需要黄钟大吕,但荷香藕味的文字也该重新登场……

"炕上坐吧。"从伯母招呼我。那是北方人待客的规矩,实际上她也只能是让我坐到床沿。那间屋只有八平方米的样子,里面有一张破旧的上下铺木床，下铺比上铺稍宽。屋里还放着一张更破旧的小书桌和一把椅子。一张小炕桌立在窗下。我明白，那是一家人吃饭时才摆平，配着小板凳使用的。唯一令人眼亮的，是书桌上立着两个石膏人像。伯母告诉我："小众鼓捣的。"后来知道，那一年恢复了高考，维熙的独生子从众考上了中央美术学院雕塑专业。我从伯母那里得知了维熙在山西的地址，决定马上给他写信。从他家告别出来后，我一直在琢磨一个非常具体的技术性问题：维熙夫妇都回家的时候，他们一家三代四口是怎么个住法呢？

　　我给维熙去信后，很快得到回信。他非常看重我到他家找他约稿这个行为。他一直记得，后来《十月》的另一个编辑章仲锷也找到南吉祥胡同。他要写作，他要发表，他要归队，他要舒张。他给当时任中组部部长的胡耀邦写了信。胡耀邦那时候收到了那么多要求落实政策的信啊！他都看，尽量回。于是，有一天邮递员把一封胡耀邦的亲笔信送到了南吉祥胡同，送到了那间破旧简陋的小屋。形势快速朝好的方向变化。维熙迁回北京，他的作品"大珠小珠落玉盘"般地刊发出来。他成为北京市文联专业作家，并入了党，又调任中国作家协会党组成员兼作家出版社总编辑，住房也越换越大。但南吉祥胡同的那间小屋，在中国作协第四次代表大会期间，由中央新闻纪录电影制片厂在拍摄介绍从维熙的新闻片时，被记录了下来。

　　我后来也去过从维熙的新家。他把我迎进屋，对他母亲说："妈，您还记得他吗？"从伯母大声回应："心武么，我比你见得早咧。"维熙私下跟我说过，他母亲脾气刚硬，经历过大苦大难愈显倔强，进入大福大乐依然话锋锐利。但是从伯母见到我时总是慈眉善目，话糯情真，往我手里塞她亲煮的玉米红薯什么的。想想这位老人也真不容易，丈夫早逝，守寡后千辛万苦把儿子拉扯大。儿子成了作家，娶了报社记者为媳妇，却不曾想短春长冬，夫妻俩双双被划成了"那个"，而且被送往山西劳改。从家本来住魏家胡同，"史无前例"地被轰到南吉祥胡同的那间小屋。很长的时间里，去找她的人都怀有"敌情观念"，不是训诫，就是盘问。难得那天我去了，兴冲冲地唤伯母，要他儿子写文章登到杂志上，令她耳目一新，她就把我定格在意识里了。尽管以后去亲近乃至巴结维熙的人很多，却似乎都难盖过我给她的第一印象。从伯母前些年仙逝，我心头却仍有她鲜活的音容。

维熙显然从母亲那里遗传到耿介刚硬的性格。他卸任后，背后整他颇狠的人跑去他处作"慰问秀"，他坚不开锁，将其拒在门栅之外。然而对于如我当年那样去找他约稿的微行小善，他却念念不忘。其实，我只不过是早半拍而已。几个月后，找他那样的作家约稿，不仅绝无风险，已是蔚然成风。此桩往事本不足挂齿，但维熙跟我保持了三十余年的友好关系。近年我们见面不多，但打电话却是每月至少两三次，除了交换最新信息、评议世道人心，偶也忆旧。而他忆旧时，总还要提到我去南吉祥胡同找他却失之交臂的事。人虽经过寒微，多有不愿提及者。寒微时寒微人予之的小小善意，也多有自己愿意遗忘且希望对方万勿提及的心理，这都可理解。但有人不仅不愿回顾、提及，还切望抹杀到不留痕迹，这就有些让人难以理解了。而再进一步，有人趁某种时机，将知道自己寒微时寒微状的人整肃掉，使其丧失话语权——这种做法，就匪夷所思了！而我却也偏偏遇到了。对比于维熙，我深感人性中的阴鸷诡谲难测。

维熙的创作，原属孙犁影响下形成的"荷花淀"一派。他复出后的作品，如《春水在冰下流》《远去的白帆》《雪落黄河静无声》……光从题目上看，也确有荷香藕味，但经历过苦难磨炼后，其笔墨的厚重严峻已入另番境界。最代表他创作成绩的，我以为是纪实性的《走向混沌》。到了老年，维熙进入了家庭与人际生活的最佳状态。他常在所居公寓的活动室打乒乓球，天热时赤膊上阵，大有宝刀不老的气概。画一幅维熙老哥乒乓图，以志我们三十多年未熄的相惜之情。

2010年9月7日于温榆斋

王小波：晚上能来喝酒吗？

北京有三座金刚宝座塔，其中一座在蜚声中外的风景名胜地香山碧云寺里。碧云寺的金刚宝座塔非常抢眼，特别是孙中山的衣冠冢设在了那里，不仅一般游客重视，更是政要们常去拜谒的圣地。另一座金刚宝座塔在五塔寺里，虽然离城区很近，就在西直门外动物园后面的长河北岸，却因为不靠着通衢而鲜为人知，一般旅游者很少到那里去。五塔寺，是以里面的金刚宝座塔来命名的，是俗称。它在明朝的正式名称是真觉寺，到了清朝雍正时期，因为雍正名胤禛，"禛"字以及与其同音的字都不许用了，需"避讳"，这座寺院又更名为大正觉寺。所谓金刚宝座塔，就是在高大宽阔的石座上，中心一座大的，四角各一座较小的，五个石砌宝塔构成一种巍峨肃穆的阵式。攀登它，需从石座下券洞拾级而上，入口则在一座琉璃瓦顶的石亭中。北京的第三座金刚宝座塔在西黄寺里，那座庙几十年来一直被包裹在部队驻地内，不对外开放。打个比方，碧云寺好比是一位著名作家，五塔寺好比是一位尚未引人注意的作家，而西黄寺则类似根本无作品发表的人士。

王小波（1952—1997）

五塔寺的金刚宝座塔前面，东边西边各有一株银杏树，非常古老，至少有五百年树龄了。如今北京城市绿化多采用这一树种，因为它不仅树形挺拔、叶片形态有趣，而且夏日青葱，秋天金黄，可以把市容点染得富于诗意。不过，银杏树是雌雄异体的树。如果将雌树雄树就近栽种，则秋天会结出累累银杏。此果俗称"白果"，虽可入药、配菜甚至烘焙后当作零食，但含小毒。为避免果实坠落，增加清扫压力以及预防市民特别是儿童不慎捡食中毒，现在当作绿化树的银杏树都有意只种单性，不使雌雄相杂。但古人在五塔寺金刚宝座塔两侧栽种银杏时，却是有意成就一对夫妻，岁岁相伴，年年生育，到今天已是夏如绿陵秋如金丘。银杏成熟时，风过果落，铺满一地。

我至今还记得十九年前深秋到五塔寺水彩写生的情景。此寺已作为北京石刻博物馆对外开放。在金刚宝座塔周遭，有关人士搜集来不少历经沧桑的残缺石碑、石雕，具有相当的观赏与研究价值。但那天下午的游人只有十来位，空旷的寺庙里多亏有许多飞禽穿梭鸣唱，才使我摆脱了灵魂深处寂寞咬啮的痛楚，把对沟通的向往通过画笔铺排在对银杏树的描摹中。

雌雄异体，单独存在，人与银杏其实非常相近。个体生命必须与他人、与群体同处于世。为什么有的人自杀？多半是，他或她觉得已经完全失却了与他人、群体沟通的可能。爱情是一种灵肉融合的沟通，亲情是必要的精神链接，但即使有了爱情与亲情，人还是难以满足，总还渴望获得友情。那么，什么是友情？友情最浅白的定义是"谈得来"。尽管我们每天身处他人、群体之中，但真的谈得来的，能有几个？

一位曾到农村插队的知青对我说起，那时候生活的艰苦于他真算不了什么，最大的苦闷是周围的人里，没一个能成为"谈伴"的。于是，每到难得的休息日，他就会徒步翻过五座山岭，去找一位曾是他邻居，当时插队在山那边农村的"谈伴"。到了那里，"谈伴"见到他，会把多日积攒下的柴鸡蛋，一股脑地煎给他以为招待，而那浓郁的煎蛋香所引出的并非食欲而是"谈欲"。没等对方把鸡蛋煎妥，他就忍不住"开谈"，而对方也就边做事边跟他"对阵"。他们的话题，在那样的地方、那样的政治环境下，往往会显得非常怪诞，比如："佛祖和耶稣的故事，会不会是一个来源两个版本？"当然他们也会有犯忌的讨论："如果鲁迅看到《多余的话》，还会视瞿秋白为人生知己吗？"他们漫步田野，登山兀坐，直谈到天色昏暗，所议及的大小话题往往并不能形成共识。分手时，彼此不禁"执手相看泪眼"。那跟我回忆的知青肯定地说，尽管他返回自己那个村子时双腿累得发麻，但他获得了极大的心理满足，那甚至可以说是支撑他继续存活下去的主要动力！

人生苦短，得一"谈伴"甚难；但人生的苦寻中，觅得"谈伴"的快乐是无法形容的。

"谈伴"的出现，又往往是偶然的。

记得那是1996年初秋，我懒懒地散步于安定门外蒋宅口一带，发现街边一家私营小书店，便有一搭没一搭地迈进去。店面很窄，陈列的书不多。瞥来瞥去，里面卖的净是些纯粹消遣消闲的花花绿绿的东西。不过我终于发现有一格塞着些文学书，其中有一本是《黄金时代》，便心想："又是教人如何'日进斗金'的'发财经'吧？怎么搁在了这里？"我顺手抽出，随便一翻，才知确是小说，作者署名王小波。书里是几个中篇小说，头一篇即《黄金时代》。我试着读了一页，呀，竟欲罢不能，便就那么着站在书架前，一口气把它读完。我要买下那书，却懊丧地发现自己出来时并未揣上钱包。从书店往家走的路上，我还回味着读过的文字，多年来没有这样的阅读快感了。我无法评论，只觉得心灵受到冲击。那文字的语感，或者说叙述方式，真太好了。它似乎漫不经心，其实深具功力。人性，人性，人性，这是我一直寄望于文学的，也是自己写作中一再注意要去探究、揭橥的，没想到这位王小波在似乎并未刻意用力的情况下，"毫无心肝"地在书中写得如此令人"毛骨悚然"。故事之外，它似乎什么也没说，又似乎说了太多太多。

我也不是完全没听说过王小波。我从那以前的好几年起就基本上再不参加文学界的种种活动，但还经常联系着几位年轻的作家、评论家。他们有时会跟我说起他们参加种种活动的见闻，其中就提到过"还有王小波，他总是闷坐一边，很少发言"。因此，我也模模糊糊地知道，王小波是一个"写小说的业余作者"。

我真没想到这位"业余作者"的小说《黄金时代》如此"专业"，震了！盖了帽了！必须刮目相看！

那天晚饭后，我忽来兴致，打了一圈电话。接电话的人都很惊讶，因为我的主题是："你能告诉我联系王小波的电话号码吗？"广种薄收的结果是，其中一位告诉了我一个号码，并说："不过我从没打过，你试试吧。"

那时候社会上还没有"粉丝"的称谓。现在想起来，我的作为实在堪称"王小波的超级粉丝"。

我迫不及待地拨了那个得来不易的电话号码。那边是一个懒懒的声音："谁啊？"

我报上姓名。那边依然懒懒地答道："唔。"

我应该怎么介绍自己？《班主任》的作者？第二届茅盾文学奖获奖作品《钟鼓楼》的作者？《人民文学》杂志前主编？他难道会没听说过我这个人吗？我想他不至于清高到那般程度。

我就直截了当地说："看了《黄金时代》，想认识你，跟你聊聊。"

他居然还是懒洋洋的："好吧。"语气虽然出乎我的意料，传递过来的信息却令我欣慰。

我就问他第二天下午有没有时间，他说有。我就告诉他我住在哪里，下午三点半希望他来。

第二天下午他基本准时到了我家。坦白地说，乍见到他，把我吓了一跳。我没想到他那么高，我们都站着时，我得仰头跟他说话。我请他坐到沙发上后面对着他。不客气地说，我觉得他丑，而且丑相中还带有些凶相。

可是一开始对话，我就越来越感受到他的丰富多彩。开头，觉得他憨厚；再一会儿，感受到他的睿智；两杯茶过后，竟觉得他越看越顺眼。那也许是因为，他逐步展示出了优美的灵魂。

我把在小书店立读《黄金时代》的情形讲给他听，提及因为没带钱所以没买下那本书，书里其他几篇都还没来得及读哩。说着时我注意到他手里一直拎着一个最简陋的薄薄的透明塑料袋，里面正是一本《黄金时代》。我问："是带给我的吗？"他就掏出来递给我，我一翻："怎么，都不给我签上名？"我找来笔递过去，他也就在扉页上给我签了名。我拍着那书告诉他："你写得实在好。不可以这样好！你让我嫉妒！"

从表情上看，他很重视我的嫉妒。

我已经不记得随后又聊了些什么，只记得渐渐地，从我说得多，到他说得多。确实投机，我真的有个新"谈伴"了，但他也会把我当作一个"谈伴"吗？

眼见天色转暗，到吃饭的时候了，我邀他到楼下附近一家小餐馆吃饭。他允诺，于是我们一起下楼。

楼下不远有个三星餐厅，我现在写下它的字号，绝无代为广告之嫌，因为它早已关张。但是这家小小的餐厅，却会永远嵌在我的人生记忆之中。也不光是因为和王小波在那里喝过酒畅谈过，还有其他一些朋友包括来自海外的朋友，我都曾邀他们在那里小酌过。三星餐厅的老板并不经常来店监管视察，就由厨师服务员经营。我去多了,就知道顾客付的钱被他们收了装进一个大饼干筒里。老板大约每周来一两次,把那饼干筒里的钱取走。这样的合作模式很富人情味儿。厨师做的菜,特别是干烧鱼,水平不让大酒楼,而且上菜很快,服务周到,生意很好。它的关张,是由于位置正在居民楼一层,煎炒烹炸,油烟很大。虽然它有通往楼顶的烟道,楼上居民仍然投书有关部门,认为不该在那个位置设这样的餐厅。它关张前,我最后一次去用餐,厨师已经与我很熟了,跑到我跟前跟我商量,说老板决意收盘,他却可以拿出积蓄投资,当然这还不够,希望我能加盟,共同维持这个餐厅。只要投十万元改造好烟道,符合法律要求,楼上居民也告不倒我们。他指指那个我已经很熟悉的饼干筒说:"您放心让我们经营,绝不会亏了您的。"我实在无心参与任何生意,婉言拒绝了。餐厅关闭不久,那个空间被改造为一个牙科诊所。一些人先尽情饕餮,再去医治不堪饫甘餍肥的牙齿,这种更迭是否具有反讽意味?可惜王小波已经不在,我们无法就此展开饶有兴味的漫谈。

记得我和王小波头一次到三星餐厅喝酒吃饭,选了里头一张靠犄角的餐桌。我们面对面坐下,要了一瓶北京最大众化的牛栏山二锅头,还有若干凉菜和热菜,其中自然少不了厨师最拿手的干烧鱼。我们一边乱侃,一边对酌起来。我不知道王小波为什么能跟我聊得那么欢。我们之间的差异实在太大,那一年我五十四岁,他比我小十岁。我自己也很惊异,我跟他哪来那么多的"共同语言"?"共同语言"之所以要打引号,是因为就交谈的实质而言,我们双方多半是在陈述并不共同的想法。但我们双方偏都听得进对方的"不和谐音",甚至还越听越感觉兴趣盎然。我们并没有多少争论。他的语速近乎慢条斯理，但语言链却非常坚韧。他的幽默全是软的、冷的，我忍不住笑。他不笑，但面容会变得格外温和。我心中暗想，乍见他时所感到的那份凶猛，怎么竟被交谈化解为蔼然可亲了呢？

那一晚我们吃得喝得忘记了时间，也忘记了地点。每人都喝了半斤高度白酒。微醺中，我忽然发现熟悉的厨师站到我身边，弯下腰望我。我才惊醒过来——原来是在饭馆里呀！我问："几点了？"厨师指指墙上的挂钟，呀，过十一点了！再环顾周围，其他顾客早已无踪影，厅堂里一些桌椅已然拼成临时床铺，有的上面已经搬来了被褥——人家早该打烊，困倦的小伙子们正耐住性子，等待我们结束神侃离去好睡个痛快觉呢！我酒醒了一半，立刻道歉、付账，王小波也就站起来。

出了餐厅，夜风吹到身上，凉意沁人。我望望王小波，问他："你穿得够吗？你还赶得上末班车吗？"他淡淡地说："这不是问题，我流浪惯了。"我又问："我们还能一起喝酒吗？如果我再给你打电话？"他点头："那当然。"我们也没有握手，他就转身离去了，步伐很慢，像是在享受秋凉。我望着他背影有半分钟，他没有回头张望。回到家里，我沏了一杯乌龙茶，坐在灯下慢慢呷着，感到十分满足。这一天我没有白过，我多了一个"谈伴"，无所谓受益不受益，甚至可以说并无特别收获，但一个生命在与另一个生命的随意的、绝无功利的交谈中觉得舒畅，感到愉快，这种命运的赐予不应该合掌感激吗？

在以后的几个月里，我不但把《黄金时代》整本书细读了，也到书店买了能买到的王小波的其他著作。那时候他陆续在某些报纸副刊上发表随笔，我遇上必读。坦白地说，以后的阅读中，我再没有产生出头次立读《黄金时代》时那样的惊诧与钦佩。但我没有资格说"他最好的作品到头来还是《黄金时代》"，而且我更没有什么资格要求他"越写越好"。他随便去写，我随便地读，各随其便，这是人与人之间能成为"谈伴"即朋友最关键的条件。

我又打电话约王小波来喝酒，他又来了。我们仍旧有聊不尽的话题。

有一回，我觉得王小波的有趣，应该让更多的人分享。谁说他是木讷的？口拙的？寡言的？语塞的？为什么在有些所谓的研讨会上，他会给一些人留下那样的印象？我就不信，换了另一种情境，他还会那样，人们还见不到他闪光的一面？于是，我就召集了一个饭局，自然还是在三星餐厅，自然还是以大尾的干烧鱼为主菜，以牛栏山二锅头和燕京啤酒佐餐。我请来王小波，以及五六个"小朋友"，拼桌欢聚。那一阵，我常自费请客，当然请不起也没必要请鲍翅宴，至多是烤鸭涮肉，且多半就让"小朋友"们将就我，到我住处楼下的三星餐厅吃家常菜。常赏光的，有北京大学的张颐武（那时候还是副教授）、小说家邱华栋（那时还在报社编副刊）等。跟王小波聚的那一回，除张、邱二位外，还有三四位年轻的评论家和报刊文学编辑。那回聚餐，席间大家也是随便乱聊。我召集的这类聚餐，在侃聊上有两个显著特点，一是不涉官场文坛的"仕途经济"，一是没有荤段子。这也不是事先"约法三章"，而是大家自觉自愿地摒弃那类"俗套"，但人家聊的话题往往也会是尖锐的。记得那次大家就有好一阵在议论《中国可以说不》。有趣的是,《中国可以说不》的"炮制者"也名小波,即张小波,偏偏张小波也是我的一个"谈伴"。我本来想把张小波也拉来,让两位小波"浪打浪",后来觉得"条件尚未成熟,相会仍需择日",就没约张小波来。《中国可以说不》是一本内容与编辑方式都颇杂驳的书。算政论?不大像。算杂文随笔集?却又颇具系统。张小波原是二十世纪八十年代大学里的"校园诗人",后来成为"个体书商"。依我对他的了解,就他内心深处的认知而言,他并非一个民族主义鼓吹者,更无"仇美情绪",但他敏锐地捕捉到了那时候青年人当中开始涌动的民族主义情结,于是攒出这样一本"拟愤青体"的《中国可以说不》,既满足了有相关情绪的读者的表述需求,也向社会传达出一种值得警惕的动向,并引发了关于中国如何面对西方、融入世界的热烈讨论。这本书一出就引起轰动,一时洛阳纸贵,连续加印。张小波因此也完成了资本的初期积累,在那个基础之上,他的图书公司现在已经成为京城中民营出版商的翘楚。

  王小波对世界、对人类的认知,是与《中国可以说不》那本书宣示的内容相拗的。记得那次他在席间说——语速舒缓,绝无批判的声调,然而态度十分明确——"说不,这不好。一说不,就把门关了,把路堵了,把桥拆了"。引号里的是原话,当时大家都静下来听他说,我记得特别清楚。然后——我现在只能引其大意——他回顾了人类在几个关键历史时期的"文明碰撞",表述出这样的思路:到头来,还得坐下来谈,即使是战胜国接受战败国投降,在再苛刻的条件里,也还是要包含着"不"以外的容忍与接纳。因此,人类应该聪明起来,提前在对抗里糅合进对话与交涉，在冲突里预设让步与共存。

王小波喜欢有深度的交谈。所谓深度，不是故作高深，而是坦率地把长时间思考而始终不能释然的心结陈述出来，听取"谈伴"那往往是"牛蹄子，两瓣子"的歧见怪论，纵使到头来未必得到启发，也还是会因为心灵的良性碰撞而欣喜。记得我们两个对酌时谈到宗教信仰的问题，我说到那时为止，我对基督教、佛教、伊斯兰教都很尊重，但无论对哪一种，我都还没有皈依的冲动。不过，相对而言，《圣经》是吸引人的，也许基督教的感召力要大些。他就问我："既然读过《圣经》，那么你对基督被钉死在十字架上之后，又分明复活的记载，能从心底里相信吗？"我说："愿意相信，但到目前为止，我还是不怎么相信。"他就说："这是许多中国人不能真正皈依基督教的关键。一般中国人更相信轮回，就是人死了，他会托生为别的事物——也许是某种动物，也许还是人，但即使托生为人，也还需要从婴儿重新发育一遍——二十年后又是一条好汉嘛！"我说："基督是主的儿子，是主的使者，不是一般意义上的人。但他具有人的形态，他死而复活，不需要把那以前的生命重来一遍。这样的记载确实与中国传统文化里所记载的生命现象差别很大。"我们就这样饶有兴味地聊了好久。

大家聊到生命的奥秘，自然也就涉及性。王小波的夫人是性学专家，当时去了英国做访问学者。我知道王小波跟李银河一起从事过对中国当下同性恋现象的调查研究，而且还出版了专著。王小波编剧的《东宫西宫》被导演张元拍成电影以后，在阿根廷的一个国际电影节上获得了最佳编剧奖。张元执导的处女作是《北京杂种》，我从编剧唐大年那里得到它的录像带。看了以后我很兴奋，写了一篇《你只能面对》的评论，投给了《读书》杂志。当时《读书》由沈昌文主编，他把那篇文章作为头条刊出，产生了一定影响。张元对我很感激。因此，他拍完《东宫西宫》以后，有一天请我到他家去，给我放由胶片翻转的录像带看。那时候我已经联系上了王小波。见到王小波，我自然要毫无保留地对《东宫西宫》褒贬一番。我问王小波自己是否有过同性恋经验？他说没有。我就说，作家写作，当然可以写自己并无实践经验的生活，从艺术想象出发还是从艺术概念出发的区别，在于"无痕"与"有痕"。可惜的是，《东宫西宫》为了揭示主人公"受虐为甜"的心理，用了一个"笨"办法，就是使用平行蒙太奇的电影语言，把主人公的"求得受虐"，与京剧《女起解》里苏三戴枷趑行的镜头进行交叉重叠，这就"痕迹过明"了！其实，这样的拍法可能是张元的意志体现得更多。王小波微笑着听取我的批评，不辩一词。出演《东宫西宫》男一号的演员是一位真的同性恋者，拍完这部影片他就和瑞典驻华使馆一位卸任的同性外交官去往瑞典哥德堡同居了。他有真实的生命体验，难怪表演得那么自然"无痕"。说起这事，我和王小波都祝福他们安享互爱的安宁。

王小波留学美国匹兹堡大学时从学于许倬云教授，攻读硕士学位。他说他对许导师十分佩服。许教授有残疾，双手畸形。王小波比画给我看，说许导师精神上的健美给予了他宝贵的滋养。王小波回国后先后在北京大学和中国人民大学任教，但是到头来他毅然辞去教职，选择了自由写作。想起有的人把他称为"业余作者",我不禁哑然失笑。难道所有不在编制里的写作者都该称为"业余作者"吗?其实我见到王小波时,他是一个真正的专业作家。他别的事基本上全不干,就是热衷于写作。他跟我说起正想进行跟《黄金时代》迥异的文本实验,讲了关于《红拂夜奔》和《万寿寺》的写作心得。听来似乎十分地"脱离现实",但我理解,那其实是他的心灵对现实的特殊解读。他强调文学应该是有趣的,理性应该寓于漫不经心的"童言"里。

那时候王小波发表作品已经不甚困难,但靠写作生存显然仍会拮据。我说反正你有李银河为后盾,他说他也还有别的谋生手段。他有开载重车的驾照,必要的时候他可以上路挣钱。

1997年初春的一天,大约下午两点,我照例打电话约王小波:"晚上能来喝酒吗?"他回答说:"不行了,中午老同学聚会,我喝高了,现在头还在疼,晚上没法跟你喝了。"我没大在意,嘱咐了一句"你还是注意别喝高了好",也就算了。

大约一周以后,我忽然接到一个电话,声音很生,称是"王小波的哥们儿",直截了当地告诉我:"王小波去世了。"我本能的反应是:"玩笑可不能这样开呀!"但那竟然是事实。李银河去英国后,王小波一个人独居。他去世那夜,有邻居听见他在屋里大喊了一声。总之,当人们打开他的房门以后,发现他已经僵硬。医学鉴定他是猝死于心肌梗死。王小波也是"大院里的孩子",是在教育部的宿舍大院里长大的。大院里的同龄人即使后来各奔西东,也始终保持着联系。为他操办后事的大院"哥们儿"发现,在王小波电话机旁遗留下的号码本里,记录着我的名字和号码,所以他们打来电话说:"没想到小波跟您走得这么近。"

骤然失去王小波这样一个"谈伴",我的悲痛难以用语言表达。

生前,王小波只相当于五塔寺,冷寂无声。死后,他却仿佛成了碧云寺,热闹非凡,甚至还出现了关于他为什么生前被冷落的问责浪潮。几年后,一个熟人特意给我发来"伊妹儿",让我看附件中的文章。那篇文章里提到我,摘录如下:

> 王小波将会和鲁迅一样地影响几代人,并且成为中国文化的经典。
>
> 王小波在相对说来落寞的情况下死去,死去之后被媒体和读者所认可。他本来在生前早就应该达到这样的高度,但由于评论家的缺席,让他那几年几乎被湮没。看来我们真不应该随便否定这冷漠的商业社会,更不应该随便蔑视媒体记者们,金钱有时比评论家更有人性,更懂得文学的价值。……为什么要这样?我们没有权利去批评王蒙和刘心武(两人都在王小波死后为他写过文章)……他们的主要任务不是发表评论,而是创作。……

这篇署名九丹、阿伯的文章标题是《卑微的王小波》。文章在我引录的段落之后点名举例地责备了官方与学院的评论家。这当然是研究王小波可资参考的材料之一。 不知九丹、阿伯在王小波生前与其交往的程度如何,但他们想象中的我只会在王小波死后写文章(似有"凑热闹"之嫌)。虽然他们放弃了对王蒙和我的批评，把板子打往职业评论家的屁股，但这引得我不能不说几句感想。王小波"卑微"？以我和王小波的接触（应该说具有一定深度，这大概远超出九丹、阿伯的想象），他一点也不卑微。他不谦卑，也不谦虚，当然他也不狂傲，他是一个内向的、平和的、对自己平等、对他人也平等的，灵魂丰富多彩的、特立独行的写作者。他之所以应邀参加一些文学杂志编辑部召集的讨论会，微笑着默默地坐在一隅，并不是谦卑地期待着官方评论家或学院专家的"首肯"——那只不过是他参与社会、体味人生百态的方式之一。他对商业社会的看法从不用愤激、反讽的声调表述。在我们交谈中涉及这个话题时，他以幽默的角度表达出对历史进程的"看穿"，常令我有醍醐灌顶的快感。

王小波伟大（九丹、阿伯的文章里这样说）？是又一个鲁迅？其作品是"中国文化的经典"？的确，我不是评论家，对此无法置喙。庆幸的是，当我想认识王小波时，我没有意识到他"伟大"而且是"鲁迅"。倘若那时候有"不缺席的评论家"那样宣谕了，我是一定不会转着圈打听他的电话号码的。

面对着我在五塔寺的水彩写生，那银杏树里仿佛浮现出王小波的面容，我忍不住轻轻召唤：王小波，晚上能来喝酒吗？

2008年12月1日于绿叶居

鄂华：在边缘微笑

三十五年前的1979年，一般的中国人是很难有出国机会的。我有幸在那年夏末参加中国作协代表团，到罗马尼亚访问。那是一度被"砸烂"后又"锔合"的中国作协派出的第一个访问团。团长是老诗人严辰（1914—2003），团员是鄂华（1932—2011）和我，还有文化部的一位翻译。鄂华在吉林省文学界无人不知，但是在全国范围内从那时候到现在，其知名度似乎都没达到所谓"一线"程度。中国作协复苏后，乘改革开放的春风，拓展中外文学交流，第一次组团就特别安排鄂华是很有道理的。因为鄂华在二十世纪五十年代和六十年代初，是以写外国题材小说见长的一位作家。那个历史阶段"百花齐放"实施中的风雨盛衰另说，但鄂华写出的那些外国题材的小说——他自称，许多人，包括我也认同，可算是"第一百零一朵花"。那样的取材、那样的写法真的很特别，在那个时代属于在百花园的边缘上静静地绽放。当然，在那个历史时期，他的那些外国题材的篇什，多半是抨击法西斯、呼吁世界和平的主题，但他笔下所描绘的外国，不是东方的朝鲜、越南之类,而多半是欧美,尤其是西欧。直到1979年以前,鄂华并没有出过国。他对外国的描写,主要倚仗文字资料、图片资料和有限的影视资料,从中生发出想象,然后透过笔端开出他那"第一百零一朵花"来。

罗马尼亚在东欧,当时还属于社会主义国家,跟苏联的关系紧张,跟中国十分友好。到达布加勒斯特后,我们都很兴奋。我第一次在那里看到了把大西洋放在中间的世界地图,中国竟被"挤"到了地图的最东侧。从视觉到心头,我很是震动。布加勒斯特没有布拉格、布达佩斯那么富有古典美的震撼力,其城市建筑先被苏联模式嵌入,北京和上海现在仍"健在"的原来称苏联展览馆的以尖剑高举红星,就是这类建筑最典范的营造方式。后来,罗马尼亚和苏联闹翻,跟美国交好,于是又有了美式摩天楼酒店,我们所下榻的多洛班济酒店就是其中之一。但是,罗马尼亚毕竟是一个欧洲国家,西欧与东欧在历史上宗教文化以及建筑是交融得相当充分的,布加勒斯特也就仍然有着非常多的欧洲古典风格的建筑。哥特式、巴洛克式、洛可可式等众多的文艺复兴前后的建筑,以及古典主义、浪漫主义、新古典主义风格的建筑都可以见到。某些现代派建筑也会闪入眼中。对于被长期锁国禁锢、对西方缺乏感性认知的中国作家来说,这实在是大饱眼福。一路上我和鄂华合住一间酒店的标准间,临睡前彼此交流见闻心得。我把见到地图上中国被"挤"到一侧的新奇感道出。鄂华就说,"二战"之前布加勒斯特有"小巴黎"之称,我们可以在这个东欧国家窥探出东西欧相通的那些元素。

那次接待方用了一辆面包车,在一位罗马尼亚作家和一位司机的陪同下，让我们把整个罗马尼亚转了一圈。其中一站是特尔古·日伊乌市。在那里，有雕塑家布伦库什（1876—1957）的著名作品。那时候也是刚从"砸烂"厄运中得以"锔合"的中国《世界文学》杂志，在1979年4月号封底上刊出了一幅布伦库什的抽象风格铜雕《波嘉妮小姐》，因此我们都事先知道了布伦库什在世界美术史上的巨擘地位。《波嘉妮小姐》只是个小作品，而他在特尔古·日伊乌创作的作品穿越全城，堪称世界上最宏伟的雕塑巨作，欧美、日本都有研究者为之写出厚厚的专著。首先，看到的是在全市中轴线公园里的"默悼之桌"。在低于一般桌面的直径两米的大石桌周围，是与之距离稍远的十二只沙漏状石凳。人们可以坐在那石凳上，低头凝视桌面，默悼流逝的岁月和仙去的亲人。然后，站起来沿着桌前的林荫道前行，道旁是与那些石凳对应的沙漏状造型，桌边的十二只石凳代表一年的十二个月，道两旁各三个一组共四组的石凳则代表四季。但第四组前面，偏又多出一个半石凳及一段"留白"，仿佛文章中的省略号，意味着还会有更多四季来临。再往前，则是相当高大的"吻之门"。这个石材雕就的厚重大门上，有许多抽象的"吻"的符码，以及取材于罗马尼亚民间舞蹈霍拉舞的曲线装饰。雕塑家希望人们观赏并穿过这座大门时，能意会到吻即是爱，而爱是延续人类健康发展的内驱力。千万不要以为这组雕塑到这里就结束了，不，当我们乘车穿越全城后，在中轴线远端，看到了这组雕塑最激动人心的高潮部分——那是以合金铸就的"永无休止之柱"。全柱以沙漏状的连续叠加与升腾达到三十米，顶端给你"并未终结"的感觉，意味着人性真善美与人类大同的提升是没有止境的。我们全被布伦库什的这组了不起的作品征服了。那晚回到酒店，鄂华让我先洗澡。我洗完后见他在伏案认真地写着什么。我还没有问，他就转过头，笑眯眯地对我说，要及时记下观摩布伦库什这组巨雕的印象。那晚我们入睡比较晚，聊到苏联的电影导演爱森斯坦（1898—1948）及其谴责镇压革命的《战舰波将金号》。西方右翼的文化人也对之一唱三叹，承认他是电影"蒙太奇"的发明者。我们又聊到最后选择定居民主德国的戏剧家布莱希特（1898—1956）。西方文化界更是尊他为表现主义的祖师爷，那时中国青年艺术剧院正排演他的《伽利略传》，我们都准备去看。我们还聊到在舞台上穿越过几个时代的梅兰芳（1894—1961）——从达官贵人到市井百姓，从苏联另一位国际公认的大导演普多夫金（1893—1953）到美国好莱坞电影泰斗卓别林（1889—1977），无不对梅兰芳的舞台艺术表示激赏……这就说明，艺术家段位高了，是能超越政治，超越意识形态，超越东西方，超越时空局限，达到融通致远的。

我们曾到罗马尼亚最西边的小城蒂米什·瓦拉，登上当地一所教堂高高的钟楼。在那钟楼宽阔的石栏上，用箭头标识出一些西欧名城的方向及距离那个地方的公里数，其中指向西北的有巴黎。我不禁和鄂华对了个眼神，他依旧笑眯眯，但我们心照不宣地都在想：什么时候也能去巴黎一游呢？

鄂华和我都是改革开放的受益者、幸运儿。从罗马尼亚回来后不久，他又出访了澳大利亚。我则很快又去了日本、法国和联邦德国。我们也曾邂逅。但是，我注意到，鄂华及时地调整了他的写作路数。改革开放以后，打开门窗，西方文化蜂拥而入，看翻译过来的外国人写的外国小说还忙不过来，谁会再通过中国人写外国故事去认知外国呢？他那"第一百零一朵花"，也就没有再栽种下去。但他和我一样，从小热爱文学。他大学学的是化学，却心甘情愿地以文学为正业。他后半生一直定居在长春，孜孜不倦地写出一部又一部的作品。二十世纪八十年代以后，他写太平天国的石达开，写打捞大洋深处宝藏，写景德镇瓷工……其中有的还拍成了电影，但是在中国作协开始操办各种评奖活动以后，无论长、中、短篇，他似乎都没有获奖，只有儿童文学作品获过奖，他依然只是在边缘发光。

　　三年前，我从媒体上看到鄂华去世的消息。他的遗像，从网络上能够查到不少。从标准像到社交场合的留影，从青年时期的像到老年的像，他总是笑眯眯的。一位吉林的中年编辑告诉我，在吉林鄂华没有对头，他对影响超过他的后起之秀只有扶植，从不嫉妒；他对各类新的文学尝试总抱着支持与包容的态度。他的微笑，在吉林是有名的，"那是一位微笑着生活的好人"。鄂华一直在边缘微笑着，淡泊奖项，谦和礼让。他的写作只因爱好，随缘执笔，从容塑美。我从旧相册里找到他和我在罗马尼亚的合影，我身上的西装掩不住土气，而他那微笑却是十足西方绅士味儿的。

　　就在我检索旧照片的当口，忽然接到一个电话，是一位亡友的女儿打来的，唤我刘叔叔，预祝我生日快乐。我问她在哪里，答曰和她先生在巴哈马度假！哇，回想1979年，那时鄂华和我觉得能去巴黎已属不易，而现在的中国富裕人士，自费出国旅游已不是非分之想，去普罗旺斯亲近薰衣草，去阿尔卑斯山滑雪，去南极观帝企鹅,乃至周游列国的都大有人在。我望着那张和鄂华的合影,顺便问她:"你知道作家鄂华吗?湖北简称的那个鄂,他本是湖北人,原名程庆华,这个笔名有湖北花朵的意思。"她说:"哎呀,好难的题目。真想不起来!不过,一个人,又何必非得让天下人全知道全记住呢?比如,刘叔叔,这边见到的几个中国人就全不知道您。有我这样的晚辈挂念您,不就挺好的吗?"那句话如同醍醐灌顶。其实,我也早就边缘化了,之所以还写作,只是因为那是终身爱好。从鄂华的微笑中汲取营养吧,他那在边缘微笑的留影,沁入我的心灵,我要在边缘中保持淡定,心灵的微笑既是与世无争,也是节操的持守。

2014年8月22日于绿叶居

三

世间温情

纵使我们有足够的自信自强与自救自赎的能力，我们也许还是需要在关键时刻接到一个始料未及的救心电话。同时，我们应当自问：什么时候，我们也给他人拨一个这样的电话？

茅盾：拾花感恩

又到落花时节，郊区书房窗外草地上，粉白的樱桃花瓣仿佛许多个句号。生活总是分成很多段落。每个段落里我们总会遭逢新的境况，随之或自觉或身不由己地调整自己的认知与心绪。窗外继续有花瓣谢落，窗内我整理着橱架上的图书。当我触摸到装帧极为朴素的上、中、下三册《我走过的道路》时，忽然心潮难平。

那是茅盾的回忆录，在他去世以后才陆续出版。人民文学出版社按照他生前开列的名单，盖上他的印章，分寄各人，我因此有幸得到。我细读过这三册回忆录，有过很多感慨，但一直没有写过文章。尽管有"鲁、郭、茅；巴、老、曹"一说，但近二十年来除了以茅盾命名的文学奖常被人们关注外，茅盾的作品以及对他的研究都已经很不热闹，"茅学"始终没有形成。他的后人也很低调，不见出来撰文回忆、接受采访、促成昭显，以至在上面所提及的排序名单里，他几乎成了最寂寞的一位。

二十几年前按照茅盾的意愿，并且以他捐献的稿费为本金创

茅盾（1896—1981）

建的茅盾文学奖，目前似乎只具有符码意义，是中国目前通常公认的最高文学奖项。究竟茅盾的文学理念是什么？获得茅盾文学奖的作家与作品要不要符合这一理念？我提出这一问题，一定会被若干人觉得多余，甚至可笑。实际上无论是操办这一奖项的人士，还是争取这一奖项的人士，以及传媒界的诸多记者，都已经完全把以茅盾命名的这个奖项，当作了一个可以容纳不同理念的作家与不同追求的作品的"荣誉筐"。其间的争论、调整及最后的宣布，都与我提出的问题了无关系。

毋庸讳言，二十世纪八十年代中期以来，夏志清那本用英文写成，又被别人译为中文的《中国现代小说史》，在中国产生了巨大的影响。在那以前的中国现代文学史里，沈从文、钱锺书、张爱玲根本没有地位。被禁锢、压抑了许久的中国学人与读者忽然读到沈、钱、张的作品，吃了一惊，原来被包括茅盾在内的左翼文学家否定、冷淡甚至根本不转过眼球去看的这些作家，竟写出了具有那么独特的美学价值的精品。从那时以来的二十多年里，沈、钱、张热持续升温，而茅盾却简直处于被雪藏的状态。其实夏志清那本书里也为茅盾列出了专章，尽管批评茅盾曾经"糟蹋了自己在写作上的丰富想象力"，但还是做出了这样的结论："尽管如此，茅盾无疑仍是现代中国最伟大的共产党作家，与同期任何名家相比，毫不逊色。"

茅盾的小说主题先行，再按照主题要求设置人物、情节与细节，并且有据此开列详细提纲的习惯。当小说作为一门艺术发展到今天的情势下，这些被绝大多数人视为致命的缺点。但是，我最近重读他的《蚀》《子夜》，特别是《腐蚀》，却还是获得了审美上的愉悦。他的小说是有趣的，时能触及人性的深层。我承认自己当年写《班主任》时，文思里有许多的"茅盾因子"。这也许也是他读了《班主任》后竭力鼓励，并且对我以后的创作寄予厚望的根本原因。

我虽然没有与茅盾亲密接触、深入交谈的机会，却是受过他恩惠的。这还不是指1979年3月我获得全国优秀短篇小说头奖时，他微笑着将奖状递到我手中。我最难忘的是颁奖前一个多月，在友谊宾馆小礼堂里，当时由人民文学出版社出面召开了一个旨在鼓励创作长篇小说的座谈会。那时被"文革"破坏的文学园地一片荒芜，茅盾出席了那个座谈会，并且与到会的多半像我这样的还谈不上是正式进入了文坛的新手，进行亲切而具体的讨论。他鼓励我们写出彻底摆脱了"四人帮"影响的、无愧于新时期的长篇小说。那天他在讨论中忽然问主持座谈的严文井："刘心武在吧？"我赶紧从座位上站起来，严文井告诉："就是他。"

我永远不会忘记那一刻茅盾眼里朝我喷溢而出的鼓励与期望。人在一生中，得到这般注视的机会是不多的。

我得承认，在《钟鼓楼》的整个写作过程中，茅盾的那股目光一直投注在我的心里，也是我发愤结撰的原动力。《钟鼓楼》写完已经是1984年夏天，一直关注我这部长篇处女作的某文学双月刊告诉我，他们只能跨年度分两期连载，我心里怎么也迈不过这个坎儿。我找到《当代》杂志，求他们在1984年把全文刊出，因为第二届茅盾文学奖的评定范围限定在那一年年底前。我憋着要拿这个奖，因为开设这个奖的人曾经那样地看重过我。我如愿以偿。我觉得自己是以符合茅盾文学理念的作品得到这个奖的，那理念的核心就是作家要拥抱时代、关注社会，要具有使命感，要使自己的艺术想象具有诠释人生、改进社会的功能。

茅盾在二十三年前的暮春谢世。我走出书房，从绿草上收集那些美丽的花瓣，掬在手心里的花瓣沁出缕缕清香。我心中翻腾着感恩的情愫。不管时下别人如何评价茅盾，在我心目中，他是一种具有健旺生命力的文学流派的永恒典范。

2004年4月于温榆斋

叶圣陶：难忘的一杯酒

我上中学的时候，语文老师教我读叶圣陶的《多收了三五斗》。后来我当了中学语文教师，又教我的学生读《多收了三五斗》。再后来我娶妻生子，不知不觉中儿子高过了我的头，上到中学。有一天我见儿子在灯下认真地预习课文，便问他语文老师要教他们哪一课了，他告诉我："《多收了三五斗》。"这其实还算不了什么。我的母亲，我儿子的奶奶，今年已经八十四岁了，就几次对我和她的孙子说："中学时代读过的课文，一辈子也难忘。我就总记得读过叶绍钧的《低能儿》。"叶圣老就这样用他的文学乳汁哺育着跨越了半个世纪的三代人。

我十年前登上文坛的时候，叶圣老早已是年过八十的文学老人了。见到冰心、巴金那样的老前辈，我已觉得是面对着文学史的经典篇章，深觉自己的稚嫩，而冰心、巴金又都把圣老尊为自己的老师和引路人。所以对于圣老，我实在是只能仰望，自知无论就年龄差异还是文学资历而言，辈分都是晚而又晚。

五年前的一天，《儿童文学》杂志召开编委会。叶圣老是编委,我也忝列编委中。在差了好几个辈分的圣老面前,我心中既满溢尊重,又不免拘束无措。会后的便宴上,我走近圣老身前,敬他一杯酒,我没想到他不仅立即认认真真地站起身来,立即认认真真地端起他的那杯酒,并且立即认认真真地用他长长的白白的寿星眉下的那双眼睛望着我,还认认真真地对我说:"刘心武同志,您好。谢谢您。谢谢您。"最让我感动的,是他不仅认认真真地同我碰杯,随后还认认真真地仰脖喝下了他那杯酒,并认认真真地把喝干了的酒杯亮给我看,还认认真真地注视着我干掉我那杯酒,又认认真真地听我多少有些慌乱、有些局促、有些言不达意、有些结结巴巴地说出的一些仰慕的话。直到我要离开他了,他才由叶至善同志扶着慢慢地坐下。

这真是永难忘怀的一杯酒,刻在我记忆中的是一个终生认认真真、谦恭待人的伟大人格。

那回的敬酒,叶至善同志自始至终随他父亲站立,并真诚地微笑着,自己却并不举杯。后来林斤澜大哥告诉我,叶家的老规矩就是那样,只要是圣老的客人,无论多么年轻,都可同圣老平起平坐,但叶至善等子女往往是侍立在圣老旁边,并不一定随之落座。乍听去,这规矩似乎旧了点儿,不甚可取。但我后来同叶至善同志有些交往后,就深感叶家的家风,凝聚着许多中国传统文化中的美德,而他们家中父母子女、兄弟姐妹间的精神平等和心灵交流,却又明显地汲取了西方文明中的精华。现在圣老已离我们而去,在我们对他的追怀纪念当中,我以为应当加进对他那在中西文化大撞击中所形成的人格和文化心理结构的研究,并具体入微地考察与分析一下叶家的家风，即叶家的文化品格，也许不失为一个非常有价值的艺术角度。

1988年2月28日

严文井：最难风雨老人来

最近我读了涂光群的回忆文章，才知道1977年我那篇《班主任》得以发表的过程远比我以前所知道和想象的要曲折艰难。其实发表以后，那作品究竟该不该发表，以及究竟是鲜花还是毒草，争论还持续了颇久。记得1978年初夏，我忽然接到《人民文学》杂志通知，让我到中华总工会的招待所去参加《班主任》的讨论会。那地方不好找，我骑自行车大汗津津地赶到时，讨论会已经开始好一会儿了。我气喘吁吁地坐到椅子上，努力凝神，一环顾，吃了一惊——在座的有那么多文学界老前辈！

老前辈之中，有严文井。他的发言给我印象最深的是，以反问的语气指出我那小说里所写到的小流氓宋宝琦和团支书谢惠敏，"难道不是我们在生活里都见到过的吗？"他和陈荒煤、冯牧、朱寨等都从真实性上为我那篇作品辩护。记得开会的那天，上海《文汇报》正好发表了卢新华的《伤痕》。会场上有人拿着报纸皱着眉头看，虽然没发言，却使我隐约感觉到有种忧心忡忡的情绪。严文井等人的支持性发言，也就不仅是在维护一篇《班

严文井（1915—2005）

主任》，实际是在为逐渐引起国人乃至世界注意的"伤痕文学"护航。

"伤痕文学"是一种阶段性的文学现象，潮起时风靡一时，潮落后一般人都认同"社会学意义大于文学价值"的批评。别的"伤痕文学"作者是怎样的想法，我不甚清楚。就我个人而言，在那两年里确实很少考虑纯粹的文学价值，总是想"闯禁区""吐真言"，先把"四人帮"设置的文化专制的藩篱撞烂了再说！1978年，我在北京人民出版社当文艺编辑，参与了《十月》的创办。在筹集第一期稿子时，我拿出了一篇《爱情的位置》。为了使那当时在全国尚属创举的大型文学刊物的质量得到保证，创刊号开印前我们在东兴隆街开了征求意见的座谈会，许多文坛宿将与会。大家都很兴奋，因为浩劫中全国的文学刊物全都停刊了，虽然1976年恢复了《人民文学》《诗刊》两种杂志，但到1978年还没有大型文学杂志出来，上海的《收获》也还未及复刊，所以会上人们都为《十月》的出现高声喝彩。那次严文井也来了，他拿起拟定的目录一看，大声说："好呀！爱情又有了位置了！"现在的年轻人恐怕听不懂那话，不理解《爱情的位置》那么一个题目，在那个年月怎么会让专家和一般读者那么激动甚至震动，我们的社会生活是怎么发展到今天的？年轻人应该有所了解，而解决今天的新问题，一定要采用新办法，绝不能走回头路。这是我回忆起严文井那仍响在耳畔的感叹时由衷的心声。

二十世纪八十年代中期以后，"伤痕文学""反思文学""改革文学""知青文学""乡土文学"等浪潮相继激荡而过。随着国门的开启，外来文化的进入，受西方现代派和后现代派文学的影响，"回归文学本性"，注重文本实验，强调语言元素的呼声与尝试多了起来。在这种情况下，文坛局面变得复杂了，一些老前辈又开始为"现代派"的新潮文学忧心忡忡。当然任何一种文学浪潮都是可以质疑并予以批评的，我个人就一直还是坚持在现实主义的写作道路上调整步伐，对一些极端化的文本颠覆实验欣赏不来。但作为同行，我总是尽量对跟自己文学追求不同的人持友善态度；作为编辑，我也总是尽量容纳自己不会那样去写的一些新锐作品。就在这样一种情势下，我跟严文井来往多了起来。

一般人都知道严文井是杰出的儿童文学作家，有些人还知道他曾任中国作家协会和人民文学出版社的负责人，但似乎很多人不大知道，在他最后二十年的生命历程里，他对为数不少的文学晚辈、文学探索者，给予了许多宝贵的支持与温馨的鼓励。而这一切都是在私下里，春雨润物无声，和风轻抚无迹，不求感谢，不需回报，默默进行的。有时候，我去拜访文井前辈，会遇到那样的探索者。旁听他们的交谈，对我来说是难得的享受。从文井前辈那里，我学会了对新观念新探索新作者新现象的宽容，学会了从中汲取营养，体验到了理解他人和相互学习、相互慰藉的乐趣。

至今还记得，二十年前我住在劲松小区，一位跟我同辈的作家在家里举办新婚后的私宴。文井前辈伉俪应邀出席，大家畅饮畅谈。在座的全是他们的晚辈。文井比我们要大差不多三十岁，但那天他真像个青年人一样，谈笑风生，幽默潇洒，全无一点老资格、老权威、老领导、老头子的影子。我们也跟他没大没小起来，我说他长相挺像波斯人，他笑说自己血统确实"可疑"，倘仔细查九代，很可能祖上有跟西域人通婚的情形，"恐怕是丝绸路上一段佳话"。大家听了都欢笑不已。

那天文井伉俪去劲松时，已经下起小雨，后来雨下得越来越大，主人就留他们等雨小了再走，其实也真是愿意跟文井前辈在轻松闲聊里，多得到些人生感悟的浸润。没想到欢聚到接近午夜时分，雨还是很大，实在不能不让他们回去歇息了，就由我打伞出去叫车。好不容易找到一辆出租车，把他们送进了车里。二十年前文井前辈那弯身进车的身影，现在宛在眼前。古人有句名言"莫放春秋佳日过，最难风雨故人来"。我改几个字，以作永久的怀念："莫忘廿年佳日过，最难风雨老人来！"

2005 年

周汝昌：悔未陪师赏海棠

前些天我还在《今晚报》上看到周汝昌师的散文，今天下午忽然得他仙逝的消息。虽说早几个月前我跟他女儿周伦玲通电话时就知道，他已经多时难以下床，时发低烧。心理上已有所准备，但总又觉得他头脑还那么清楚，文思还那么蓬勃，不至于就怎么样吧。我打电话给伦玲致悼，她说父亲确实大脑一直保持着最佳状态，前些天还跟她交代新书的章节构想，只是其他器官明显在衰竭，本来就属羸弱的书生，毕竟九十多个春秋了，"丝"未尽而"蚕"亡也在规律之中。她说不打算在家中设灵堂，不开追悼会，让老人静静地离去。

我本来只是个《红楼梦》的热心读者，1992年才开始写出一些关于《红楼梦》的文字。那时《团结报》的副刊接纳了我，允许我开设《红楼边角》的专栏。连续发表若干篇后，忽然有一天我得到周汝昌先生来信，他表扬我"善察能悟"，能注意到《红楼梦》中的小角色，如卍儿、二丫头，甚至有一篇议及"大观园中的帐幔帘子"，鼓励我进一步对《红楼梦》细读深探。得他来信，我异常兴奋，马上给他回信，一致谢，二讨教。他也就陆续地给我来信，我们首先成为忘年"信友"。他开始写来的信还大体清晰。但是，随着目力越来越衰竭，一只眼全盲，一只眼仅存0.01的视力，那时他写文章，大体已是依靠伦玲。他口述，伦玲先记录，再念给他听，包括标点符号，他再修订，最后抄录或打字，成为定稿，拿去发表。但他给我写信，却坚持亲笔，结果写出的字往往有核桃那么大，下面一字会覆盖住上面半个字，或忽左忽右。一页纸要写许久，一封信甚或会费时一整天，由伦玲写妥信封，寄到我处。阅读他的信，我是既苦又甜，苦在要猜，甜在猜出誊抄后，竟是宝贵的指点、热情的鼓励、平等的讨论和典雅的文本。二十年来，汝昌师给我的信，约有几十封之多。我给他的信，应有相对的数目。其中一次通信，拿到《笔会》发表，还得了一个奖。过些时，我会与伦玲女士联系，将我们的通信加以汇拢、编排，出成一本书，主要是展示汝昌师的学术襟怀与提携后辈的高尚风范。

我关于《红楼梦》的文字，始于"边角"，延伸到人物论，又进一步发展到角色原型研究，最后聚焦到秦可卿。我试图从秦可卿的原型探究入手，深入到曹雪芹的素材积累、创作心理、艺术手法、人生感悟、人性辨析、终极思考各个层面。对于我这样一个"红学"的门外汉，汝昌师不但能容纳我的"外行话"，而且为了将我领进"红学之门"，循循善诱地引导，更无私地提供思路乃至独家材料。在对秦可卿研究的过程中，涉及康熙朝两立两废的太子胤礽（后被雍正改名允礽）的资料。汝昌师为帮助我深入探讨，将他自己掌握而尚未及在文章中运用的某些独家资料

周汝昌先生为刘心武著作题诗

与考据成果，在信中毫无保留地写出，并表示随我使用。在汝昌师还是个大学生时，胡适曾无私地将孤本手抄《石头记》即"甲戌本"借给他拿回家使用。如今有人问："现在还有像胡适那般无私提携后辈的例子吗？"我以为，汝昌师对我的无私扶植，正与胡适当年的学术风范相类，我将永远铭记、感怀！

我所出版的关于《红楼梦》的书，在CCTV-10《百家讲坛》录制播出的节目，以及去年推出的续《红楼梦》二十八回，利用了许多汝昌师的研究成果。我告诉他将使用其学术成果时，他欣然同意。从某种程度上说，我如今被一些人认为是"红学家"，其实是汝昌师拼力将我扛在肩膀上才获得的成绩。当然，我们大方向一致，却也有若干大的小的分歧。大的，比如他近年发表著作，认为《红楼梦》的第一女主角应是湘云而非黛玉，宝玉真爱的并非黛玉而是湘云，我就不认同。小的，比如他认为宝玉有个专门负责帮他洗澡的丫头，通行本上叫碧痕，他认为应作碧浪；宝钗问拿没拿她扇子的那个丫头，通行本作靛儿，他认为应作靓儿，我却觉得仍应叫碧痕与靛儿，等等。我们都认为，《红楼梦》最后一定会有《情榜》，但拟出的名单也有不少差异。

我可算得汝昌师的私淑弟子，但正如他所说，我们是"君子之交淡如水"。虽然通信不少，他还常为鼓励我吟诗相赠，隔段时间会通电话。多半是他家子女接了电话，把我的话大声地重复给他听（他耳早聋）。他做出回应，子女再转达给我。但有好几次，他觉得不过瘾，非要子女将话筒递他手中，亲自跟我对话，极其亲切，极其真率。写此文时，那声音仿佛还在我耳边回响。我们相交二十年，见面却不过数次。我第一次到他家，发现他家家具陈旧，不见一件时髦的东西，也未见到可观的藏书，颇觉诧异。后来又去几次，我悟出他的乐趣全在孜孜不倦的学术研究及文学创作中，当然"红学"是他最主要的乐趣。但他拒绝"红学家"的标签，他对《红楼梦》的理解是中华文化的百科全书，他研究《红楼梦》也就是研究中华大文化。他还是杰出的散文家、书法家和书法理论家。

汝昌师学术造诣极高，却不善经营人际关系，尤拙于名位之争。看他在《百家讲坛》讲"四大古典名著"，缺牙瘪嘴，满脸皱纹，但一开讲，他双手十指交叉，满脸孩童般的率真之笑，句句学问，深入浅出，大有听众缘，以至有的年轻粉丝赞他风度翩翩。他家里人也都憨厚。我知几年前有一事，在他们那个居民区，有些不养狗的人，对某些养狗的邻居弄得吠声扰眠、狗屎当道深恶痛绝，便起草了一封信件，直递市政府，要求禁止养狗。到他家征求签名，汝昌师根本听不见，不知何事，由子女接待。子女也未及细看信件文本，便代他签了名。哪知媒体报道了此事，可能是签名者中周先生名气最大，媒体就以"周汝昌等呼吁禁止养狗"为标题。我看了那呼吁禁狗的信件引文，起草者大概是个恨狗者，把狗说得一无是处，结果引出网络上一片哗然。爱狗者群情激愤，将周先生骂个狗血喷头。有的还打听到他家电话，打去兴师问罪。我后来给周家打电话，回应是"此号码不存在"。想了若干办法，才接通周伦玲。她说不得已换了号码，且不忍跟父亲说明。其实汝昌师耳聋目眇，且极少下楼活动，哪里会因犬吠狗屎而觉困扰？更哪里会恨狗并恨及养狗为宠物者？他代人受骂，直至仙去尚浑然不知，但就有学界某人知其事，在一旁嘲讽："养狗有何不好？我就养了好几条藏獒。"

记得几年前最后一次去拜望汝昌师，他说春天到了，海棠即将盛开，真想跟你一起去看海棠花！他说即使只看到模模糊糊的一派粉白，也是好的；又说海棠不是无香，而是自有一种特殊的气息，淡淡的，雅雅的。我当即表示，待海棠开时，找辆车陪他一起去赏海棠。他说知道北土城栽种了大片海棠，我说原摄政王府花园现宋庆龄故居的海棠树大如巨伞，到花期时灿烂如霞，也是一个选择。我深知汝昌师最钟情《红楼梦》中的史湘云，而海棠正是湘云的象征之一。但后来我竟未能践约，如今悔之晚矣！

2012年5月31日急就

启功：给我老家题字

这个题目有问题，但又确实该是这么个题目。怎么回事？听我絮絮道来。

我虽然出生在成都，祖籍却是四川省安岳县。安岳这个地方知名度不高。一位同乡夸张地说，历史上安岳属于"兵家必弃之地"，烽烟在远处，那里还很安静。等改朝换代之后，大局定鼎，新政权派人去接收就是。前些年有人问我究竟祖籍哪里，我怕说安岳他耳生，就说是内江。但近年来同乡告知我，安岳已不再属于内江，改辖资阳。一处地方的行政归属变来变去，可见总如舞台上的配角。有人问我是否回过祖籍？四十多年前我回过，印象最深的是在县城理发馆理发。热天，没有电扇，理发师一边给我理发，一边踩动座椅下的机关。那机关以绳索滑轮牵动，将座椅背后墙面上用十几把蒲扇缝在一起构成的巨扇，于张合之中，形成习习凉风。这情形我至少跟两位影视导演讲过，都说绝妙，大可摄入剧中，但至今也没见他们采用。改革开放以后，安岳随全国一起进步。有从意大利归来的安岳人，先引进了西西里柠檬，后来又培植出从美国引进的尤力克品种。所产柠檬品质超越原产地，如今安岳已是知名的柠檬之乡。有天在超市听一顾客问布货员："这柠檬肯定是安岳的吗？"布货员回答："那当然。"我就忍不住插嘴："我家乡的。比进口的还好。"

二十几年前的一天，忽然有安岳县政府的人士来北京找到我家。老乡见老乡，虽没泪汪汪，却也热衷肠。我问家乡变化，他们细说端详。最后他们告诉我，县里要盖第一个宾馆，想请北京的书法大家启功题写"安岳宾馆"四个字。他们觉得，我笃定能够面见启功，为家乡实现这一心愿。我令他们深深失望了。我坦言与启功先生并无交往，而且就我所知，启功八十满寿前宣布不再为人题字；虽然我亟欲为家乡效劳，但此事真真爱莫能助。

家乡人来是一盆火，去是一桶冰。但生活还要继续，我在强烈的内疚的煎熬下，依然写作。那时我开始把自己阅读思考《红楼梦》的心得，写成一些短文，投给杂志和报纸副刊。《大观园的帐幔帘子》一文被某杂志退回，又投到《团结报》副刊一试，没想到编辑韩宗燕不仅容纳，还约我开一个《红楼边角》的专栏，给我从"边角"入手阐释《红楼梦》的机会。韩宗燕到我家来，我问她怎么会容纳别处的退稿。她就告诉我，她父亲曾是天津《新港》杂志的编辑，有天收到一篇来稿，是王蒙的短篇小说《组织部来了个年轻人》。他读后未觉达标，便退稿，没承想王蒙的小说没多久就在《人民文学》刊出，题目调整为《组织部新来的青年人》，轰动了全国，后来更成为文学史上必录、大学课堂上必讲的里程碑作品。韩宗燕女承父业后，父亲就总以此事告诫她，做编辑一定要突破"既定标准"，对"不规范"而"眼生"的文字格外重视，否则必有遗珠之恨。那时周汝昌先生从《团结报》上看到我《红楼边角》的短文，竟大为赞赏，除著文公开表扬，还开始跟我通信。我走上研红之路，正是周先生引领。而另一位学者张中行，红学虽非他主业，也涉猎不浅，看过我的《红楼边角》，竟表示愿与我面谈。韩宗燕便出面约我与中行先生在北海仿膳饭庄小酌闲聊。

跑题了吗？没跑。我和中行先生闲聊中，报出心中郁闷，就是家乡来人想请启功先生题字，而我竟无能为力。中行先生就笑："你怎么不早说？请他题字，求我就好！"我喜出望外："真的？启功先生不是声明，他再不题字了吗？"中行先生就说："声明有效！不过偶有例外。我让他题，他必定题！"我端起酒杯敬他，自己一饮而尽。

与行公畅饮后，我立即与安岳方面联系。他们说还是联络不到启功先生，我就告诉他们我有线索了，他们欣喜若狂。我说一旦得到启功先生墨宝，第一时间通知他们，双手奉献给亲爱的故乡。

那时行公的忘年交靳飞也跟我交往，他和日本波多野真矢喜结良缘。波多野真矢的祖父波多野乾一著有《中国京剧史》。她不仅一口京片子，还把中国昆曲、京剧剧本翻译到日本，自己也能登台演唱。他们在东四宾馆完全按中国传统形式办婚礼，新娘子乘花轿到场，靳飞长袍马褂，来宾里三联书店的范用也穿长衫。我近前祝贺，靳飞笑问我愿不愿穿长衫？新娘子说我穿长衫、再围长围巾会"非常来劲儿"。打趣中，瘦高的行公到了，是来主婚的。他呢，却是一身西服革履，斜戴顶猩红的法兰西帽，笑嘻嘻跟我握手，问："还认得出吗？"呀！我这才看出，他拉双眼皮了！那年他已逾八十，竟风流倜傥，宛若翩翩少年。婚宴中我插空问行公，启功先生真能题写"安岳宾馆"吗？他告诉我："启功慢性子，不过，慢工可是出细活呀！"我就心想，究竟得等到多时，才能让故乡引颈以待的人们笑逐颜开呢？

　　没想到只过数日，靳飞飘然而至，说行公让他给我送启功墨宝来了！"安岳宾馆"四个字和签名，一望就是启功独有的风格。靳飞也是来道别，他要跟媳妇去日本，为中日文化交流做些实事。送走靳飞，我立马给安岳方面打电话。他们有仍在京城的，说当天就来取墨宝。傍晚故乡的人到了，往我单元里搬进三箱十八瓶五粮液，说两箱是给启功的酬谢，一箱是奖赏我的。我把墨宝交付他们，告诉他们三箱美酒都应送给启功先生。但是，我自己并不知道启功先生住在哪里，可如何转交？只好致电尚未动身的靳飞。他正好跟行公在一起，转达行公的话："启功不会喝酒，给他干什么？都给我搬来，我留着喝！"靳飞后来果然来把三箱酒搬去交付了行公，行公则让他送来签名盖章的赠书《负暄琐话》《禅外说禅》，这于我是茅台酒不可相比的珍品。靳飞就告诉我，行公与启功非一般交情，在人生最艰难的日子里，他们相濡以沫，如今生正逢时，更嘤鸣相应。若非行公代我求字，哪怕天皇老子去索，启功也是懒得搭理的啊。

　　说了归齐，直到启功先生2005年九十三岁驾鹤西去，我仍未见到过他。这篇文章题目中的大主角竟无从亮相,但文中的流年碎影读来或可破闷。读者诸君都可从网络上查到三星级安岳宾馆的照片,那镌在楼墙上的启功题字,确确实实是经我手递交给故乡的呀。

2017年元旦于温榆斋

顾行：救心电话

曾读过一篇小小说，讲一个对生活绝望的人正准备自杀，可是屋里的电话铃突然响了。他之所以厌世，是因为觉得所有的人都抛弃了他，没人理他，连那电话铃都很久没响了，而他也无可通话之人。电话铃猛响，他本能地抓起了话筒，里面传来一阵急迫的声音，似乎是一位母亲在焦急地打探寻觅自家赌气出走的女儿。这是一个打错了的电话，他告诉对方"你打错了"，可是撂下电话，一阵发呆后，他不再自杀。那个打错的电话，传递出了虽然与他无关，却分明是人生中最宝贵的一种情愫，使他憬悟：这个世界还有亲情的关爱跃动着，还有值得留恋的东西……他不应割断与这个世界的联系，至少他应抓住这个电话递来的这根稻草，继续去寻觅温暖与善意，那是他有可能得到的……

这篇小小说里所写到的救心电话，出自偶然，颇为神秘。其实，在我们的生活中，当我们遇到坎坷挫折，俗话说，就是背时运、倒大霉、甚至所谓"倒血霉"的时候，我们是有希望接到哪怕是一个这种救心电话的。不知道别人在失败的人生际遇中有过怎样的体验，就我个人而言，在跌倒了而尚未及爬起来，处境狼狈、尴尬不堪时，至亲挚友的关心照应、指迷勖勉固然珍贵，而那在自己"春风得意马蹄疾"时并不来热络，甚至自己也将其淡忘的旧相识，却主动在自己人生中的艰难时刻拨来一个电话，表达了一份朴素的挂念与鼓励时，自己心中所被激活的健康情绪，会顿时旺盛强韧起来。那份惊喜感激，真是难以形容！

最近，《北京晚报》原副总编辑顾行先生不幸去世了，终年六十九岁。1959年，我还是一个中学生时便给《北京晚报》副刊投寄小稿子。到1966年"文革"爆发前，我发表过五十来篇。我在那期间作为业余作者参加过《北京晚报》副刊召开的座谈会，那时顾行先生才三十多岁。我们算是认识，但并没什么来往。"文革"中，因为他编发过邓拓的《燕山夜话》，遭到非人的摧残，听说被迫几次自杀，但均未成功。"文革"后他获平反，我们在文化界的活动中邂逅，这才有了些来往。他历经大劫后那种超然于荣辱浮沉和炎凉生死的精神状态，给了我很深的印象。然而我一度相当地"忙"，竟未珍惜这一能给予我诸多养益的人际关系。虽然他给我留过他家的电话号码，我却"没工夫"拨去哪怕是一次电话。但是当十年前我摔了个大跟头时，他在获悉有关我的这一信息的三分钟后，立刻拨来了电话。短短几句话，不啻救心丹丸！当时他因严重的心脏病正住在安贞医院，他是从病床上爬起来，离开病房，走过好长一段走廊，到公用电话亭那儿给我拨的电话。这是一个我一生受用不尽的电话。顾行先生啊，我该怎样向您的在天之灵颂念这人生中的宝贵馈赠？

纵使我们有足够的自信自强与自救自赎的能力，我们也许还是需要在关键时刻接到一个始料未及的救心电话。同时，我们应当自问：什么时候，我们也给他人拨一个这样的电话？如果此前未曾有过，那么，头一个这样的电话，将在何时，拨给何人？

1997年3月10日于绿叶居

范用：漂亮时光

时间、时光这两个同义词里，我喜欢时光；美丽、漂亮这两个同义词里，我钟情漂亮。

岁月推移里有许多光影，非常漂亮。

前几天去看望范用前辈，他卧在床上，见有客来，改卧为坐，靠着枕头垛，自己话不多，却为来客的话语欣喜，微笑着。

他耳朵收音不清，客人说的，大概只听真三四成。凡听真切的，如是提问，他会朗声回答。

那天李黎先去。李黎和许多海外文化人一样，老早就称他范公。他总是摇头摆手，表示担当不起。我理解，跟已故的夏衍等相比，他的辈分要低一些。人们称夏公，他觉得恰切；称他为公，他必然谦让。但李黎认识他时，他已近花甲，而李黎才刚过而立之年，两人很快成为忘年交。李黎随一些海外文化人热络地唤他范公，实在是出于真心尊重而非虚礼矫情。

在开放尚未成为中心国策时，北京的三联书店成为连通海外文化人的一个重要渠道。1979年以后，这个渠道更得风气之先，

老年范用

李黎就是在1980年由范用邀请到北京来的台湾旅美作家。除安排她在三联书店主办的报告会上演讲，介绍她自己和台湾以及由台赴美的作家们的创作，范用还创造条件，让李黎成为最早去西藏、新疆参观的海外华文作家之一。

我结识李黎，就是由范用牵线。那比他以三联书店的名义正式邀请李黎演讲更早，是在1978年。说来有趣，当时从美国飞来北京，要求见我，并提出进行采访，希望我畅谈《班主任》创作经历的，是薛人望先生。我以前因为已经参加过三联书店接待海外来客的活动，知道范用是"外事通"，就打电话问他，能接受这样的采访吗？那采访，显然是要在海外发表的，会不会给我惹事呢？他蔼然地回答我说：没关系，薛人望和夫人李黎，都是前些年在美国出现的中国留学生发起的"保钓爱国运动"的积极分子；李黎的短篇小说内涵深刻，艺术手法圆熟，你更可以跟她切磋一番。于是，我就在华侨饭店接受了薛人望的采访，后来他整理出很长的采访录，在境外署名张华发表出来。采访录最后注明来不及请我过目，他文责自负。采访录中我的话究竟是否恰当另说，单就他的提问、插话及简短响应而言，他那对自己祖国的挚爱之心，切盼祖国发生良性变化的热望，洋溢在字里行间。"张华"这个笔名，当然是"张扬我中华"的寓意了。

薛人望的本行是研究基因的。他先在美国加州大学圣迭戈校区任教，后被斯坦福大学以优厚待遇挖走，专门从事研究。这下可好，他在学术领域节节上升，文学方面就只剩下一个空兴趣，再无闲暇读文学作品，更不可能以采访录来"张扬中华"了。如今，他是中国科学院动物研究所特聘研究员和博士生导师，每次来京总是专心致志地搞他的业务，简直没有时间会朋友。

李黎却成为我的好友。每到北京，她一定要看望范公，也一定要会我。这回我们约齐来到范公床前，不免兴奋地谈论起来。话题涉及我近年来的揭秘《红楼梦》，李黎笑我"秦学"居然自圆其说。范公儿子在旁提及，当年王昆仑以太愚笔名写成的《红楼梦人物论》就是他父亲安排出版并设计封面的。范公让儿子把两册书分赠李黎和我。那是一本素雅的小书，封面上印着"时光"两个大字，又以较小的字印着"范用与三联书店七十年"，还有两张淡色照片，一张是满脸稚气的少年范用，一张是满脸沧桑的老年范用。李黎和我齐请范公签名，他大声说了好几遍："这不是我的书啊！"意思是此书非他所著，签名不妥。那是三联书店为表彰他将一生精力献给这家出版社，成绩累累而编印的，里面有展现他历年风采的照片和手迹，以及他亲自设计的书籍封面。拗不过李黎和我的请求，范公接过笔为我们在书上签了名。回家一看，签的是"赠心武兄，范用"。随手一翻，就翻到了他设计的美国房龙《宽容》的书影。三联版《宽容》对我曾有过启蒙作用,范公的封面设计堪称雅而不拗、靓而不痞。

  在我心中,三联是"宽容"的象征,而范公身上所体现出的宽容,施恩于我,难以忘怀。时光漂亮,镶嵌在时光里的范公的生命漂亮,愿范公在漂亮时光里乐享长寿。

2009 年 11 月 1 日

刘以鬯：那天电话没打错

1994年初，我应台湾《中国时报》邀请，到台北参加"两岸三地华文文学研讨会"。当时"两岸"的概念很明确，"三地"是指两岸再加上香港。当时《中国时报》的老板余纪中是个热心统一的人士，举办这样一个研讨会，有从文学交流的角度促进两岸加上香港最后合到一起的意思。到会后我也曾问：为什么没有澳门？两岸四地凑齐开会岂不更热闹？回答是：也考虑过邀请澳门作家，但澳门的文学创作确实比较薄弱，没有觅到合适的人选，就是香港方面最后能到会的也就是刘以鬯先生。从北京飞香港再转飞台北，出了桃园机场，在驶往下榻地福华大饭店的大巴上，我正好与刘以鬯先生同座，很感荣幸。

有的人会觉得"鬯"字生僻难认，我却无此感觉。我打小就爱到北京西直门外的万牲园看动物，如今那里已经成为蜚声世界的大型动物园。这个动物园的前身，叫三贝子花园，是清朝贵族的私家园林，其中有一处园林建筑，就叫鬯春堂。那里很长时间都是一家饭馆。父母带我看动物之余，总要带我到那里进餐，因

刘以鬯（1918—2018）

之教给我"鬯"字读畅。我和以鬯先生的交谈，就从鬯春堂聊起。以鬯先生说以后若去北京，一定去北京动物园，看动物倒在其次，去看看鬯春堂会有一种亲切感。其实鬯虽然有独特的含义，指古时重大活动时的宴饮用酒，系郁金草酿黑黍而成，但也与畅字同义。

那一年，我五十二岁，以鬯先生已经是白发老翁了。现在知道，他1918年出生，那一年应该进入到七十六岁了，比我足足大二十四岁。他年事虽高，却腰身挺拔，满面红光，精神矍铄，对我这晚辈，蔼然可亲，交谈甚欢。

以鬯先生称读过我的《班主任》和《我爱每一片绿叶》，我那时却只读过他的一个小短篇《打错了》。《打错了》的文本结构很巧妙，前后两段文字，几乎一模一样，到最后却形成两种结局。一种结局是，一个人从办公室出去，到巴士站时碰上忽然飙来的失控的汽车，不幸身亡；另一种结局则是，那人正要离开，忽然座机铃响，接听交谈，原来是那边打错号码，从办公室出去，到巴士站，正目睹了汽车撞死别人的惨剧，自己幸存。个体生命在时空中会因偶然因素或祸或福，偶然性使命运诡谲，是这篇小说引出的话题。我对以鬯先生说，其实两段文字的结局也可对调：别人打错电话，延宕数分钟，走出去恰有失控车撞来，惨死；而并没有打错的电话使之延宕，走出去，恰好能跳上要开走的巴士，存活，后来才知几分钟后那站台处发生了车祸。以鬯先生笑说，如此还可变化出许多花样，总之，人很难预知偶然埋伏在哪里。

香港写纯文学的作家寥若晨星，以鬯先生是一颗耀眼的星辰。后来我读他的作品，才知他早有现代派手法的尝试，举凡朦胧叙事、时空交错、内涵多解、荒诞变形、意识流等，都得心应手，异彩纷呈。其作品《对倒》及《酒徒》分别引发香港导演王家卫拍成电影《花样年华》及《2046》。他的作品陆续在内地以简体横排出版，我后来读到《酒徒》中有这样的文字："生锈的感情又逢落雨天，思想在烟圈里捉迷藏。推开窗，雨滴在窗外的树枝上眨眼。雨，似舞蹈者的脚步，从叶瓣上滑落。扭开收音机，忽然传来上帝的声音。"这种句式是典型的以鬯风格。

以鬯先生1985年1月创办并主编坚持纯文学走向的《香港文学》，一直编到2000年9月他八十二岁退休。在台北与会期间他跟我约稿，那以后我经常寄稿给他请他赐教，他也坚持给我寄赠《香港文学》。后来陶然先生接编，延续以鬯先生对我的厚爱，所投文稿总蒙容纳，寄赠杂志直到如今。以鬯先生编辑期间，记得他曾从香港草根阶层的自发投稿者的篇什中，筛澄出浸润着尘土与汗水气息的诗歌散文，予以刊登推荐。那些文字固然令人动容，以鬯先生的行为写作更令人钦佩。

记得1996年我从马来西亚飞到香港，要从下榻地点给《香港文学》杂志拨电话，忽然发现我那小记事本上抄记的号码，有一个数字被汗渍弄得不甚清楚了，忐忑地试着拨打。那边有女士接听，呀，打错啦？啊，没打错，女士很快请以鬯先生接听，是否打错更合宜呢？正心乱，以鬯先生亲热地邀请我去杂志社一晤。我找到位于湾仔摩利臣山道的编辑部，其间并无任何偶然介入我们的会晤。大家言谈甚欢，最后他们请我在门外杂志社铭牌旁留影。那时期，每有作家到访，都会拍一张那样的照片，登在下一期杂志封三上。

2018年6月8日，以鬯先生在香港东华医院安然仙去，报道说他享年九十九岁，是因为还不到他的生日。其实1918年生人2018年仙去，就应该算一百岁。

斯人虽去，其代表作已融入中国及世界的文学经典领域，过些天要找出他的《对倒》细品。

2018年6月18日于端午节

痖弦：月亮来了

"月亮出来了——这不是诗；月亮来了——这才是诗。"痖弦微笑着说。很喜欢这种随意交谈中的灵性展现。今年暮春和他在台湾是第三次见面了。第一次是在二十一年前深秋的广州，第二次是在十六年前残冬的台北，吟出"月亮来了"的这次是在台中。我们一起参加一个名目很堂皇的研讨会，开幕式有台湾地区领导人出席讲话，议程排得满满的。从台北经台中、台南再绕到东部花莲，一路上是和四所名牌大学合作举办，无论是个人演讲还是专题讨论，都有若干宏大的议题与深入的探究，但我觉得于我收益最大的，还是在休息时间里随缘而聚的那些闲聊。

其实，文人相聚，开会是开不出作品来的，倒是茶叙闲聊，有时颇能在三言两语之间刺激出灵感火花来。痖弦娓娓地讲起与晚年梁实秋的交往，其间提到梁实秋有一次跟他说起，早年在山东时，曾有一小姐到梁家做客，临别时问他借两毛钱，两毛钱能买什么东西？梁实秋心中疑惑嘴里不问，给了她两毛钱。那小姐下楼后，梁实秋从窗口往下望，只见那小姐到马路对面的小店，用两毛钱买了一粒糖丸，转身，将糖丸抛起，伸长脖颈，仰头，大张嘴巴，准确无误地将糖丸接住，然后快活地走掉了。那位抛食糖丸的小姐，当时寂寂无名，然而三十几年后，却成为中国大陆叱咤风云的"旗手"。梁先生给痖弦讲这个小镜头时，当然知道这位女性的人生曲线，但不言其他，专形容其人生中那抛食糖丸的一瞬。这，恐怕就是文学家与政论家的区别——他更关心的是作为一个独特的生命，其人性中潜伏的那些微妙因素，这些因素因外部力量的刺激，可能演化为壮丽，也可能变异为乖戾。"她是个坏蛋"——这不是文学；"她人性中的恶如何被调动出来"——这也还不完全是文学；"她携带着如许的人性在如许的世道中演出了正闹喜悲的活剧"——这可能比较接近于文学。

痖弦公布于世的诗作不多，他长年从事文学编辑工作。我认识他的时候他正主持《联合报》副刊。经他扶持在"联副"露头走上文坛并蔚成大家的，可开列出一个长长的名单。他对有苗头的投稿者，认真复信；对于诗歌作者，他的复信会比那稿件长出很多页。席慕蓉未出名的时候，投来的诗作常是既有妙句，也有陈词的状态，痖弦给她回信耐心地分析说明，哪几句是诗，哪几句是败笔。席慕蓉非常感动，后来就写信给他：您太费时间了，以后，您退稿时只要在妙句下画红线、败句下画蓝线就行了。痖弦照此办理，席慕蓉果然有悟性，就依那红蓝线修改，有时画红线的也改，再寄回去，洵为好诗，"联副"刊发出来，读者反响热烈。席慕蓉所保存的那些画着红线蓝线的诗稿，以后无妨公开，算得宝贵的文学史料。我对痖弦说，文学编辑工作固然会影响自身的创作——我自己担任杂志主编期间，创作量就有所降低，直到卸任后才又有几部长篇小说的诞生；但从事文学编辑，其实也是一种创作，像您在席慕蓉诗稿上画红线蓝线，就是一种行为创作啊。痖弦听了追问："你说是什么创作？"我重复："行为创作。"他再重复这个说法，蔼然颔首。

痖弦主持"联副"时期，提倡过"全民写作"，鼓励普通老百姓拿起笔来，用质朴清纯的笔触，写出自己的人生感受，后来将其汇编成散文集，也曾寄赠给我。那阵子大陆文学界正是从现代派朝后现代派转换时期，"文本颠覆"啊，"文学就是语言"啊，"意义消解"啊，"平面拼贴"啊，"看不懂的才是文学看得懂的不是文学"啊……新潮滚滚，浪花淘尽文豪。痖弦在"联副"刊发的那些普通人写出的世道人情，散发出沃土草根的气息，我读到很喜欢，也深受启发。痖弦告诉我，其实台湾也是一样，打过"现代派""后现代派"的摆子，也不是说文学不能那样弄，那也是多元格局里的一些花卉，但是，到头来，写实的，贴近民生疾苦的，表达普通人悲欢离合、喜怒哀乐，特别是能从细微处探测到人性底蕴的，恐怕还是生命力最强，也能拥有最多读者的文学吧。

痖弦退休后定居加拿大温哥华。我和一些与会者要返回北京，他到桃园机场送行。我们紧紧握别，但没有互留联络方式，我们将相忘于江湖。

2010 年

夏志清：耄耋老翁来捧场

我在哥伦比亚大学传播《红楼梦》次日，几乎美国所有的华文报纸都立即予以报道。《星岛日报》的标题用了初号字"刘心武哥大妙语讲红楼"，提要中说："刘心武在哥大的'红楼揭秘'，可谓千呼万唤始出来。他的风趣幽默，妙语连珠，连中国当代文学泰斗人物夏志清也特来捧场，更一边听一边连连点头；讲堂内座无虚席，听众们都随着刘心武的'红楼梦'在荣国府、宁国府中流连忘返。"

我第一次见夏志清先生是在1987年。那次我赴美到十数所著名大学演讲（讲题是中国文学现状及个人创作历程），首站正是哥大。那回夏先生没去听我演讲，也没参加纽约众多文化界人士欢迎我的聚会，但是他通过其研究生，邀我到唐人街一家餐馆单独晤面，体现出他那特立独行的性格。那次我赠他一件民俗工艺品，是江浙一带小镇居民挂在大门旁的避邪镜。它用锡制作，雕有很细腻精巧的花纹图样。他一见就说："我最讨厌这些个迷信的东西。"我有点窘，他就又说："你既然拿来了，我也就收下吧。"他的率真给我留下了深刻的印象。

　　这回赴美在哥大演讲的前一天,纽约一些文化名流在中央公园绿色酒苑小聚,为我接风洗尘。夏先生偕夫人一起来了,他腰直身健,双眼放光,完全不像是个八十五岁的耄耋老翁。席上他称老妻为"妈妈",两个人各点了一样西餐主菜,菜到后互换一半,孩童般满足,其乐融融。

　　我演讲那天上午,夏先生来听,坐在头排,正对着讲台。讲完后我趋前感谢他的支持,他说下午还要来听,我劝他不必来了,两场全听是很累的。但下午夏先生还是来了,还坐头排,一直全神贯注。

　　报道说"夏志清捧场"(用二号字在大标题上方作为导语),我以为并非夸张。这是实际情况。他不但专注地听我这样一个没有教授、研究员、专家、学者身份头衔的行外晚辈演讲,还几次大声地发表感想。一次是我讲到"双悬日月照乾坤"所影射的是乾隆和弘晳两派政治力量的对峙,以及"乘槎待帝孙"所表达出的著书人的政治倾向时,他发出"啊,是这样!"的感叹。一次是我讲到太虚幻境四仙姑的命名,隐含着贾宝玉一生中对他影响最大的四位女性,特别是"度恨菩提"暗指妙玉时,针对我的层层推理,他高声赞扬:"精彩!"我最后强调,曹雪芹超越了政治情怀,没有把《红楼梦》写成一部政治小说,而是通过贾宝玉形象的塑造和对"情榜"的设计,把《红楼梦》的文本提升到了人文情怀的高度。这时夏老更高声地呼出了两个字:"伟大!"我觉得他是认可了我的论点,在赞扬曹雪芹从政治层面升华到人类终极关怀层面的写作高度。

后来不止一位在场的人士跟我说，夏志清先生是从来不乱捧人的，甚至可以说是一贯吝于赞词，他当众如此高声表态，是罕见的。夏先生并对采访的记者表示，听了我的两讲后，他要"重温旧梦，恶补《红楼梦》"。

到哥大演讲，我本来的目的只不过是唤起一般美国人对曹雪芹和《红楼梦》的初步兴趣，没想到来听的专家，尤其是夏老这样的硕儒，竟给予我如此坚定的支持，真是喜出望外。

当然，我只是一家之言，夏老的赞扬支持也仅是他个人的一种反应。国内一般人大体都知道夏老曾用英文写成《中国现代小说史》，被译成中文传到我们这边后产生出巨大的影响。沈从文和张爱玲这两位被我们这边一度从文学史中剔除的小说家的作品的价值，终于得到了普遍的承认。钱锺书一度只被认为是个外文优秀的学者，其写成于二十世纪四十年代的长篇小说《围城》从五十年代到七十年代根本不被重印，在文学史中也只字不提，到九十年代后则成为畅销小说。我知道国内现在仍有一些人对夏先生的《中国现代小说史》不以为然，他们可以继续对夏先生，对沈从文、张爱玲以及《围城》不以为然或采取批判的态度，但有一点那是绝大多数人都承认的，就是谁也不能自以为真理独在自己手中，以霸主心态和学阀作风对付别人。

2006 年

於梨华：悬空的书房

1987年秋天第一次访美，於梨华热情邀请我去她任教的纽约州立大学奥尔巴尼分校做一次演讲。我先去了三一学院和耶鲁大学，在哈佛大学与李子云大姐会合，又一同去了麻省理工学院。我本应从那里一起结伴赴奥尔巴尼，却因於梨华夫君忽然发病，李子云大姐便去了明尼苏达大学，我便去了康奈尔大学。后来我又去西海岸，竟未能与她谋面，甚是遗憾。

1998年我再度访美，从中部科罗拉多州的丹佛，与妻子坐火车去旧金山，好友李黎到车站接我们到她在斯坦福大学的家中。她告诉我，於梨华已从东部迁西部旧金山湾区几年了。因为美国东部的冬天寒冷，旧金山湾区则冬暖，所以她夫君和她从纽约州双双退休后，便到西部这边享受暖冬。1987年我虽然接到五封来自美国的邀请信，於大姐的那封却是首先寄达的。除校方的正式邀请函之外，还附有她本人手书的信札。她说她家住的房子挺宽敞，我和李子云都可以住她那里。李黎就告诉我，她夫君那时担任校长，住的房子确实气派，但退休以后必须搬出，自己买或者租，就没能力在好地段住那么大的房子了。现在他们夫妇在湾区买的是公寓房，一个单元，自己住当然也还不错，留客就不大方便了。

在李黎家中，我接到於梨华电话，邀请我和妻子一同去她家做客，李黎作陪。李黎说，美国这边一般住公寓的，轻易不会邀请朋友去家里见面，都是约到外面咖啡馆或餐厅相聚。可见於梨华对我真是格外看重。我当然很高兴。我与北京家中儿子通长途电话，告诉他将会见到著名作家於梨华，他却把於梨华跟聂华苓弄混了。国内弄混她们二位的至今仍有，她们虽然都是早年从台湾到美国定居的作家，但聂大於六岁。聂在艾奥瓦大学创办国际作家写作室，长期以来分批邀请各国作家去参与写作室活动。二十世纪七十年代末期起，她通过邀请海峡两边作家去那里会合，对促进两岸文学交流与国家统一贡献甚大。於则是台湾第一代赴美的留学生之一，1967年发表了长篇小说《又见棕榈，又见棕榈》，是留学生文学的开山之作。经我提醒，儿子想起我家书架上有这本书。记得我跟他说过，这部小说使用了时空交错、意识流等现代派文学的技巧，对大陆作家很有借鉴意义。

由于大陆实行了汉字简化，因此有的姓氏，比如葉，简化为形态差异极大的叶。葉聖陶、葉君健、葉嘉瑩写成了叶圣陶、叶君健、叶嘉莹，但於这个姓氏却绝不可简化为于。因为它的读音，不是yu的第二声，可读第一声或第四声。我取第四声，与她熟悉以后便以第四声称呼她，听起来就是玉大姐。

李黎开车带我和妻子去於大姐家，她亲自到地下停车场来迎接，带我们一起乘电梯去她家那个单元。我们虽是头回见面，却神交甚久，一见如故，言谈甚欢。我见到了於大姐夫君，原来就听说他是双腿残障，果然他是坐在轮椅上，但身体魁伟，红光满面。当时他的轮椅在落地窗前，就笑指下面，让我和妻子观看。原来窗外是宽敞的中庭，绿植丰富，还有颇大的泳池，池水碧蓝清澈。於大姐就说，她会到楼下会所打网球，进健身房健身，然后到泳池游泳，夫君便会在这个窗前对她挥手、欣赏她的泳姿。那一年於大姐已年近七旬，看上去却至少年轻二十岁。

於大姐呵呵畅笑，带我们去她书房，说那是她生命中最重要的空间。万没想到，她那书房十分奇特，竟是在高挑的屋子里，以一架楼梯连通，形成屋中屋，看上去是悬空的造型，登梯上去，背后是墙，形成书架。前面竟只设栏杆，从下面可以望见书房内部，书桌靠栏杆，写作椅朝外，坐上去可以"一览众山小"！我和妻子以及李黎随她上去以后，她笑道："放心！很结实！"我们就都坐到书房的沙发椅上，畅叙起来。

早听说於大姐快人快语，是个直脾气、急脾气，果不其然。她既邀请我们去到她生命中最重要的空间——任灵魂飞翔遨游的书房，也就全不设防，口无遮拦，咳珠唾玉，嬉笑自若。我们聊天中提到一位从中国大陆移居美国的女士，所写的一本畅销一时的回忆录，她直率地表达说看不惯！特别是文章开篇就描述自己在中国所过的一种白金汉宫式的养尊处优的生活，下午茶的细瓷描金茶具如何高档名贵等等，后来它被冲击摧毁。於大姐的意思是，若说遭受失常的不幸，许许多多普通中国人更有叹息权，她算得什么？我听了，就自愧不能如她那样直率陈言，虽有看法，却往往左顾右盼，怕人误会，怕遭口舌。於大姐教会了我，于事于人，应以良心良知衡量，好处敢说好，坏处敢说坏，不随波逐流，也不哗众取宠。

我后来知道，於大姐的退休校长夫君于2012年谢世，她也住进了老人院。前些天从网上知道，她竟于5月1日仙去，享年八十九岁。我难忘在旧金山湾区她寓所那悬空书房的畅谈。她的生命之叶飘落了，她的灵魂一定归回到了她所挚爱的故土的根系中。

2020年5月9日

李黎：小妹饮酒图

现在恐怕很多人都不知道孔罗荪了。那一年我三十七岁，站在六十七岁的孔罗荪面前，满心恭敬。那是1979年秋天，中国作家协会从被"砸烂"的废墟里重新搭建起来，孔罗荪从上海调到北京，参与中国作协的恢复事宜。他后来成为重新出版的《文艺报》双主编之一（另一主编是冯牧），还经常出面主持也是刚恢复的"外事活动"。孔罗荪是二十世纪二十年代末就开始写作的左翼作家，打我第一次到最后一次见到他的十来年里，他总是笑眯眯的。私下里我不免揣度他是否夜里睡觉也仍然笑眯眯的，又乱想到在历次劫波里，他是否也正是靠那雷打不动的微笑去坚守、去盼望、去争取、去穿越的？

1978年，胡耀邦等从党内自上而下地使劲，跟群众中自下而上的努力汇合到一起，使得那段岁月几乎月月有新事，日日有进步。到那年年底，就从量变转为质变，国家正式确立了改革开放的新格局。我是改革开放最早的受益者之一。从1978年我就参与了中国作家协会恢复后最早的一些"外事活动"。1979年有

李黎小妹饮酒图

一天我参加一个人数颇多的见面活动,是孔罗荪出面主持的。从境外来的是位美籍华人作家,她是从台湾到美国去定居的。1978年她的夫君采访过我,并将访谈录在一家香港杂志上刊登出来。那时候积极主动打开门窗,跟境外文化界进行交流的不止中国作协一个渠道,有的渠道存在得更早,而且态度更加从容。比如三联书店的总经理范用,他就牵头接待了若干从港台地区及欧美来的人士。孔罗荪那天主持接待的那位女士,正是范用特邀到三联书店作过公开演讲的。虽说我那时已经多次参加涉外活动,见过若干境外来客,但都是在指定的场所,并有领导主持。那天活动刚散,我走到孔罗荪面前,却提出了一个突破性的申请:"她想单独到我家做客,我也想请她去。您说可以吗?"

令我没有想到的是,孔罗荪笑眯眯地说:"可以呀!"后来,那到我家去的客人跟我说:"我也没有想到,我提出来想去你家拜访，孔罗荪笑眯眯地说只要刘心武欢迎，没问题呀！"

那客人就是李黎，是我有生之年第一次在家里接待的无陪同的境外来客。现在的年轻人会觉得有甚稀奇？但是，那一年，离因"里通外国"而被治罪的若干案例还不到三年。李黎来自美国，又有台湾地区背景。退回三年，我是无论如何不敢接触她的，遑论把她一个人请到自己家里私叙。

我带李黎乘公共汽车去我家。那时我家住在劲松。1979年，劲松只盖好了一区、二区，马路南面的三区、四区还在建设中。我带李黎下了公共汽车，途中必须穿越工地，一路坑坑洼洼。有时我得牵着她的手，帮她跨越坑槽。我不免道歉，她却说："很好，毕竟是在建设啊！"

我家住在五楼，无电梯，李黎活泼地跟我爬到五楼。进了我家，我将她介绍给我妻子晓歌。那时候，常有人会在乍见到境外来客时或大惊小怪、热情过度，或惶惑拘谨、沟通失畅，晓歌则对李黎亲切自然、和善融通。李黎问能不能在我们屋里各处参观一下，我就带她在那个小小的单元房里转了一下。她觉得单元房虽小，但如麻雀般五脏俱全，又猜出端赖晓歌的布置，简洁而又雅气。晓歌制出了糖渍红果，用小玻璃盅端出请李黎品尝。多年过去，李黎说还记得那美味。

后来李黎又去了新疆，再到劲松，携来一把维吾尔族短刀赠我。那时我在恢复出刊的《收获》杂志上发表了短篇小说《等待决定》。它属于主题先行之作，写一位科研人员因为家庭出身不好，又有海外关系，公派出国时有人阻挠。单位领导于是开会研究，会议室灯火通明，人们在等待最后决定。我跟李黎说读了她的新作《大风吹》，技巧圆熟，主题在明确与不明确之间，耐人寻味，对比起来自己很惭愧。李黎却说："你那小说不可妄自菲薄。我读了心中自有一种沉重。"当时她没细说，后来才知道，她亲生父母兄姐一直生活在上海。因为有她以及她养父母等海外关系，特别是还牵扯到海峡两岸的问题，"等待决定"确实一度是生活中不可躲避的煎熬。

1987年我第一次去美国，李黎邀我去她在圣迭戈的家里做客。她带我参观了著名建筑家路易斯·康设计的萨尔克生物研究所。那是一次何为现代建筑艺术的启蒙。那个由若干斜置的四层楼房构成的建筑群的中庭，完全由水泥砌成，排斥任何花草树木及盆栽雕塑的点缀，只在中轴设一浅槽，营造出一派静寂与安谧。但是，随着日光的变化，建筑群尽头的树丛与海平面却仿佛翻动的书页，令置身在中庭的人心潮随之波动。李黎又带我去那里最大的一个MALL（购物中心），不是为了购物，而是见识"不同时间在同一空间里的并置"，它也是后现代主义建筑的一个典范。

1998年我和晓歌联袂访美，那时李黎夫君薛人望已被斯坦福大学礼聘去担任正教授。他们迁到斯坦福校区居住，我们就住在他们家，过了一段悠然的日子。李黎开车带我们到旧金山湾区，进入黑人教堂听新派唱诗，看民俗游行，参观不同的博物馆，到雅人家中进行雅集。他们邀我讲《红楼梦》，我2005年在CCTV-10《百家讲坛》讲述的那些内容，其实已经在旧金山湾区的派对中小露锋芒了。

在湾区活动时，我才发现李黎善饮，而且喜欢中国白酒，尤其欣赏北京牛栏山二锅头。她和那边的两位华裔文化老汉，组成了一个"二锅头会"，半月聚饮清谈一次，号称"三杯不醉，文思满怀"。李黎那几年里轻松地连获台湾《联合报》《中国时报》的文学大奖，其长篇小说《袋鼠男人》又被拍成了电影，散文随笔特别是游记联翩出版。原来我只觉得她文笔洁净俏丽，见她饮酒情景后再读其文，就感觉其中自有饮者的豪爽仙气在焉。

李黎原名鲍利黎。她生于1948年，比我小六岁。成为朋友以后，我并不"忘年"，把她当小妹看待。她1949年由舅舅舅母带往台湾，在那里长大成人，但直到她从台湾大学毕业，到美国留学取得学位并在那里定居以后，才知道自己并非养父母所生，生父母和兄姐一直在中国大陆。她在2010年《上海文学》第九期上发表了《昨日之河》，详尽揭示了其身世之谜，强调她在知晓了血缘后，仍坚定地把舅舅舅母认定为爸爸妈妈，"对他们除了那份亲情上的孺慕之情，我更怀有一份理性上的感念与感恩"。在李黎斯坦福的家中，我和晓歌有时会跟伯母随意闲聊。后来伯母回上海定居，李黎从美国飞去探望，提及还要到北京会心武。伯母立即说："也要见到晓歌了。"李黎和我都觉得她妈妈和晓歌的性格很相近，都是恬淡平和之人。可惜伯母和晓歌都仙去了，李黎和我再聚时都有人生倥偬之叹。

李黎青春期里，"台湾当局"禁读大陆包括鲁迅等左翼作家在内写的现当代作品，但她为追求真相，偷读了不少禁书，到美国后更进行一番恶补。她第一次进入大陆才三十岁，但说起老作家及其作品却如数家珍。她拜访茅盾，茅盾为她的小说集《西江月》题了书名。她拜访艾青后跟我说,艾青额头一侧那个鼓包里,一定藏着许多诗句。2001年,她的长篇小说和散文集由作家出版社出版后得到版税,她便在日坛公园一家餐馆里请下一个饭局,记得有王世襄、袁荃猷、黄苗子、郁风、丁聪、沈峻、黄宗江、阮若珊等多对伉俪光临,还有杨宪益、范用,以及我和晓歌。大家欢聚一堂,言谈极欢。从这样的聚餐可以看出李黎的文化认同,只可惜这里面不少文化老人已陆续地驾鹤西去。

2010年溽暑中,我和李黎、人望伉俪及他们的小儿子在上海再聚。我们预订到了重新装修完的和平饭店七楼餐厅的窗景桌。窗外是外滩及黄浦江和浦东的璀璨景观,窗内是三十多年友情的旧澜新漪。转眼间,当年那个在孔罗荪面前询问是否可到我家做客,才逾而立之年的女青年,如今竟也迈过了花甲门槛。岁月没有磨掉我们的谈兴。我们边饮边吃,聊文学,忆故人——上海有我和李黎共同的挚友"谈伴"李子云,而她竟也如一朵雅云升天而去——我又与人望争论起来,他搞基因研究,在生命复制方面节节推进,而我认为生命复制的科研应该停步,再往下发展就突破生命伦理的底线了!李黎却是支持人望的,指出我乃杞人忧天。餐后我们下楼到得酒吧门外,门里据说仍有老年爵士乐队在演奏怀旧金曲。有客出入,泄出里厢光影和乐句。李黎想跟我进去略饮一杯共舞一曲,怎奈人望那天下午刚从旧金山飞抵上海,第二天又要飞往成都讲学,时差没倒过来,不比早来上海的李黎精神抖擞,需要早点回住处歇息,我只好快快地跟他们道别。

晓歌逝后,李黎和人望曾来家里慰我。那天李黎自带了一瓶蓝色白花、细颈凸肚的瓷装精品二锅头来。我们没有饮完它,现在它仍搁在我餐厅的多宝格里。见酒思友,不禁画出一幅李黎小妹饮酒图,不知远在斯坦福的她,今日能饮一杯无?

2010年11月4日于温榆斋

四

遮蔽与超越

历史是一种宏大的叙事,它那筛网的网眼儿是很大的,它经常要无可避免,甚至是必须牺牲掉许许多多真实生动的细节。但作为个人的忆念性叙述,越是尊重、敬畏历史,便越应该如实地给历史以细节的补充。这是一般读者所企望的,也是史家所不拒的。

夏衍：给历史以细节

读夏公的《风雨故人情》，最感兴趣的是他从身经目击的角度写历史人物，常能给正史拾遗补阙，并往往提供出相当珍贵的细节，从而使我们的阅读不仅能增进知人省世的悟性，并对以往所把握的历史脉络有了丰腴的立体性感知。

比如对左联的成立，一般的回忆或研究，虽然都列举着这个组织的发起人与参与者的名单，可是鲜有提及童长荣这个人的。夏公却在《一位被遗忘了的先行者》一文中比较具体地向我们介绍了这位不该被遗忘的左联发起人。当时有一批左翼的文学工作者，特别是其中的共产党员，他们不仅能握笔为文，也能握枪蹈火。童长荣从左联隐去，便是根据党的需要，于1930年从上海到东北，并在九一八事变后在吉林组织游击队。游击队发展为东北抗日联军。他，一位曾伏案创作过描写安徽农民生活的中篇小说的文化人，又成了一位活跃在抗敌前线的指战员。这些人，这些事，对于我这一辈以下的文化人来说，是应当知晓、应当体味的。时代的变迁，文化人角色的嬗递，都不应使这样的人与事模

夏衍（1900—1995）

糊甚至湮灭。

　　夏公在提及一些历史流程时常爱开列名单，他不是总按"正史"的规格待遇来安排这些名单，而是严格地按照当时的真实情况，来尽可能一览无余地恢复当时的"座次"。有的人可能后来很显赫也很荣耀，他并不将其提升凸显；有的人可能后来很无闻甚至变了质，他也不将其一笔抹杀。这种做法我以为很好。这样的文字可以补充我们对正史的了解，让人产生出丝丝缕缕有利于理解人生、命运、时代、潮流的思绪。在《记〈救亡日报〉》的回忆录中，他就平静而翔实地尽可能去复现那一段值得忆念的历程。他告诉我们，在广州阶段，报社吸收了华嘉、陈子秋、谢加因、蔡冷枫等广东籍同志参加；撰稿人有蒲风、雷石榆、黄宁婴、林焕平等；报社还在马路上"捡"到了一个十来岁的名字叫阿华的孤儿，他作为报社的勤务员，后来一直跟着他们撤退到了桂林……

　　历史是一种宏大的叙事，它那筛网的网眼儿是很大的，它经常要无可避免,甚至是必须牺牲掉许许多多真实生动的细节。但作为个人的忆念性叙述,越是尊重、敬畏历史,便越应该如实地给历史以细节的补充。这是一般读者所企望的,也是史家所不拒的。夏公这本文集中有许多让人过目难忘的细节。比如回忆到周恩来总理在抗战期间"常常在天官府郭沫若同志的家里邀请一些党和非党的朋友举行茶会或便餐……有一次,总理到郭宅的时候,发现漏邀了一个人,便对我和另一个负责通知的人进行了批评:你们该知道中国有一句古话'一人向隅,举座为之不欢'吧;在你们,可能认为这只是无意的疏忽,是件小事,可是在对方,也许会认为这是对他的有意的疏远,那就不是一件小事了……说完,他就派车去把这位朋友接来,并亲自对他表达了歉意"。到了1960年文代会期间,"周总理在香山邀集电影界举行宴会,发现王莹没有参加,临时派人接她与会。(我)见她意志消沉,坐在一个不起眼的角落,默默地不发一言"。这些细节既令我们认识到周恩来总理在待人接物中,将政治原则与细致关爱结合得天衣无缝,又令我们憬悟到生命之旅中,实在是包含着某些难以抗拒的复杂因素。再如写到1931年潘汉年带他到杨度所住的洋房中建立单线联系,潘汉年并不告诉他那位老先生是谁,"他们随便地谈了一阵,讲的内容特别是涉及的人的名字我全不了解。临别的时候,这位老先生把一盒雪茄烟交给了他,潘收下后连谢谢这句话也不说……","我每月跟他联系一次……他常常高谈阔论,奇语惊人。他还不止一次地把他亲笔写的国民党内部情况,装在用火漆封印的大信封内,要我转交给上级组织……后来逐渐熟悉了,他才告诉我:'我就是杨皙子'"。杨度从一个拥戴袁世凯称帝的人物，成为一名中共的秘密党员，不要说当时知道的人不能理解，"投机"的诮议不可避免，就是今天我这样的后辈也很难消化这一史实。夏公回忆说，杨度亲口对他说："我是在白色恐怖最严重的时候入党的，说我投机，我投的是杀头灭族之机。"这样的细节当然有助于我这样的读者揣摩历史中的人生，与人生中的历史性转折。再如写到廖承志："他会演戏，在德国演过，在苏区也演过。我问他演什么角色？他很得意地说：'最拿手的是演反面人物，特别是丑角，假如我演南霸天，肯定可以和陈强比高低。'"1941年廖承志在香港利用自己的表亲出面经营实际上是党的《华商报》，"有一次承志和我在皇后道散步，一路上不断有人和他打招呼，而且都很亲热，短短几十分钟里，认识他的就不计其数。一问，不是他的表姐，就是他的堂兄。我当时不相信，以为他在唬人，直到后来……才知道他讲的一点也不假"。因为廖承志的母亲何香凝先生有十二个姐妹兄弟。"解放后我在报上写文章骂陈纳德，他递给我一张小条子：'请阁下笔下留情，陈纳德的妻子陈香梅是我的表妹，人总是有两面性的。'"这些大史书所难收的细节，我们读夏公这本小史书时所产生出的兴趣与联想，难道是出于猎奇吗？确实不是，他这样地给历史以细节，实在是大大地有助于我们理解那些所写到的历史人物，以及他们所从事的事业。历史因这些细节而变得丰满厚实、可触可感，因而也更可信，更具深度与宽度。

也许因为有的文章写得比较早，有的成文比较仓促，有的限于年事太高、记忆力无可避免地减退，这本书里的文章所提供的历史细节还不能让我们把瘾过足。特别是夏公计划系统地回忆解放后文化界的历次运动，只写成一篇《〈武训传〉事件始末》，便撒手人寰，实在是极大的憾事。不过这一篇可以说是集其文风之大成的力作，给出的历史细节尤为丰富并引人思索，且用以压轴，实在是厚重而精彩。

1996年9月5日于绿叶居

孙犁：了解一个人是困难的

孙犁谢世九年了，《白洋淀纪事》是他的主要作品集，1958年1月由中国青年出版社出版，1962年1月再版。1966年下半年至1976年底前，孙犁和他那个时代的不少作家一样，人被批斗，作品禁印。到1978年1月，《白洋淀纪事》才又重版，作者写下极简短的后记："此次重版，又校正一些错字，主要在书的后半部。增加一篇《女保管》。此外，遵照编辑部的建议，抽去《钟》《懒马的故事》《一别十年同口镇》共三篇。"

考察一位作家及其作品，需有"史"的眼光。作家作品是"史"的见证，"史"的进程又是作家的机缘或劫数。孙犁在1978年写下的这篇不到六十个字的"重版后记"，最后一句用的是"史笔"。以他个人一贯"敝帚自珍"的性格，书既然重版，只有增加篇什之权，断无"抽去三篇"之理。那时，出版社编辑部这样建议，完全出于好心。但是就作者而言，抽文如同割肉，心里是难过的。

抽去的三篇作品中，《懒马的故事》是篇小小说。全文分三节,却不足一千字。它写了一位大名马兰、实际可称"懒马"的好吃懒做的妇女,用一双制作的粗糙得根本不能穿的鞋交上去算是支援抗日。结果那双鞋没有任何战士要,只好让母耗子当作了下崽窝。这篇作品值得探究。作为革命阵营里的文学,从很早开始就提倡写正面人物、英雄模范。这种写法发展到二十世纪六十年代,已造成题材的狭窄、文学人物画廊的单调。那时就有邵荃麟站出来,提出文学可以写中间人物,谁知被劈头盖脸地一顿猛批,被指认为"修正主义主张"。1978年1月"四人帮"虽然倒台,他们对"写中间人物论"等"黑八论"的批判,余威尚在——所谓"黑八论"的其余几论大约是"写真实论""现实主义广阔的路论""现实主义深化论""反题材决定论""反火药味论""时代精神汇合论""离经叛道论"等。《懒马的故事》放在这样的坐标系里看,即使不算"毒草",也属于"不健康"的作品;编辑部建议抽去,在当时的普遍认知环境里是顺理成章的。我们统观孙犁的作品,在他笔下正面的、健康的妇女形象林林总总,令读者目不暇接;但是,孙犁不放弃对其他生命现象的观察、描摹,这正是孙犁与人类其他族群里的杰出作家的相通之处。

抽去的另一篇《一别十年同口镇》写于1947年5月,是一篇散文,写的是作者所感受到的十年间同口镇的变化。这篇散文在《白洋淀纪事》初版里虽然被收入,结尾却被无奈地改动。2000年它出第三版时此文结尾则原样补回:"进步了的富农,则在尽力转变着生活方式,陈乔同志的父亲、母亲、妹妹在昼夜不息地卷着纸烟,还自己成立了一个烟社,有了牌号,我吸了几口,确实不错。他家没有劳动力,卖出了一块地,干起这个营生,生活很是富裕。我想这种家庭生活的进步，很可告慰我那在远方工作的友人。"当时作家以平实的文字真实地记录下见闻，抒发出自己真实的感情，究竟犯了什么错误？现在当然憬悟，孙犁当时的思想感情，是对新民主主义的认同与揄扬。

当时"遵照编辑部的建议"抽去的三篇作品里，还有篇幅颇长的小说《钟》。这篇在《白洋淀纪事》集子里非常出彩的小说，为什么编辑部那时候建议抽掉？他们的顾虑是什么？

孙犁1956年初夏完成《铁木前传》后，就抱病挂笔了。我们再也看不到《铁木后传》了。他身体有病，是实际情况，但面对阶级斗争的弦越绷越紧，他写作的路子越来越窄，心里是否也不舒服？可以想见。1966年夏天以后的好几年里，除了极个别的作家作品尚能孤零零地幸存，人们的文艺生活只能是看"革命样板戏"。"样板戏"开始是八个，后来陆续有所增添。到"文革"后三年，形势稍有松动，开始允许在有关人士直接指导审查之外，按"样板戏"的创作原则写小说、拍电影、排舞台剧，涌现出不少作品。因此，那种"'文化大革命'里只有八个样板戏一个作家"的说法，并不精确，需要有人对"文革"后期的文学艺术创作做一番客观、理性的梳理。"文革"后期的某些小说、电影在内容上还是有一定认识价值，艺术上也非一概粗糙卑陋的。那时的文艺政策有问题，但因为喜欢写作而写出能通过审查的作品的普通作者，则是无辜的。

"样板戏"是一个复杂的文化现象，不可简单评说。但"样板戏"里不许表现爱情，甚至回避婚姻、夫妻关系，则是不争的事实。"四人帮"倒台后的1978年1月，出版社为孙犁重印《白洋淀纪事》。编辑部审阅到《钟》，心生顾虑，建议作者忍痛"抽去"，可以理解。《钟》写的恰是一个爱情故事。《白洋淀纪事》里别的篇什也有写到情爱的，更不避讳夫妻关系，对比于"样板戏"的"净化"标准，编辑部对其余"涉爱"篇什全都容忍，已经是非常地思想解放。但是，《钟》所写的爱情，却发生在尼姑慧秀与革命战士大秋之间，更写到他们不仅两情相悦，还发生性关系，导致慧秀怀孕。那真是一个凄婉的爱情故事。慧秀在老尼和汉奸的双重迫害下，在庵里生下一个男婴。那刚呱呱落地的小生命，却被汉奸狠心地抛到庵外苇坑里……就在那一夜，庵里响起怪异的钟声，"钟发出了嗡嗡的要碎裂一样的吼叫，大地震动起来，风声却被淹没了"……这篇小说在孙犁所有的作品里，戏剧性最强，建议有兴趣的人士将其改编拍为影视剧。这个故事经过了一番跌宕，最后大秋娶了慧秀，结局还是喜气满盈的。

遥想1978年10月，我在《十月》创刊号上发表的短篇小说《爱情的位置》，竟引出了极大的轰动。光是这篇小说招来的读者来信就有好几千封。爱情在文学中的位置，竟需要用这样的方式来恢复，是时代、民族、社会的喜剧还是悲剧？其实，再远不说，就以1949年前后出自革命阵营作家之手的小说而言，写爱情甚至写到性爱，写得好的为数并不少，孙犁的《钟》就是其中之一。按结构主义的说法，文学之河奔流至今，写作再自由，出版再开放，风格再多元，其实都是在一些基本的母题里转悠：理想与颓废，信仰与怀疑，革命与守旧，忠实与背叛，救赎与逍遥，爱与死，暴力与性，原始生命力与文明推演，宗族与权力，

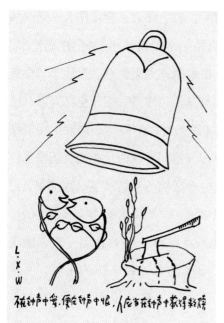

《钟》

恶之花与脏之美,变形与拼贴……

全本原貌的《白洋淀纪事》2010年第四版已是第12次印刷,累计印数达到283000册,不算畅销书,却是那些只称雄一时的畅销书难以比肩的常销书。再读孙犁,心香缭绕。

个人记忆里的时代瓜枣

前辈作家孙犁去世九年了。在我的青春期阅读中,中国当代作家里我最倾心的是孙犁,特别喜欢他那篇《吴召儿》。

孙犁的叙事大多带有自传性质,他总是从自己投身抗日救国洪流的具体历程中的某一环节出发,写出他个人记忆里那些难以忘怀的人与事。从个人记忆出发，而不是充当全知全能的革命宣传者，不是以历史判决者的口气来叙事，这就使得他写下的文本具有亲和力。我的青春期正镶嵌在一个越来越狂热的将文学完全纳入宣传的浪潮里。因此，读孙犁的作品，就有一种得以暂时从狂热与宣传中脱逸出来，嗅入文学真气息的舒畅感。从这个角度来说，在那个文化禁锢与贫乏的时代，孙犁的作品对我而言具有文学启蒙的作用。

《吴召儿》和《白洋淀纪事》里其他篇什一样，没有宏大叙事，没有顶天立地的英雄人物。他只是勾勒出了那个时代一个普通的农村姑娘，将自己那活泼泼的生命自觉地奉献于抗日救亡的民族伟业中。作品中的"我"应该就是孙犁本人，一度是民校识字班的教员。有一次他点名让吴召儿念书，吴召儿念得非常熟快动听，那认真的态度和声音，"不知怎的一下子就印进了我的记忆，下课回来，走过那条小河，我听见了只有在阜平才能听见的那紧张激动的水流的声响，听到在这山草衰白柿叶霜红的山地，还没有飞走的一只黄鹂的叫唤"。在孙犁的个人记忆里，他珍视那些草根生命与其生长的自然环境的契合性。他捕捉到那些一枣一瓜的小镜头，精心地记录下来。鬼子搞"扫荡"，抗日力量反"扫荡"，"我"担任了一支游击小组的组长，吴召儿被村长指派为这个小组的向导。她竟穿了件显眼的红棉袄跑来。在带领这个小组往神仙山埋伏的过程中一路吃山上的野红枣，望见前头树上挂着大红枣，"她飞起一块石头，那颗枣儿就落在前面地上了"。吴召儿带领这个小组攀登到神仙山顶峰，"钻过了扁豆架、倭瓜棚"。到了她姑家，她让姑煮倭瓜给他们吃，自己主动"从炕头上抱下一个大的来",又"抓过把刀来把瓜剖开",说"留着这瓜子炒着吃"。第二天,真是一寸山河一寸心啊,孙犁写道:"这里种着像炕一样大的一块玉蜀黍,像锅台那样大的一块土豆,周围是扁豆,十几棵倭瓜蔓……在这样少见阳光、阴湿寒冷的地方,庄稼长得那样青翠,那样坚实。玉蜀黍很高,扁豆角又绿又大,绿得发黑,像说梅花调用的铁响板。"而就在这天下午传来了日寇要搜山的消息。一日,敌人进逼,吴召儿从容应战。"我"提醒她"红棉袄不行啊",她就将那棉袄反穿,棉袄里子是白的,她活像"一只聪明的、热情的、勇敢的小白山羊……她蹬在乱石尖上跳跃着前进。那翻在里面的红棉袄还不断被风吹卷,像从她的身上撒出的一朵朵火花,落在她的身后"。

　　搞政治的人士,热衷于立场路线;重经济的人士,看重财富排行;讲究娱乐的人士,只求花样翻新……他们往往使得评判的标准单一、绝对。但有志于搞真正文学艺术创作的人,应该最忌讳单一、绝对。记得大约1962年左右一部根据回忆录改编的电影《革命家庭》投入拍摄,但受到很大压力。因为影片里有地下党在上海街头搞"飞行集会"的镜头。从路线上说,那是"左"倾机会主义的产物,导致了白区共产党组织的重大损失,写党史时要予以否定,但文学艺术对之怎么办?夏衍就表达了一个看法,意思是路线错误由党的高层负责,但底下的党员那样勇敢行动仍是可歌可泣的,因此被敌人杀害的,仍应尊为烈士。我认同夏衍的观点。写作者不必完全为组织为群体去记忆,他笔下的文字应该是充分个人化的。一个大时代,固然有巨厦长桥,但一瓜一枣的细微存在也是值得记录的。再读孙犁,我愈加佩服他将个性融注进诗化的文本，从侧面、从细微处为时代剪影的功力。

临界切割的悲欢

在孙犁留下的作品中，写于1950年1月的《秋千》似乎很少有人注意。他写的是农村工作组负责划成分的过程中，一个叫大绢的女孩子的经历与命运。她本来是跟一群贫下中农出身的姑娘共同成长的，小说里特别有意味地写到她们一起到集上卖线，要求买方要么照单全收，要么一份别买。卖出好价钱后，她们买一色的红布做棉裤，"好像穿制服一样"。在上冬学时，她们挤坐到一条长板凳上，"使得那条板凳不得安闲，一会儿翘起这头，一会儿翘起那头，她们却哧哧地笑"。

但是，大绢却突然遭遇到了生命中的重大危机。有一个男青年刘二壮，并非出于私愤，而是根据当时公布的划分阶级成分的切割线，向工作组告发，指称大绢的爷爷曾开买卖，雇工剥削。那时政策的切割刀锋，从时间段上规定在"事变前三年到六年"。就是说，倘若在1931年至1937年间，大绢家有那种情况，她家的成分就要划为富农或地主，她也就成了阶级敌人的后代。听到揭发的工作组李同志，觉得坐在她面前的大绢立刻发生了变化："好像有两盏灯刹地熄灭了，好像在天空流走了两颗星星"，大绢"连头发根都涨红了"。几天后李同志再见到大绢，"好像比平时矮了一头，满脸要哭的样子"。其实，就算大绢的爷爷剥削过人，大绢也应无罪。但是，在那样的时空里，一个小生命的悲欢，就深重地系于他或她家里长辈的成分。他或她若家里成分不好，则构成其不可逋逃的"原罪",必定备尝歧视艰辛。若苟活下来,她要等至1978年后进入改革开放时期,才能最终被赦免。小说里的大绢到1980年的时候应该是四十五岁左右。

工作组的工作是认真细致的。划定阶级成分,别的先不说,事关大绢这样活泼泼的个体生命的生死歌哭,岂能草草了事?工作组经过调查研究,也允许大绢自辩,"学习了1933年两个文件,读了任弼时同志的报告"。我虽然已经是个年届七十的读者了,却对"1933年两个文件"和"任弼时同志的报告"懵懵然,不过却从作者的笔触里能够意会到,那应该是比较具有弹性的政策与比较柔和的声音。工作组采信了关于大绢爷爷在"事变"前就已家道败落,而且"事变"中更遭日寇纵火沦为赤贫的说法,予以弹性处理,使大绢家的成分"软着陆",没有划到剥削阶级一边,大绢因此也就仍能和那群贫农姑娘一起嬉戏。

孙犁在小说结尾安排了大绢和喜格儿等"阶级姐妹"一起荡秋千的情节。"她们争先跳上去,弓着腰用力一蹦,几下就能和大横梁取个平齐,在天空的红色云彩下面,两条红裤子翻上飞下,秋千吱呀作响,她们嬉笑着送走晚饭前这一刻时光。"

对比产生于同时代的《太阳照在桑干河上》里面所着意刻画的贫农斗争地主时,一片将其打死的怒吼那样的描写——那更是真实的——孙犁的这个短篇小说写得非常怪异。他偏来写另类的真实。他写到临界切割中最平凡最渺小的生命的悲欢。重读这个作品,我不禁悬想,小说里的人物以后又会遭遇到什么呢?那个李同志,也许十几年后会被扣上"走资派"的帽子惨遭批斗,而包庇大绢家使其成为"漏网地主"可能就是其罪状之一;大绢呢，则很可能不得不在社会秋千的大摆荡中延续她的惊恐与企盼……不过这些想象都可以推翻，有一桩事实却是无法抹去的。那就是写出这篇作品的十七年后，孙犁本人被指斥为"修正主义分子"而被批斗。

孙犁了不起。他置身在红色的时空里，他对红色是真诚皈依的，却始终在红浪里保持着一颗富有柔情的心。他知道社会变革往往无法避免对人群的切割，不是这一方按这样的标准下刀，就是那一方按那样的标准用刃，而对处在临界位置附近的生命的"误切"，许多以社会变革大义为怀的达人是忽略不计的。孙犁作为一个具有人类大关怀大悲悯的作家，却十分敏感，以他的淡墨写意触动着我们的心灵，使我们憬悟，确实存在着一种超越现实政治、社会、经济、文化功利的，笼罩于全人类的至高原则，而文学的切入点就应该落笔于此。

从大器到小满儿

《铁木前传》是孙犁最棒的作品。茅盾曾指出，孙犁是用散文的笔法来写小说的，比如他在长篇小说《风云初记》里，用了近千字来从容地写瓜棚上一朵黄花如何静静地绽放。《铁木前传》的笔法则更上层楼，是用诗的意蕴来进行叙事。《铁木前传》完成于1956年初夏，可归入"反映农业合作化"的题材范畴。那时候一大批作家去写这一题材，光长篇小说就出了不少，但耐读的不多。长篇小说里也就柳青的《创业史》算得有较长的生命力，中篇小说里则《铁木前传》到如今读起来仍觉麦香满纸。

《铁木前传》也有主题先行的痕迹。比如"铁"代表坚定，小说里的铁匠傅老刚和他的女儿九儿，是合作化运动的积极力量，"刚"有"刚强"之意，"九"谐"久"有"永不动摇"之意。这对父女写得相当真实可信，然而其生命的纯粹性，会让读者觉得有些高不可攀。"木"则意味着"可凿可变"，小说里的木匠黎老东和他的儿子六儿，则成为合作化运动的消极存在与争夺对象。孙犁将这对落后父子写得活灵活现，虽然表现其生命的混浊性，却并不会消弭读者对他们报以包容的微笑。

但是，《铁木前传》之所以获得长久的审美价值，我以为还是他写到了"铁"与"木"之外的诡谲的生命现象，那就是小满儿。小满儿在作品中占据不小篇幅，犹如曹雪芹不写王熙凤绝不甘心，孙犁不写小满儿难以自许。

刻画出小满儿这么一个无法贴标签，绝对是概念之外的活脱脱的生命现象，在孙犁来说，真是一次艺术冒险。这个作品刊发不久就有大的政治冲击波袭来。连写出了《在田野上，前进！》那样放声讴歌农业合作化运动的长篇小说的秦兆阳，仅仅因为发表了让现实主义的概念更包容更拓展的意见，就被划入了敌人行列。其实，秦兆阳在自己的小说里还来不及将现实众生中的暧昧存在刻画出来。孙犁虽未在理论上"冒泡"，笔下却已经活跳出了一个将现实主义拓展开的小满儿形象，属于"社会主义现实主义"中的一条"可疑之鱼"。亏得那时候的"金棍子"可能因为须扫荡的"尘埃"甚多，其"火眼金睛"未及瞄到孙犁这个"角落"，《铁木前传》总算有惊无险。起码在1966年夏天以前，它还属于虽不推荐，却可以喜爱者自赏的一个边缘作品。

小满儿这个艺术形象应该在孙犁的心中孕育了很久，他一直在等待时机将其拎出。孙犁的《白洋淀纪事》1958年初版，在1962年再版时他在附记里说："这次增加《张秋阁》等六篇……《张秋阁》一篇，是从旧稿中检出，这显然是一个断片，不知为什么过去我把它抛掷，现在却对它产生了一种强烈的感情，这也许是对于这样一个女孩子的回忆，现在越来越感觉珍重了吧。"1947年春写成的《张秋阁》，写一位张姓女子在得知其兄牺牲的消息后，忍住个人悲痛，继续为革命奔忙的故事。这类的故事在《白洋淀纪事》里屡见不鲜，然而作者却非常原生态地写道，张秋阁"顺路到郭忠的小店里去……郭忠的老婆是个歪材。她原是街上一个赌棍的女儿，在旧年月，她父亲在街上开设一座大宝局……这个女孩子起了个名字叫大器。她从小在那个场合里长大，应酬人是第一，守家过日子顶差"。这个郭家小店"成了村里游手好闲的人们的聚处，整天价人满座满，说东道西，拉拉唱唱"。张秋阁去郭家小店，是为了动员大器的闺女大妮跟她一起给抗属家送粪肥。

在篇幅很短的《张秋阁》里，孙犁不忘写到纯净的张秋阁与混浊的大器家的来往。这样的生命现象在《铁木前传》里被放大了。他写到黎六儿和村里一家懒人合伙卖牛肉包子，合伙人黎大傻的老婆奇丑无比，却有个娘家妹子来帮忙，就是小满儿。她"一年比一年出脱得好看，走动起来，真像招展的花枝"，引得满村男青年围观。她勾引六儿，跑到住在姐夫家的干部跟前显示出其生命的神秘。那干部"望着这位青年女人，在这样夜深人静，男女相处，普通人会引为重大嫌疑的时候，她的脸上的表情是纯洁的,眼睛是天真的,在她身上看不出一点儿邪恶。他想:了解一个人是困难的,至少现在,他就不能完全猜出这个女人的心情"。这个细节被画家张育德以油画表现出来,成为孙犁书里最抢眼的插图。很显然,小满儿这个艺术形象,大器即使不是唯一的原型,也必是原型之一。

孙犁承认"了解一个人是困难的",在他的素材积累里纯净的生命与混浊的生命具有同等的认识价值,而对后一种生命的探究其实更是文学家不争的使命。

2011 年

蓝翎：让他们付出代价

在世为人，我们总得为自己的作为付出代价。并无某种作为，而竟因此被迫付出惨痛代价，是为冤屈。有某种作为，而竟被一笔抹杀，化有为无，逼其销匿，则是不应付出的诡异代价。

读蓝翎的《龙卷风》，我不禁掩卷喟叹：此兄的命运中，既有被化无为有的冤屈一面，亦有被化有为无的一面，并因此而被迫付出过既惨痛又诡异的代价。这不仅构成了其个体生命岁月的蹉跎、才华的湮没、感情的重创、心灵的煎熬，更折射出了一个政治龙卷风接着再一个政治龙卷风的那个历史阶段里，世道人心的扭曲，特别是一些人的人性中那些令我们惊悸的东西。

蓝翎原名杨建中，我甚至是在读到他这本书时才知道这一点的。1955年，我虽只有十三岁，却因为爱好文艺，并且夸张一点说，算是个早慧的文学少年吧，又因为受文化气氛很浓的家庭熏陶，已半明不白地读过《红楼梦》。当时报刊上热热闹闹地批判起俞平伯的《红楼梦简论》，我也是注意过的。当时我哪里知道什么大背景，也不懂得这类事会有什么大背景；但对李希凡、蓝翎这两个频频出现的名字,是不仅记得住,而且印象深刻的。这不仅是因为从当时报刊的导向上我知道他们两人是正确观点的代表者,也是因为虽不一定读懂了他们的文章,但读时确实觉得有一股子冲劲与新意。因此,对他们我非常佩服,甚至相当崇拜。

可是,等我长到十七八岁时,蓝翎这个名字便已在我的阅读视野中消失了。当事人对自己的"消失"过程,自然更有刻骨铭心的记忆。《龙卷风》中告诉我们,那篇最初引起轰动的驳俞平伯《红楼梦简论》的文章,首发时明明署着李希凡、蓝翎的名字,可是到1957年之后,其作者却先变为"李希凡等同志",再变为"李希凡同志等",最后干脆演变为"李希凡同志"一人。

"文革"中,毛泽东主席公开发表了重要论著《关于红楼梦研究问题的信》。信中提及"向所谓红楼梦研究权威作家的错误观点的第一次认真的开火","作者是两个青年团员",并说"事情是两个'小人物'做起来的"。全文多次使用了"他们"来称呼"这两个青年",在在肯定引起他重视的两篇文章是"两个"人而不是"一个"人写的。但二十世纪七十年代江青却在同美国的一位大学女教师谈话时一口咬定说:"Only one!"这样,蓝翎便不仅成了一个"死魂灵",简直形同一个"谣言符号"了!

"文革"中我在一所中学当教师。记得一回下乡劳动时,在歇工的时候大家不知怎么就提到了《红楼梦》、俞平伯、李希凡什么的。有位同事便说:"到底有没有蓝翎这么个人?"另一位在二十世纪五十年代上过北京的工农速成中学,便证实说确有其人,教过他语文,很随和,常跟学生一起打篮球。那时候蓝翎确实跟李希凡一起写过关于《红楼梦》的文章。既然确有其人,那么"后来怎么没听说了呢?",也有人猜"可能一九五七年打成右派了",但在可资引用的给人印象深刻的"右派"符号系列里,大家似乎都不记得有"蓝翎"这个符号。于是有一位同事便从逻辑上推导说:"兴许当初李希凡写那篇文章时,没预料到后来会被毛主席表扬,成为那么重要的文献,所以,他就很随便地让他的同学蓝翎也署上名了。"既然如此,嗣后将附骥者删却,便无足奇怪呀。这是当年我们一些最普通的社会成员对蓝翎这样一个符号的消失的绝无恶意的诠释。我们虽无恶意,但导致我们如此去推想的种种导向与暗示,却不能说全无恶意吧?

事情到了今天,我已经认识蓝翎好多年了,但如果我不读《龙卷风》,我还是很可能弄不清这一桩公案。因为以下原因:其一,我以为蓝翎已是当今中国最出色的杂文家之一,其文学地位仅此一端便足以鼎立,四十年前他是否写过批评俞平伯的文章,已并非其"安身立命"的唯一基石。其二,我读过1993年第4期《红楼梦学刊》上李希凡的一篇文章,他在文章中忆及当年时说:"无论我怎样富于幻想,也从没有幻想过因为写了两篇文章而为毛主席所重视。"这是很新的文章,用语十分肯定,没有说"我们",而明明白白地说"我……写了两篇文章而为毛主席所重视"。我无论怎样富于幻想,也幻想不到这种白纸黑字的公开宣布,还会有悖于事实。其三,事情过去这么多年,大多数人都已形成一个共识,就是毛泽东主席所发动的这场对俞平伯,后来更波及胡适的大批判有过火的地方,把学术问题政治化了,埋下了后来阶级斗争的弦越绷越紧,以致导致"文革"浩劫的种子。因此,当年那篇首先为毛主席所重视的批俞文章,究竟谁为头功,似已不会有人强占。李某既然公开申明系他一人所写,我们也就毋庸再疑。

但是读毕《龙卷风》,我愕然了。所惊愕的,当然不是蓝翎所缕述的由无数真实的细节所组合而成的难以挑剔的总体真实——那篇引起毛主席重视的文章明明白白不是一个人写出来的,而确确凿凿是两个人合写的。问题是,如果说1957年以后蓝翎这个活生生的文章起草者及参与修改、定稿全过程的"两个'小人物'"之一的突然消失,还是可以理解的话,那么到了1993年还有人站出来说,那篇引起毛主席重视的文章并无蓝翎的份儿;而且这个人不是别人,正是应该最知情的人。那么,这是怎么回事儿呢?从《龙卷风》里得知,该人同年还有与采访者的谈话公开印行流布。他不否认与蓝翎合写过文章(这当然是无论如何也实在无从否认的),甚至乐得承认他们联名出版的那本书里蓝翎写得甚或还多一些,但那头一篇引起毛主席重视的文章,却"是我写的"。

蓝翎的这本书有着一个非常值得称道的文本,或说是叙述策略。他重视细节的真实,凡亲身经历的,亲耳听到的,确在现场的,便尽可能详尽;凡他未亲历亲见的,便绝不臆测。有的说起来其实很能"讨巧"的事情,因为非他当时所知,尽管现在有他人材料可引,他也宁愿付之阙如。比如他写当年《人民日报》的总编辑邓拓忽然半夜找他,面谈拟转载他们两人文章的情形,便叙述得丝丝入扣;而邓拓为什么会那样急迫地见他,以及为什么后来《人民日报》竟没有转载他们的那篇文章,而是改在《文艺报》转载了,他就都不妄作描述。

蓝翎应当写出这件事的真相。因为这是1949年之后,继1951年批判电影《武训传》,以文化为发端而引发的第二场政治龙卷风。对这场龙卷风的诠释与评价是一回事,也确实还可以平心静气地进行学理性的认知与探讨,但对其基本事实——比如说那两篇引起毛主席重视的批俞文章,究竟是一个人写的还是两个人写的,具体怎么写出来的,却不应有含糊的记录,更不可能是"两人说"与"一人说"的"二说并存"。

蓝翎写出了这些真相。你可以认为这是他对多年来被不公正地抹杀的遭遇的一种理所应当的抗争,是他为大半生所不应付出而竟然付出了的"化有为无"的荒谬代价的一次诉诸公众的补偿。但细读他的文本,你便会感受到,其实他已超越了一己的恩怨得失。他是通过这样的陈述,引发出我们一连串的思索,从为什么会发生"化有为无"的事情,到为什么至今那一位作者还要贪两人之"功"为己有?难道是除了这一价值载体,那一位作者便再找不到另外可在公众中确立其价值的基石了吗?

蓝翎的这些关于两个人合写出引起毛主席重视的文章,并引发出一场政治龙卷风的回忆文字,当然也是在让那些过去和现在抹杀他的作为的人,付出他们应付出的代价来。面对着这样厚厚的一本书,说当年那篇引发政治龙卷风的文章只是他一个人写的那位人士,无论如何都是在付出代价:或者向公众改正他的错误说法,并说明之所以要错说的原因;或者拿出他的过硬材料证明是蓝翎说谎;或者保持沉默,任蓝翎的这本书流布——那其实是更惨痛的代价。蓝翎在书中说,他写出这些来,甚至做好了打一场官司的思想准备。他是既有作为，便愿付出代价的；对方是否愿付诸法院去起诉，告蓝翎"歪曲事实"，伤害了他的名誉，侵吞了他一个人的学术成果，从而引发出一场热闹官司来呢？这也不是没有可能的。但起码我不愿看到这样一场热闹。我所希望的，是在言论自由大大拓展了的今天，各自以自己的文字公诸报刊专著，来面对公众。这样地付出代价，才最值得，也最恰宜。

或许有人读了《龙卷风》这本书以后，会觉得蓝翎的写法未免太"纠缠于个人恩怨"。单纯的个人恩怨被写成文章，诉诸公众，自然不足为训。然而深嵌于大背景中的恶意打击，罗织诬陷，乃至于化有为无，推人"落井"并还要继之"下石"，这样的个人行为，所构成的起码是道义上的罪愆。在事过境迁之后，这竟一概被推诿为大背景所致，甚至装聋作哑，被很客气地问及时还要矢口否认，我以为深受其害者，是完全可以并且应当通过实事求是的描绘分析，将其不光彩的言行公之于众，令其付出应有之代价的。该书回忆反右中他竟因一篇根本没有发表，并且内容上也并没有被强加的那些罪名的文章草稿，被错划为"右派"的遭遇。这一遭遇涉及大背景下的个人因素，那个人不仅给他造成困境，而且株连到他的家庭，他给那个人画下了一幅在我看来是颇具典型意义的素描像。二十世纪八十年代蓝翎重回报社工作，邂逅此人，有一次开玩笑似的对他说："你老兄还在《文艺报》上批判过我呢？"那人却说："没有的事，我从来没有给《文艺报》写过文章。你记错了吧？"现在蓝翎将其当年的批判文章全文引用在了他的书中。这篇批判稿，是该人利用职权，在蓝翎尚未被组织定为"右派"时,从应该只存于蓝翎档案中的一份"思想检查"里摘出一些句子,将其作为"靶子",罗织而成、"抢滩"发表的。联系蓝翎在书中前后的叙述文字,我读来真不禁毛骨悚然;似此等行径,怎能用"当时大背景是那样嘛"来"一了百了"呢?现在蓝翎写下这些,也并不是"追究个人责任",纵使想追究,也无从坐实那应负的责任;但蓝翎这样做,我很赞成。那就是,这样的角色,你或许确算不得有什么应负的政治责任、法律责任,但在道义上你却必须为你做过的这种事付出代价。这代价便是,在一个言论自由空间大大拓展了的新的历史时期里,你必须面对蓝翎这本书里这些有关你的文字!这再不是只有你可以胡批乱判蓝翎,而被批判者却绝无还嘴余地的那种世道了!当然,你现在也完全可以驳斥蓝翎,坚持你当年的立场;或者你也可以沉默;或者你真是经过反思,愿意表达另一种心得……无论如何,你必须受一受这个刺激,并付出相关代价!你认为蓝翎的这种做法,不是一种偶然的、孤立的现象,你还想因之推及于对现实状况的总评价,做总较量吗?你因而勇气百倍吗?缺乏胆量吗?公开大闹吗?关在屋子里生闷气吗?……唉,反正,你得付出心灵上的代价!不管怎么个付法,你得付,并且已经在付!

是的,蓝翎这本书给予了我们这样的启示:凡借着所谓的大背景,以私心谋取权位实利者,既然做出了伤天害理的事情,就不要幻想一旦大背景转换,可以行若无事地过安稳日子,你必须付出代价!或许从组织角度、法律角度无法把你怎么样,但你要以为被你害过的,无法申辩还嘴的善良人就此算了,甚至祭起诸如"不要纠缠个人恩怨"一类的法宝,企图继续封住人家的嘴巴,那就错了!你至少得付出人家也终于有了发言权,将事实真相与你的卑鄙行径公之于众的代价!

我之所以喜欢《龙卷风》这本书,便在于蓝翎写得如此坦诚。他无官无职一身轻,面对事实无所虑,他已为过去的所作所为乃至于未作未为,付出了那么多该付的和不该付的代价。他现在腰杆挺得直直的,依然愿为自己的所作所为付出代价。并且,最可贵的是,在道义问题上他不向虚伪、丑恶的人与事妥协,他毫不犹豫地用自己的这些文字让那些人无可遁逃于"必须付出代价"的处境。我不把这仅仅看作蓝翎个人的心灵补偿,我认为这构成着对社会道义中那属于知识分子自身责任部分的一种必要压力。倘若我们真是企盼维护一种合理的社会稳定,那么,方略之一,便是一定要进一步拓展话语空间,让过去只许挨批不能还嘴、只能默受抹杀且不能说出真相的被侮辱被损害者,在这一话语空间中发出他们的声音,从而造成一种道义张力,以使虚伪者与施虐者在公众中曝光,付出他们应付的代价——而对这些人的追光逼照与言行抑制,实在是社会进步的大福。

《龙卷风》能这样任由蓝翎以自由的心灵飘逸的笔触写出,能顺利地出版发行(首版便发行万册),并给其中所涉及的人物提供一个平等地答辩驳难的机会,更留给读者们非常开阔的思考与回应的空间(我的思考与回应当然只是其中一种而已,相信还会有许多与我有所不同乃至与我全然逆向的感受),这本身便意味着我们人文环境的非凡进步。这是一本没有写完的书。很显然,著者还要以这样的心态、这样的风格,继续回顾他的人生跋涉。他将继续付出心灵的代价，并继续逼使该付出代价者付出。作为读者，我企盼着他不仅不要在叙述文本上有所变更，而且，后面的篇章要愈加风骨凛然。

1995年10月30日于绿叶居

刘再复：尝鼎一脔话性格

被俄狄浦斯猜破的司芬克斯之谜，其实远非深奥莫测，它所涉及的，不过是人在时间流逝中外部形态的变化。其实，在人的诸种构成因素中，最鲜明易感却又最复杂难析的，是人的性格。

"文学是人学"，这已是绝大多数人公认的论断。特别是文学各门类中占据主要地位的叙事性作品，它必写人，必表现人物的性格，因而从理论上探讨如何把握人的性格，如何在作品中完成人物形象的性格塑造，便理所当然地成为一个与创作实践紧密相连的重要课题。

我早听说刘再复同志正就这一课题进行深入的研究，并精心撰写自成体系的《性格组合论》。最近我从《文学评论》1984年第3期上，看到了他披露的该书重要章节"论人物性格的二重组合原理"，真是"尝一脔肉而知一镬之味"，感到兴味无穷。

再复首先提出来："人的性格本身是一个很复杂的系统。每个人的性格，就是一个独特构造的世界，都自成一个独特结构的

1987年的"劲松三刘",右起刘再复、刘湛秋、刘心武

有机系统,形成这个系统的各种原素都有自己的排列方式和组合方式。但是,任何一个人,不管性格多么复杂,都是相反两极所构成的。"这个前提,也许不能被一些人认可,但由于再复对系统论等当代最新科学进展有横的了解,对文学理论本身的发展史更不消说有纵的考察,因此,他把对以往美学成果的继承和对当代最新观察角度的引进结合起来,便经纬协和地织出了他的整匹理论锦缎。你或许一下子消受不了他那新概念接踵而来、新观点迭出不已的酣畅论述,但是只要细读两遍,你至少得承认两点:他的论述是自圆其说的,是不怕用中外古今最杰出的文学作品去参照的。

再复认为,所谓性格的相反两极,包括:从生物的进化角度看,有保留动物原始需求的动物性一极,有超越动物性特征的社会性一极，从而构成所谓"灵与肉"的矛盾；从个人与人类社会总体的关系来看，有适于社会前进要求的肯定性的一极，又有不适应社会前进要求的否定性的一极；从人的伦理角度来看，有善的一极，也有恶的一极；从人的社会实践角度来看，有真的一极，也有假的一极；从人的审美角度来看，有美的一极，也有丑的一极。此外，还可以从其他角度展示悲与喜、刚与柔、粗与细、崇高与滑稽、必然与偶然等等的性格两极。再复肯定地指出："任何性格，任何心理状态，都是上述两极内容按照一定的结构方式进行组合的表现。性格的二重组合，就是性格两极的排列组合。""但是性格的这二重内容都不是抽象的。它是具体的、活生生的各种性格原素构成的。这些性格原素又分别形成一组一组对立统一的联系，即形成各种不同比重、不同形式的二重组合结构。……一个丰富的性格世界，则是许多组性格原素合成的复杂网络结构，在这种结构中各组性格原素互相依存、互相交织、互相渗透、互相转化并形成自己的结构层次，使性格呈现出复杂而有序的状态。"这些论述可以说是再复的"性格组合论"的核心。我觉得再复这种对性格的分析，至少有一个好处，就是促进我们不是从单一的角度去把握人的性格，也不是仅用一个参数就给人的性格定性。我特别欣赏他所提出来的"网络结构"（在后面，他又指出每个人的性格世界都是一个"张力场"，这就把"网络结构"的含义更加深化了）。的确，当我们进行简单的定点观察、直线式思维、平面式描摹时，我们是很难把握住事物的真谛的；倘若我们逐渐习惯于以网络结构来分析事物的存在方式，我们也许就能较为接近事物的真谛。当然，再复的这一观点似乎还可再表述得精确一些。比如,这里面用"性格原素"这样一个概念,其中"原素"我总以为不如"元素"这个概念恰当。还有,"必然与偶然"也作为性格的两极,与前面列举的种种排在一起,颇感费解。何谓"必然的性格"和"偶然的性格"?此外,所谓性格的"外向性"和"内向性",在提出总论点时,似也应加以顾及。

再复之所以提出"性格组合论",也有其针砭时弊的迫切之情。他尖锐地指出:"我国当代文学艺术在一个相当长的历史时期中,在文学理论上未能充分重视性格构成的二重组合,而是用政治学原理来要求文学作品,用政治的价值观念来代替艺术的审美价值观念,从而放弃性格丰富的价值尺度,造成人物形象性格的贫血症。"也许他在激愤之情支配下写下的这些话会使某些人感到偏颇,我却与他产生强烈的共鸣:"一个人,当他被排除一切缺点及弱点时,便成了神;而当他被排除一切'善'的时候,便成了魔。所谓神性与魔性,乃是人的性格一极的畸形化——性格单一化的极端化。文学艺术一旦堕入这种极端化,就会变质,从人学蜕化成神学或魔学,从而丧失文学的本性。"其实就是写神魔的《西游记》中孙悟空和猪八戒的性格为什么使我们得到了极大的审美满足?唐僧为什么也还留有较鲜明的印象?而沙僧却显得苍白无力?——尽管他也是主角之一,出场次数极多。究其原因,无非是孙悟空和猪八戒的性格展示得比较复杂丰富,唐僧也稍具立体感,而沙僧的性格却只有单一化的表现。《红楼梦》中也有相对塑造得不那么成功的形象,如赵姨娘——作者用在她身上的笔墨不算少,但那种把其性格推向一极加以表现的结果,只能使她的形象相对浅薄。

再复是研究鲁迅的,他在提出人物性格的二重组合原理时自然而然地继承了鲁迅先生有关的美学思想。他用鲁迅的两个提法"美恶并举"和"美丑泯绝"来概括人物性格二重组合的主要方式,并认为"前者表现为一个人的性格史上时而发生肯定性的性格行为,时而发生否定性的性格行为……这种组合形态比较容易理解","而后一种组合形态则是更带艺术性、更加高级形态的组合",他花大力气论述了这一种组合。就我看到的这部分论述而言,我总觉得还不足以把文学史上所有成功的人物性格二重组合方式都概括进去。比如说,除了"美恶并举"和"美丑泯绝"外,不也有"美恶难辨"和"美丑相彰"等情况吗?《红楼梦》中的秦可卿这个人物的性格构成,就很难包容在"美恶并举"和"美丑泯绝"的组合公式中。当然,关于秦可卿这个人物形象的审美价值还有更多的争议。

再复关于文学人物性格塑造的研究绝不是心血来潮的产物,他的思路是缜密的,论述也是周到的。他在暂时把性格假定为静态加以考察后,随即便郑重地指出:"实际上,性格是一种流动物,我们所说的二重性格也是流动中的结构。"这就从一般的宏观(常观)研究进入了微观和超宏观的研究,从对子系统的研究进入了对母系统和一系列子系统之间的制约关系的研究。他提醒作家:"在塑造性格时,应当充分注意性格在环境发生变异时的差异性及多角性,多侧面地展示性格的组合。""文学中所塑造的成功性格,一般都有性格发展的历史",因而应当写出人物性格的"二重流动性"。再复真可谓用心良苦。以我自己和一些我所熟悉的同行而言，我们下笔写人物时，往往是并不能做再复式的纯理性思考的。但我以为读读再复的这些论述，对搞创作毕竟还是有启迪作用的，它起码可以使我们对模特儿（人物原型）的感知更加敏锐、更加准确，从而使我们塑造出的人物形象更具有典型环境中的典型意义，并呈现出"红活圆实"（鲁迅语）的血肉感。

再复所提出的性格二重组合原理，很容易被一些望文生义的人误解为他主张性格元素的机械相加，以及两极性格元素的"平分秋色"。为避免这些误解，更为了把自己提出的美学观念严整化，他详细地论证了"性格一元化"的命题。他指出："性格二重组合原理，一方面要求作家应当表现人物性格的丰富性、复杂性，另一方面又要求性格的整体性，即在性格的二重组合中保持一种统治的定性，一种决定性格运动方向的主导因素。更细致地说，在空间角度上，性格运动一方面表现出异向性，但另一方面又表现为定向性。在时间角度上，性格运动在不同时间阶段，发生前后性格的二重组合，显示出历史差异性，但是在这种变动中又保存着某种稳定的东西，因此，性格运动又呈现出一种相对稳定性和一贯性。这……就是性格的一元化。我们所说的性格的二重组合，是一元化的二重组合。"他还明确地提出："人的性格状态自动排列整齐的几率极小，而混乱排列的几率却很大。文学性格的创造，要把人物从无序性的性格自然状态组合成有序性的性格运动状态，而且要力争实现一种最优的组合状态，但这种最优的组合状态在实现过程中的几率只有一个，而不符合组合最优状态的几率却有无数个。因此，作家为了创造一个最优状态的组合，使性格运动既多样又统一，既复杂又深邃，既'万殊'又'一贯'，就必须花费很大的功夫，而具有高级美学意义的典型，正寓于这种'不一'与'一'的最好组合状态中。作家的伟大才能，也正是在这里得到最充分的表现。"我之所以似乎是过多地引用这些原话，除了意在把"性格二重组合论"中的要义介绍给大家外，也是因为每次读到这里时，我都要停下来做较长时间的思考。他论述的总体精神我是同意的，但我觉得他把远比司芬克斯之谜深奥难测的性格解析和性格塑造，一下子说得太精确太肯定，反有胶柱鼓瑟之嫌。文学性格的创造，真是"最优的组合状态在实现过程中的几率只有一个"吗？作家塑造人物性格的过程，能够概括成寻求这一唯一的几率的过程吗？比如唐璜这一中世纪西班牙传说中的青年贵族原型，在西班牙剧作家蒂尔索·德莫利纳、法国剧作家莫里哀的剧本中，在英国诗人拜伦和俄国诗人普希金的笔下，以及在奥地利音乐家莫扎特谱曲的歌剧里，都构成了各具独立审美价值的艺术形象，可见对唐璜这一人物的性格组合并不止一个成功的几率。

尝鼎一脔，到底只是初领其味，还远不能获得满足。对于再复的《性格组合论》全书，我是引颈以待。我想，再复关于人物性格的二重组合原理的论述，对于活跃我们的文艺理论、促进创作的繁荣，以及增进理论界和创作人员之间的心理联系，都会具有不小的意义。

1984年9月11日于劲松中街

宗璞：野葫芦的梦

几年前，记不得是参加了一个什么活动，结束后我与宗璞大姐一起散步。在穿过地安门白米斜街时，她两眼透过厚厚的眼镜片，仔细地搜寻着什么。忽然，她小姑娘般地欢叫："对，就是这里！"那是一个院门。因为胡同是斜的，那院门为保持面向正南的架势，便在门前留下了一小块三角地。宗璞大姐毫不犹豫地踏入三角地，以回家般的神态迈进了那个院门。我跟了进去，影壁左边是横长的前院，栽种着一排白杨树。那些白杨树很高大，风吹过，树叶哗哗地响，是在欢迎故人归来，还是在嗔怪不速之客？我看见，宗璞大姐的眼角闪烁出些许泪光。于是，我什么都不问。

在宗璞的长篇小说系列《野葫芦引》第一卷《南渡记》里，她写到什刹海旁的香粟斜街，写到吕家那宽敞至五进并有后花园的宅院。当然，那是"真事隐去"后的"假语村言"。对于书中的某些地名，尤其是活跃于书中的人物，断不必按图索骥、对号入座，但正如曹雪芹宣布"闺阁中本自历历有人"，宗璞也正是

宗璞大姐啖饭图

在作品中告诉我们"学府中本自历历有人",其一把辛酸泪,尽自心臆来,岂一般纯虚构作品可比。

一般的论者,都把四部规模的《野葫芦引》定位于风格独特的描写知识分子抗日爱国情怀的长篇小说。从已写成出版的《南渡记》《东藏记》来看,这个定位当然是准确的。在《南渡记》结尾,两个纤细的弱女生踏着沦陷地的落叶,往寓意能以抗日的朝阳照射到的地方走去。在《东藏记》结尾,由一群书生喊出的"我们绝不投降"的声音滚过天空,有力地撞击在每个人心上。作家写在书前书中书尾的自度套曲,更把抗日爱国这一主题表达得淋漓尽致。

我却觉得,这书还可有另外的解读法。在我读时,我的第一感觉就是书里的知识分子很奇特,因而他们在整个社会结构里似乎也很边缘。比如,他们取名字的用字,有用"樾"字的,有用

"卣"字的，有用"巽"字的，有用"杬"字的……这些字的读音字义一般人很难把握。像"杬"字，《现代汉语词典》里是查不到的。《辞海》告诉我们，这字有两读，读为"元"时是木名，读为"完"时是按摩的意思。书里一个重要的人物叫卫葑，这个"葑"字也很冷僻，而且也有两读两义。它读为"风"时是一种蔬菜芜菁（也叫蔓菁）的古名，读为"凤"时则是指蔬菜茭白（古名菰）的根部。宗璞给书里人物取这类名字，一是想表达出这些人都是书香门第的后裔，二是想传达出一种古色古香的传统文化的气息。另外，它可能还另有深意存焉，比如孟樾的"樾"，是树荫的意思，书中的孟峸一直在这棵大树的荫盖下，休戚与共，甘苦同尝。

名字是一种符码。书里这些莘莘学子不仅个人的符码古雅脱俗，还都掌握着中国古典与外国古典的符码系统。这样的人士在全中国人口里不消说只是一个边缘部族。这个族群顽固地坚持一种雅致生活。他们不仅有着独特的语言文字习惯，而且还有一套社交礼仪规则，有着只有他们那个圈子才理解的含蓄与幽默，甚至有着不同凡俗的肢体语言。在《东藏记》里，这些人到了本已偏远的云南昆明，又为躲避日机轰炸，更进一步地到了昆明东边极荒僻的村镇。可是在那样的地方一旦同人聚会，他们却会轮流用外文朗读《双城记》《简·爱》《卡拉玛佐夫兄弟》……以至波特莱尔的《恶之花》与缪塞的《五月之夜》。与其说他们是抗日爱国，不如说他们是在面对野蛮荒谬时坚贞地固守着人类的共享文明。

我把《南渡记》和《东藏记》当作边缘人写边缘生存的文本

来读，于是一些也许别人会忽略的地方，我却觉得有热槌直击我的心窝。书里的孟嵋有着热爱文化的天性，更有着热爱学习的家庭教养。她极其热爱学校，热爱师长，热爱同学，热爱课堂。她几乎能把这种热爱贯穿到她生命的每一时段，然而她却不能忍受学校每周一的第一节名为"纪念周"的课程。这堂课循例要升国旗、唱国歌、背诵总理遗嘱，然后聆听校长和各方面负责人的讲话。作者非常准确地写出，这绝非是孟嵋不关心政治，更非对所有这些政治性符码、礼仪与宣讲心存异见——从另外许多情节里我们可以看到，孟嵋对抗日爱国是充满热情并身体力行的；但作为一个独立的生命，她有自己生存的尊严，"整整一节课学生都要肃立，嵋不喜欢的就是肃立"。直到如今的社会生活里还有许多善于在仪式中肃立，肃立后却只是"忙完了私事后插空办点公事"而已的角色。书中的孟嵋在纪念周课程中不能承受肃立，因而晕倒，但当校方宣布体弱有病的同学可以不必去为修建操场运土时，孟嵋却坚持要参加——这样的边缘人在如今的社会生活里，是多了还是少了？

　　边缘人有时候也会游动到中心，或有意，或无意；中心人物有时也会对边缘人产生兴趣，或早有意图，或随机而发。书中写到卫葑曾到延安任教，又一度被调到电台工作，一个傍晚，他从抗大回住处：

　　　　……路上迎面走来一个人。因在坡上，显得格外高大。他头发全向后梳，前额很宽，平静中显得十分威严。那人见卫葑走上来，问："学生子，做什么工作？"

卫葇答了。那人又问:"需要介绍我自己吗?""不需要,当然认识您。""那么,介绍你自己吧。从哪个城市来?"卫葇一一说了。不想那人一听明仑大学,倒有点刮目相看的意思,紧接着问:"我问你一个人,不知可认识——孟樾,孟弗之,可认识?"卫葇很感意外,说明仑大学的人自然都知道孟先生。对面的人说:"我倒是想找他谈谈,不谈别的,就谈《红楼梦》。"说着哈哈一笑,走过卫葇身边,说:"把爱人接来吧,何必当牛郎织女!"

这是边缘人物与中心人物生命轨迹相交的一幕,而且涉及中心人物在"红学"(很边缘的一门学问)上对边缘处的知名学者的特别兴趣(这种兴趣在中心人物的诸多兴趣里也只属于边缘兴趣)。这里所引的文本充分显示出本书作者的边缘写作姿态。这段情节若搁在刻意进入中心主流话语的作者笔下,一定会采用另样的叙述策略。

在《南渡记》开篇不久,作者就借孟樾的口气,面对着熟睡的孩子们,自言自语了一阕交响诗般的《野葫芦的心》。她先讲述了处在边缘的野葫芦与住在村子里的生命之间互相呼应的微妙关系,再讲到侵略者杀进村里弄得生灵涂炭,可是任凭侵略者对野葫芦砍、切、砸、磨,它们硬是连个缺纹也没有。敌人架起火烧也没用,它最后被扔进山溪,更加边缘化了,然而"来年野葫芦地里仍是枝蔓缠绕,一片阴凉。秋天,仍结了金黄的葫芦,高高低低悬挂着,像许多没有点燃的小灯笼"。最后,孟樾这样对孩子们的灵魂倾诉:"许多事让人糊涂,但祖国这至高无上的词,是明白贴在人心上的,很难形容它究竟包含什么。它不是政府,不是制度,那都是可以更换的。它包括亲人、故乡,包括你们所依恋的方壶,我倾注了半生心血的学校,包括民族拼搏繁衍的历史,美丽丰饶的土地,古老辉煌的文化和沸腾着的现在。它不可更换,不可替代。它令人哽咽,令人觉得流在自己心中的血是滚烫的。"最后,孟樾坦言:"我其实是个懦弱的人,从不敢任性,总希望自己有益于家国、社会,有益于他人,虽然我不一定能做到。我永远不能洒脱。所以十分钦佩那坚贞执着的禀性,如那些野葫芦。"这最后的话语在逻辑上未免有些混乱。葫芦在野,本非中心人物,又怎能要求它们过高?葫芦其实常与糊涂通解,从野处望中心,"许多事让人糊涂"(难得糊涂!),但在维护一种自源头而来的文化这样的关键问题、大是大非上,野葫芦又的确是极坚韧、坚贞、坚强、坚毅的。"峨皱起眉,像要哭,她是不是在想,每个葫芦里,装着什么样的梦?"《野葫芦引》里究竟装着什么样的梦?它是在梦里祈祷:善待边缘人吗?

《东藏记》临近结束,写到卫葑的两难处境:他信他所不爱的,而爱他所不信的。这只野葫芦的梦是个噩梦,但愿这样的梦没深藏在更多的野葫芦里面。有人对卫葑谆谆教导,说既然做不到信自己所爱的,就要努力去爱自己所信的。"这就是改造主观世界。这是一条漫长的路,也许终身无法走完。"我们已经看到了卫葑怎样从边缘游动到中心,又怎样被中心抛掷到边缘的故事。因为目疾严重的宗璞大姐尚难把《野葫芦引》的后两部《西征记》《北归记》写讫推出,所以卫葑后来如何?在信与爱之间最后究竟达到了平衡没有？结果很难臆测，形成一个极有分量的悬念。仅仅是对这个人物的推测浮想，已令我心旌摆荡不已。

其实，即使《北归记》已出，书里这些边缘人物身处中心了，却未必就不边缘，乃至更加边缘。然而我们不能再要求作者往下叙述了。好在第一部卷首自度曲的最末一节，作者已经告诉了我们："看红日东升。实指望春暖晴空，乐融融。又怎知是真是幻是辱是荣是热是冷是吉是凶？难收纵，自品评——且不说葫芦里迷踪，原都是梦里阴晴。"依我想来，一个健全的社会犹如一个生机勃勃的自然植物群落，其间有参天大树，有主要种类，也有各色的稀少树种、灌木蕨藤，也可容得下野葫芦这样的存在。也就是说，社会应该是有中心，也有边缘的，中心与边缘的良性互动应是社会的一种保健方式，中心没必要强行扯动边缘不许其存在，边缘也没必要无故敌视中心制造麻烦，更不能任粗暴的力量搅动得中心与边缘混沌一锅整体耗损。就个体生命而言，或从边缘朝中心游动，或从中心向边缘滑行，只要没有危害社会、他人的动机，各遂其愿，都无可厚非。野葫芦的梦里阴晴，正可在白日凝思中慢慢消化。

2001年10月8日于温榆斋

成荫:《西安事变》观后感

到目前为止,电影《西安事变》我只看过一遍。那天是用一架小放映机放映的,放映时的画面清晰度不够,因此我所获得的感受实际上是不充分的。尽管如此,我还是由衷地说:真好!

我的这个反应,不知怎的让《电影艺术》杂志知道了,于是编辑同志来约我写篇文章。评论《西安事变》这样一部电影史诗,无论从哪方面来说,我都是不够格的。但是,我想编辑同志在组织专家们撰写正式的评析文章的同时,也动员我来说说观后感,大约有两层用意:一是让外行从直感出发,来发点议论,可能对编导者和影评家有着特殊的参考价值;二是让在西安事变发生后才出生的晚辈来说说信不信影片所反映的是历史真实,可供编导者和西安事变的目击者、同代人玩味。为不拂《电影艺术》的诚意,我便来坦率地谈谈自己的观后随想。

看《西安事变》以前,我以为呈现在我面前的影片,可能还是采取虚构的"小人物"加上真实的"大人物"这样一种艺术构思。这诚然是一种过去曾经创作过佳作,现在和今后也仍可据之构成佳作的创作路数。前两年,我看过甘肃省话剧团和西安市话剧团的话剧《西安事变》,记得它也是采用的这种办法。成荫同志在此之前的作品《拔哥的故事》,基本上也是承袭着这一类型的艺术构思。

这种对历史题材的艺术构思方法,有利也有弊。利是,编者处理上比较自由,想撒开时可以凭艺术想象充分地撒开,想收拢时又可以借真实历史人物和真实历史事件的正面出现而收拢,其中贯穿性的"小人物"以其个人命运在历史背景中的悲欢离合能够产生充分的戏剧性,其中偶现性的"大人物"又以其强烈的历史感使观众能够得到一种特殊的心理满足。弊呢,则是虚构的"小人物"和真实的"大人物"之间的关系处理上稍有不慎,观众便立即"出戏",表现"野史"与"正史"的不同段落之间的戏剧节奏也不易求得谐调。因而往往是构成一个作品比较顺利,但能成为上品者不多。

看完《西安事变》,我首先感佩的是:成荫同志以一个成熟的艺术家的气魄,勇敢地舍弃了上述那种惯常的艺术构思方法,而采取了另一种追求彻底的纪实性的艺术构思方法,并且基本上达到了他的目的,使《西安事变》成为一部有着独特风格的电影史诗。

如果说,采取前面说过的那种虚构的"小人物"加真实的"大人物",即"野史"加"正史"的构思方式,能成为上品者已属不易。那么,采取成荫同志这样一种彻底的纪实性的艺术构思方式,要处理成超过中品的水平,就更为困难了。而成荫同志呕心沥血的成果,我以为确实达到了上品的水平。作为一

成荫执导的电影《西安事变》海报

个普通的观众,我由衷地祝贺他在自己的艺术生涯中又立下了一块里程碑。

成荫同志的这部《西安事变》,几乎完全摒除了虚构的人物,而力图把观众带到这场惊心动魄的事变的历史进程中去。随着历史进程的逐步展现,一个个真实的历史人物出现在观众的眼前,没有外加的戏剧性冲突,也没有往历史人物身上撒"佐料",而是力求再现那曾经存在过的一切。有一篇评论《西安事变》的文章说:"作品着重从忠实表述整个事件的全部过程来刻画人物,这在一定程度上减弱了对不少人物的思想、性格和精神世界刻画的深度。"而我的观感却与这种评价相反。我以为这位评论者是在用虚构的"小人物"加真实的"大人物"那一类艺术构思的尺度,来衡量成荫同志的这部作品。那就好比用公斤制来衡量用十六两市斤制抓出的中药,是不能获得准确的艺术感觉的。从成荫同志以往的作品来看,他是很善于用专门的单场戏或鲜明的特设细节来刻画人物的，我以为他这回是故意没有采用那类老办法，而是另辟蹊径，力图在事变的进展过程当中，通过张学良、杨虎城、周恩来、蒋介石等人物在事变本身中的动作，以及他们之间关系的变化，来春云渐显、笋皮层剥般地刻画他们的性格。比如对张学良的"帅"劲，也可以脱离开事变进程，专门设计一组细节乃至一场戏来加以表现，但那样的处理方式，与现在所追求的纪实性的总体风格，将会呈现出不协调的状态。成荫同志断然舍弃了那样一种对他来说本是驾轻驭熟的处理手段，而毅然让张学良的"帅"劲，以及透过这股"帅"劲所反映出的他的爱国热情、自我优越感、牺牲精神乃至于导致最后"负荆请罪"的盲目性等等复杂的精神状态，都通过他在整个事变进程中的连续性动作来加以多次渲染，直至最后完成他的艺术形象塑造。对杨虎城的温厚老练，他也是采取这样的处理方式，其形象的塑造应当说也是相当完整、可信、丰满的。

我想特别提一提影片对毛主席和蒋介石这两个人物的塑造。老实说，对以往影片中已出现过的毛主席形象，我都是不满意的，或单纯追求形似，或冠之以光轮，不可亲，亦不可信。话剧《西安事变》中的毛主席形象，处理得比较严肃认真，也不无成功之处，但其言论、动作却离开他在具体事件进程中（即规定情境中）可能具有的自然感，因而往往显得造作。电影《西安事变》中毛主席出场不多，但我以为成荫同志处理得颇有特点，就是不脱离开规定情境去另外添加枝节，以"突出"人物，而主要是通过展现延安窑洞中，毛主席主持召开政治局会议的场面，把他的高瞻远瞩、他与政治局成员之间的关系、他在整个历史进程中起到的巨大作用，比较朴实而准确地表现了出来。观众感觉到，这就是当年面对着西安事变发生后的形势，党中央政治局召开的一次意义重大但形式又非常单纯的会议，毛主席的言论、动作都是他在那样一次会议上可能具有的，没有什么编导者特别添加进去的"佐料"。这种最不讨巧因而最貌似平淡无奇的处理方法，恰恰取得了应有的艺术效果，我以为是值得许多一味追求热闹、噱头和堆砌细节的导演思考和学习的。稍感遗憾的是，扮演毛主席的演员似乎还不能像导演一样获得同样的艺术感觉，把握规定情境还不是那么富有连续性。而且，就整部影片来看，和对于张学良、杨虎城、蒋介石等人物的处理比较起来，我党一方的领导人物，显得性格不鲜明，不丰满。造成这个缺点的主要原因，恐怕和编导没有使我党领导人真正置身于戏剧冲突之中有关。蒋介石的形象，在以往的几部影片中已经有过，大多流于漫画化或肤浅。《西安事变》中的蒋介石形象却是相当准确、丰满、生动的。成荫同志在处理这一形象时看来是费了很大的心思，他难能可贵地做到了两点：既避免了从概念出发的脸谱化，又避免了单纯从所谓人物的复杂性出发而作有意无意的美化，而这恰恰是目前不少戏剧、电影刻画反面人物的两种弊病。它们实际上是一张牌的两面，其要害就是都背弃了革命现实主义的创作方法，或为省力，或为哗众，没有站到一个正确的、居高临下的位置上去。成荫同志却坚持站在革命现实主义的高度上来处理这一形象。他先把西安事变的整个史实吃透。他越把这段震惊中外的历史资料吃透，就会越清楚、越深刻地认识到蒋介石在这段历史中扮演的是一个什么样的角色，就会更加认识到他的反动性和他被迫进行第二次国共合作的可能性，他的顽固性与他的脆弱性。这用不着从事变进程以外去设置什么情节和细节来加以渲染，只要使演员能准确地在事变进程中的每一环节寻找到角色对规定情境的感觉和反应，并准确地表现出来，蒋介石其人的各个方面，乃至于本质，便可凸显在观众眼前。扮演蒋介石的演员看来完全理解并体现出了导演的意图，极为出色地完成了他的任务。特别令人叫绝的是事变发生后蒋介石在新城大楼里的那几场戏。在导演极其高明的指导下，演员寻找到了富有连续性的规定情境中的自我感觉，成功地把一系列史料中有所记载的言论和动作贯串了起来，非常准确地通过他对看守的士兵、对张学良、对杨虎城、对端纳等人的不同的态度、反应，把一个完整的形象呈现在观众眼前。虽然影片并没有直接说出对这个历史人物的评价，但观众对其灵魂却能窥透了。我还要特别提一下史料上有明确记载的这场戏：蒋介石在新城住地正坐立不安时，卫队长来让他换地方住，他误以为是把他带出去枪毙，于是坚决不走，并本能而机械地躺到床上，用被子蒙住了头。这场戏是最难导好也最难演好的，很容易搞成对蒋介石"外强中干本性"的图解，流于漫画化并招来不必要的闹剧效果。但是导演在镜头处理上和演员在表演上都恪守规定情境，把握分寸恰到好处，让观众看来就觉得自然、可信。对于这场戏所要揭示的内涵，观众在回味中也能心领神会。

　　令我稍觉遗憾的是，影片中周恩来同志的形象没有什么突破，演员的表演尽管还是称职的，但留不下很深刻的印象。这究竟是我这个观众主观上的原因——从银幕上已出现过的周恩来同志形象中得到过一定满足，因而对这部影片所求过苛——所致，还是编导者和演员把这个形象的塑造看得比较容易，因而下的功夫还不够，就说不大准了。

像《西安事变》这样的影片，当年的参与者、目击者及同代人，将更多地根据他们的生活经验来判定这部影片的"真伪"。这或许将导致对影片在处理史料上因艺术需要而产生的详略、虚实、挪移、细节是否都恰当的争论。但我们的电影观众肯定还是以中青年居多，我便是其中的一员。西安事变发生六年以后，我才出生。因此，我看《西安事变》时对它是否真实可信的判断，更多的是从编导者的艺术处理出发。编导者的艺术处理越使我感到不是在端起架子解释历史，不是在给历史人物写鉴定，我便越乐于接受。成荫同志采取的这种处理方式，好比站在同观众平等的地位，极为严谨也相对冷静地把西安事变的全进程艺术地展现在观众眼前。千秋功罪，凭观众去评论，编导者对整个事件的分析和评价，只在很少的地方（如开头、结尾画龙点睛的旁白，事件进展过程中毛主席、周恩来等的话语）加以适度的导引。片子更多的是用纪实性的艺术画卷，去启发观众自己得出这样的结论：西安事变是蒋介石"先安内后攘外"的反动政策逼出来的，张、杨二将军的行动是在全国人民爱国主义热潮推动下产生的；而中国共产党的抗日民族统一战线政策被实践证明是正确的、可行的；在事变发生后，我们党成了正确解决这一事变的主导力量，并终于促成了国共两党的第二次合作。

据说以纪实性的风格处理政治历史题材，西方国家一些电影导演早有尝试，并取得了显著的成绩。成荫同志拍摄《西安事变》，显然也从他们那里汲取了某些可资借鉴的东西。不过，从总的风格来看，《西安事变》也还保持着成荫同志以往导演的《南征北战》《停战以后》等战争片所固有的粗犷中有细腻、大场面调度娴熟以及镜头运用流畅质朴的特色。有的同志说，电影界的中青年导演刻意求新有余、尊重传统不足，我以为就某些具体作品而言，可能确有此弊，但笼统概括之，就不一定准确了。有的中青年导演导出的片子，就既有优良的"遗传"，又有可喜的"变异"，看上去是很让人舒服的。又有的同志说，电影界的老导演恪守传统有余，刻意求新不足，我以为这话也仅适用于某些具体的作品，而不能以此概括全貌。成荫同志是一位孜孜不倦于艺术探索的前辈。诚然，他也有过不成功的探索与实践，如当年拍摄的《上海姑娘》，刻意引进苏联现实题材影片的某些长处，但由于经验不足，未能很好地将汲取来的营养用之于培育民族生活之花，虽给观众带来了一些新意，却通体失之于造作。再如，前几年，他拍摄的《拔哥的故事》，也许是被"四人帮"压抑的创作才华刚得苏醒，思路尚未打开吧，未免涩滞呆板，缺乏创新。令人欣喜的是，成荫同志能不断从不成功的实践中去寻求成功的途径，虽然有其丰富的经验，却同年轻人一样敢于"冒险"创新——《西安事变》的总体艺术构思和艺术处理，不就是一种气魄宏大的创新吗？而且这是一种不外露斧凿痕迹的创新，甚至很可能有的观众在欣赏之余感觉不到这是一种创新，但从艺术创造的境界来说，这便算是达到比较高的境界了。

用纪实性的艺术手段来处理《西安事变》这样的史诗并取得了可喜的成绩，标志着我国电影事业的成熟。这首先需要有气魄、有经验而又有创新精神的大导演，还需要不是一两个而是一批艺术修养和表演技巧达到一定水平的演员，并且需要一个不是刻板地按导演指示工作，而是能从各个部门的角度与导演的艺术感觉取得一致、配合默契的摄制组。此外，这还需要整个国家文化水平的提高作为后盾，其标志便是群众场面所传达出的历史感和艺术感染力究竟如何——《西安事变》中的群众场面既反映出我们可资动员的群众演员已具有比较整齐的文化素养，也反映出这种文化素养与所应达到的程度之间的差距。我以为，如果有可能，电影界是否能就这个问题进行专题性研究。

我仅仅看了一遍小放映机放映的《西安事变》，就冒昧地发了这么一大通议论，说了很多外行话，并且可能充满了谬误，动力究竟是什么呢？那就是《西安事变》这部影片本身的艺术魅力，它使我信服：啊，这就是历史上的西安事变。

1981年12月

陈映真：超越遮蔽

原来从我家阳台西北方望，可以看到一片湖水，后来随着城市房地产迅疾开发，从阳台、窗户所能看见的一些堪称美丽的景色，一个又一个地被高楼遮蔽住。那片湖光水色的被遮蔽，是最令我痛心疾首的一例。那片湖水在一个公园里，以前在那湖里荡舟，朝东南方看也可以看到我所居住的那座高楼，若细辨则连我家阳台上的花木也颇夺目。现在那种"相看两不厌"的局面已如春梦烟散，我一度真的很伤感。

这种遮蔽现象普遍存在于我们生活中。细想起来，被遮蔽，是许多人与事的命运常态。以文学领域为例，沈从文、张爱玲、钱锺书三位小说家，就曾被遮蔽了许多年，沈、张完全不见于我们传统的文学史，其名字著作进不了大学文学系的教材，一般俗众更不知他们为何许人也。钱锺书只被视为一个在外文和古典文学方面有造诣的学者，他的长篇小说《围城》很长时间处于绝版状态。我在二十世纪五六十年代还算是一个阅读面颇广的文学青年，买过他的《宋诗选注》，却全然不知道他还写过《围城》一

马克思主义者陈映真

书。被遮蔽,最大的因素是历史的、政治的、意识形态的,因而也往往是无可逭逃的。但穿透遮蔽的因素,其中最强有力的,往往也是历史的、政治的、意识形态的——当其发生微妙变化时。沈、张、钱三位的价值重现,主要得力于台湾地区的旅美学者夏志清用英文写的那本《中国现代小说史》。此书被译成中文后,于二十世纪八十年代传入大陆,很快掀起了沈热、张热与钱热。究竟哪一位最热?竟不好比较。总之,几乎是人人叹服,争相一睹风采、面聆妙谛。沈从文的家乡凤凰县成了文学圣地,似乎不去朝拜一下便无资格弄小说;张爱玲去世前在纽约本是离群索居,竟有崇拜者去其楼外垃圾桶守候,将她抛弃的垃圾袋如宝物般运回密室,戴上胶膜手套,用镊子细心分类。于是社会上很快传出张爱玲使用一次性纸盘纸杯吃喝的要闻,于是就有人分析这种饮食习惯,是性格怪僻,还是含有某种深刻的寓意?钱锺书在世时已有正式的"钱学"刊物出版,现在《我们仨》的畅销,虽然作者本身以及英年去世的钱瑗本身也有相当的吸引力，但第一吸引力还是曾被遮蔽了几十年的《围城》作者。

对于被局部或全部遮蔽，当事人自己往往并无所谓，或者很无奈，于是也就听其自然。被遮蔽，有时倒是福气。自己主动遮蔽自己的例子，也是有的。事后自己和他人，都慨叹何其明智。也有觉得气闷的，比如余光中的乡愁名句上了我们这边大台盘，据说就有当年与他争论过、被他密告过的人不服。当年那场争论在台湾地区是很轰动的，可以说是家喻户晓，但世事纷纭，两岸的文学记忆全然不同。对于海峡这边的绝大多数人来说，那场争论就是被遮蔽住的事物，眼不见为净，你现在来说，也懒得听。我曾在美国洛杉矶见过与余争论方的一位人士，姓高。他那时就把相关的一厚摞资料拿给我看，还送了我复印件。我阅读一番，知道大体上是，高先生等人崇拜毛泽东，认为应该像《在延安文艺座谈会上的讲话》里说的那样，写为工、农、兵服务的文学作品。反对的一方，以余先生最明快，他指出这种过度亲共言论的性质，是"狼来了"。他们争论时，台湾地区还没有"解严"，因此"狼"方很狼狈。当然后来的情况发生了变化，马恩列斯毛的著作在台湾地区都可以公开出版了。高先生和另外的被余先生伤害过的先生，现在觉得气闷，认为他们付出了受迫害、受挤压的代价，却得不到余那样的礼遇殊荣，对此我很理解。但余先生现在也没有坚持他的"防狼"论，若揪住他二十几年前的意气言辞不放，也没必要。

有时，被遮蔽是雾团，看不清楚，就须慎重。台湾地区的文学史，其实相当复杂。雾里看花，可能把非花当花礼赞。我曾在马来西亚槟榔屿面聆陈映真先生概述台湾地区近半个世纪来的文学论争,主要是关于乡土文学的论争史。我记不住他分的那几个阶段和每阶段的要害,但记住了他的提醒:要透过现象看本质,也就是要努力穿透遮蔽。陈先生是台湾本土出生的爱国者,最坚定的反"台独"、主统一的人士。听他一席话,胜读十年书,但温习起来很费力。大体的印象是,主张乡土文学的一派,其中有的曾是激烈的反国民党统治的斗士,那时候自然有亲共情怀,有的也因此遭受过迫害。近二十来年,主张乡土意识的,主张用台湾方言土语写作的,有的其实是在强调"本土化",政治上就错误地倾向于"台独"了。这样看来,像"原乡""原乡人"这类的词语,在台湾当下从文学语境转入政治语境,我们能否望文生义地将其解释为"故乡原在大陆""认大陆为故乡的人",就必须慎重了。

大陆这边的文化遮蔽物,当下似乎主要是市场里的某些因素。像从我家阳台本能看到的湖光水色那一可贵的看点,就是被赫然耸起的豪华商住楼遮蔽住的。被经济起飞的耸起物遮蔽,总比因经济凋敝而坍塌形成的裸露好吧。这样想是无可奈何,还是圆通旷达?最近几天报纸上有颇大篇幅报道张艺谋新片《十面埋伏》的宣传造势,我见到的批评文字不少,其中最尖锐的一条,就是名曰首映式活动,却不放映那部电影,只拿些片花"搪塞"。但替出品方和张艺谋想一想,倘若真的在那场合放映了全片,那就难保几天后盗版光盘不会满大街卖。我家楼下说不定就会有拿个纸匣子装光盘的小贩,跟路过的我吆喝:"老爷子买盘《十面埋伏》解解闷儿!"他们是怕被盗版光盘遮蔽住,所以不在那种难以控制针眼摄像头的场合放映全片。但他们的总体行动却又仿佛是斥巨资造摩天楼，让自己赫然屹立，"一览众山小"，虽无意遮蔽别物，却有可能碍眼于某些人。这件事也很悲壮或者说很谐谑地折射出了当下中国文化的某种诡谲处境。

被长期遮蔽而感到压抑者，也可能以自我裸露为反抗。在公众场合，比如大街、广场、运动场裸跑的例子，出现在世界不同地方。文字上的反遮蔽，也是古已有之，中外皆然。只不过当下的中国文学，可能是经历了过长的压抑期，再加上有了网络之便，因此喷发腾溅得尤其猛烈。美女美男，那"美"所指的渐渐已不只是脸庞、三围。继"身体写作"的说法之后，又有更具体的"胸部写作"出现，更有人告诉我实际上已有"阴水写作""精液写作"之更为"前卫"者。希望不被遮蔽固然是人之常情，但社会是大家共享的存在，也应保持不要违别人之愿、当众赤裸乃至做爱的公序良俗吧。

无论如何，遮蔽与对抗遮蔽，或者说超越遮蔽，或者说穿透遮蔽，贯穿在我们的日常活动之中，反映在流动的文化现象里。几分惊诧，几分欢欣，几分无奈，几分释然。想通了，这就是生活，这就是社会，这就是人类，这就是历史。难道就不往下过了吗？明天，还上那阳台，望那高楼，或干脆把它当一道新风景去欣赏，或让心灵的眼睛穿透它，想象出那边的湖光水色，还有那水里的小船，那飞过湖面的水禽。

2004年7月14日于绿叶居

李崇林：为京剧表演体系确立三身理论

所谓世界三大表演体系，即斯坦尼斯拉夫斯基创立的体验派、布莱希特创立的表现派、梅兰芳所标志的写意派。我在此前的文章里有过几次人云亦云。仔细推敲起来，三大体系之说，至少在二十一世纪初还很难成立。它既称体系，必得有理论支撑，其理论应有著述体现。前两种体系，斯氏有《我的艺术生活》《演员自我修养》等论著，布莱希特有《戏剧小工具篇》《戏剧小工具篇补遗》，他去世后更有人整理出七卷本《布莱希特剧论全集》。但所谓以梅兰芳为标志的写意派，理论著述在哪里？梅兰芳虽留下一部他本人口述、别人记录整理的三卷本《舞台生活四十年》，其中有些零碎的可称为表演理论的表述，但根本不成体系，没有形成自圆其说的完整理论。

三大表演体系之说，应该肇始于1935年春。当时梅兰芳应苏联对外文化协会邀请，率团赴苏联演出。斯坦尼斯拉夫斯基、布莱希特刚好都在莫斯科，一起观赏了梅兰芳的精彩演出。这令他们大为震惊。在那以前，他们没有见识过京剧，当由梅兰芳等中国京剧演员将于他们而言绝对是异趣的戏剧展现出来时，都不免自叹井蛙：原来戏还可以这样演！演员还可以这样作为！给予他们的心理冲击，令他们自发地为梅兰芳的表演奉献上一顶"第三种戏剧表演体系"的桂冠。其实梅兰芳不过是"只缘身在此山中"。他以及他所熟谙的京剧，于西方而言，如空谷幽兰，自在芬芳，是一种优美的客观存在，却并无理论体系阐释。斯氏、布氏，以及那时候在苏联戏剧界也属鼎鼎有名的戏剧家丹钦柯、特烈杰亚柯夫、梅耶荷德，电影导演爱森斯坦、普多夫金等，在面对梅兰芳所标志的中国京剧表演体系时一致惊叹"山外青山天外天"。但梅兰芳访问结束回国以后，他们也没有从客观的角度，对他们所见到的"惊为天人"的表演体系从理论上加以分析，这本来也不该是他们的活儿。

我想，应该不是我一个人，久久地期待着，有一个中国人站出来，把梅兰芳所代表的中国京剧表演艺术客观存在了二百多年的独特体系理论化，使其真正能与斯氏、布氏的表演体系三足鼎立。

首先，我当然期待于戏曲理论家，但戏曲理论家并没有京剧表演的实践经验。没有表演经验当然也可以著书立说，创建京剧表演体系的理论。可惜至少到二十世纪末，我没有看到这方面专家的这种专著。像齐如山、翁偶虹那样的京剧行家，与京剧表演艺术家密切合作过，也写过不少涉及京剧艺术的文章，其中也不乏论及京剧表演艺术的特色、诀窍、壶奥的片段、金句，但就跟梅兰芳留下的关于京剧发展应该"移步而不换形"的说法一样，完全没有构成理论体系，不成其为鼎之一足。

京剧表演艺术家们呢，大多数只能演，缺乏口才，更驾驭不了文字。有的表述能力强一些，像荀慧生，我读过他的《荀慧生演剧散论》，其中《演人别演"行"》《三分生》《略谈用腔和创腔》《谈演员眼睛的运用及其他》等篇，都有从演出实践中升华出的形而上思考。他写得精彩、精辟，但离理论的高度还差得比较远，更谈不上什么体系。

我希望最好是有这样的人才，具备几方面的要素：一是有京剧表演的实际经验；二是有一定的文化修养；三是有很强的表述能力；四是有创立体系提出成套理论的雄心；五是有克服困难锲而不舍的做事毅力；六是具备经济无忧、享有空闲的生活条件。由这样的人出马，来带头创建京剧表演艺术的理论体系。

2020年1月9日，我到长安大戏院看戏，那里有放着手巾把、盖碗茶、小零食和太师椅的贵宾席。开锣前，忽有一男士到我身边，躬身递我一本书和一张名片，跟我说希望我能看看他的著述。当时剧场灯光已渐暗，戏即将开始，急迫中他用最简约的话语告诉我，他这本书是讲京剧艺术表演体系的，最核心的观点是"三身"。比如马连良，首先有他那具备特殊素质的"真身"，然后是他进入行当修炼成的"艺身"，最后他成功地"化身"为艺术形象，被人们称为"活诸葛亮"……锣声很快响起，他忙弯腰离开。散戏后，助理焦金木开车送我回家，说他听见了那位先生的几句话，印象非常深刻。他本是不会欣赏京剧的，陪我看来看去渐觉有趣，今天这位赠书先生举例道出的"三身"像忽然亮起了个手电筒，让他也有了照亮京剧表演奥秘的探究兴趣。

后来两天，我翻看这本由中国戏剧出版社2017年10月初版，有二百六十八个页码，二十四万字的大著。焦金木帮我从网上查阅著者李崇林的资料。我得承认，此前我并不知李崇林何许人。原来他是北京军区原战友文工团京剧团的老生演员，比我小六岁，如今也已经过七十了。他演过很多剧目，后来还当过编剧、导演，是个全才。原战友文工团京剧团最著名的演员是演小生行当的叶少兰。惭愧的是，现在文工团已经解散，我仍未观看过叶少兰的现场演出。李崇林十八岁前在天津戏曲学校师从杨宝忠先生。七十多年前有马（连良）、谭（富英）、杨（宝森）、奚（啸伯）"四大须生"之称，一度更有"十生九杨"之说，但杨宝忠虽是杨宝森堂兄，却师从的是余（叔岩），倒仓后成为著名琴师。他指导李崇林，应该是把余派与杨派的精华都加以传授。李崇林十七岁演出过不仅要唱、还要扎靠舞刀的《定军山》，二十世纪七十年代分配到文工团，参演《沙家浜》《杜鹃山》《红色娘子军》；八十年代后演出《四郎探母》《秦琼卖马》《失·空·斩》《大·探·二》等大量传统戏，他的舞台经验非常丰富。李崇林退休以后，成为民间宣讲、普及、传授、弘扬京剧艺术的活跃人士，是中国戏曲学院、清华大学成人教育的客座教授。他在电视上、网课上的教唱、讲述非常受欢迎，他有口才，文字表达能力也很强。这样一位人士出书，为京剧表演体系搭建理论架构，正是我期待已久的，真是相见恨晚！

李崇林2012年为自己的三身理论著述到国家版权局做了登记，到目前未出现异议，可见其理论体系确属独家独创。不仅戏曲界，整个文化界，乃至于社会各方，都应予以关注、重视。世界三大表演体系中，中国京剧这 体系如今终于有了理论建树，

李崇林饰演《秦琼卖马》中的秦琼

怎能不为之欢欣鼓舞呢?

我细读了李崇林的大著,首先是赞叹。

他这本书分十二部分,最精彩、篇幅最大、最重要的是第三部分。在这部分里,他详尽论述了京剧表演体系的"三身"这个理论概念。第一,是"真身"。斯氏、布氏体系里的演员,不也各具真身吗?乍看"真身"这一提法,似不稀奇。但李崇林从京剧演员养成的"声音、形象"以及"思维""光环"三个层次细加论述,就让我们明白,京剧演员的生成和斯氏、布氏那两种体系的话剧演员有重大区别。斯氏、布氏对演员也有各自的要求,比如斯氏要求演员从自身生命体验中找到与角色相对应的"种子"，去抽芽、伸枝、开花、结果，完成还原角色的任务。布氏要求演员保持跟角色的距离，不要再现，而要表现某个现实生命的存在，引导观众处于"喂，您在看戏"的间离状态。京剧则以程式化的唱、念、做、打、舞来完成角色创造，在演员选材上有所谓"祖师爷赏不赏饭"的"真身"前提，然后在满足基本条件的前提下，又鼓励演员根据自身条件自主发挥。如梅、程、荀、尚四大名旦，梅以中规中矩到极致而令人激赏，程则另创幽咽婉转的游丝腔，荀不以兰花指为圭臬，而偏多用食指表俏，尚故意伸直双臂，令水袖滚落，别具风韵。观众看京剧，可以感受到如斯氏话剧那样的真实，"替古人落泪"。程式化的舞台处理也足以与布氏的间离效果媲美，让观众有时又处于"我正看戏啦"的意识中，但无论斯氏还是布氏的话剧，舞台上的善人与恶人，终归还是要引出观众正当的爱憎。演出过程中，观众为恶人鼓掌是不可能的，但京剧演员的"真身"要素中，李崇林提出有思维一项，其中还可剥离出演员心智模式的"狂想空间"。他以自己在《铡美案》中扮演陈世美为例，陈世美是个大反派，按斯氏、布氏体系来演，无论是体验入手还是间离为计，都不会当场引出观众对这个角色的审美欢呼。但京剧表演不一样，李崇林与李长春合演此剧，李长春扮演的包拯威风凛凛唱出"驸马爷近前看端详，……将状纸压至在爷的大堂上……"观众给予热烈的掌声、喝彩声，既是道德心理上的畅快，也是对裘派唱腔的审美赞赏。这时李崇林所饰演的陈世美怎么办？他就调动起内心的狂想：呀，要铡我呀！这狂想又调动起他对唱腔的处理，于是将角色内心的胆怯、惊恐，以气急败坏、恼羞成怒的声腔暴烈狂躁地唱出

"大堂之上验了刀……"他把"刀"字的高音唱得十分饱满,结果台下像给予包拯掌声一样,也爆发出由衷的掌声,形成京剧表演特有的一种审美效应。在论述"真身"部分,李崇林还特别解析了京剧演员光环的形成及意义。所谓光环,就是人格魅力。

对"三身"的第二身"艺身",李崇林的论述也是很鞭辟入里的。斯氏、布氏戏剧体系也鼓励演员戏路宽广。斯氏自己登台演出,就尝试过形形色色不同的人物,但京剧演员入行以后,虽然也可能有跳槽的经历,在逢年过节的特殊演出里可以反串,但最后一定要抱定一个行当,成为大写意演出中一大套的行当程式的掌控者,在规定的"艺身"中去完成自己的演艺事业。因此"艺身"可以说是京剧演员和话剧演员最重大的区别。京剧演员从小开始选材,然后有非常苛酷的童子功训练,一旦定格于某个行当,则需要先师承本行当前辈的传授。这种传授往往是面对面的、一板一眼的、一招一式的,在学艺初期是不允许越雷池的,要求将师傅的传授先全盘照搬,在舞台上将前辈的表演艺术还原出来,从形似到神似。待徒弟基本上将师傅的玩意儿展现麻利了,这时候师傅就不但放手让徒弟去发挥,而且欢迎徒弟去闯出自己的新招数,形成新的更好的玩意儿。一个青年人,未经过话剧表演的专业训练,仅凭灵气,可以出演话剧角色。比如《雷雨》中的四凤,从第一幕演到第四幕。但若未经过童子功的训练,不是只唱其中一段戏词,而是登台去表演整出《贵妃醉酒》,不能下腰、不能卧鱼,那就再有悟性灵气,也肯定演不成。李崇林从"行当""功法""造诣"三个层次,来解析"艺身"的真谛。若不是他谙熟京剧剧目与同行表演,加上自身有丰富的舞台演出体会，对"艺身"的理论不可能建构得如此细密坚实。

"三身"的第三身是"化身"。它就是京剧演员具备了良好的"真身"基础，又练就成了金刚不倒的"艺身"，最后在塑造角色的过程中，"化身"为令观众赞叹的"活某某"。其实，按照京剧的大写意，登台角色都已高度程式化、符码化。比如曹操，任何一个观众都不会糊涂到以为历史上的曹操真会是那么个大白脸（当然还有眉心抹红等细部处理）、戴大黑髯口的样子，但通过演技高超的京剧演员的演绎，却会形成"他就是那个奸雄曹操"的审美共识，这就是京剧表演体系中最令世人惊叹的一种境界。李崇林从"程式化""韵律化""艺术化"三个层次对"化身"进行了详尽解析。书里还特别论述了"刻画"与"刻化"的区别，话剧表演讲究刻画人物，就是要让观众觉得生活中确实存在这样一个生命，如镜如画地呈现；京剧表演则不求"照镜""画像"效应，而是"刻化"，即演员通过"真身""艺身"最后达到"化身"。比如现在我们能看到程砚秋大师1956年拍摄的戏曲艺术片《荒山泪》，当时程先生已经五十二岁。他本来就个头高大，兼已发胖，如果以"刻画"要求，那么怎么也不像剧中设定的贫妇张慧珠。如是话剧演出，只好换演员，但京剧表演不一样，程大师不是"刻画"而是"刻化"，以其高超的"化身法"，开场不久就令观众进入了"幻化"境界，认可了他所呈现的就是一个深山贫妇。正因为京剧表演不是"画"而是"化"，所以才有乾旦、坤生，一个儿童扮成诸葛亮演唱"我正在城楼观山景"，一个胖老头清唱《锁麟囊》中"一霎时把七情俱已昧尽"，都能让观众欣然接受，因为京剧表演的至高境界是演员与观众同入

"幻化"之境。

我在上述介绍李崇林的"三身"理论的时候，多是用我自己的阅读心得，包含我个人多年观赏京剧的体验，并不一定都是李崇林书里写的。但我相信自己是他的一个知音，我所接收到的信息与我表达出的信息，或许表达方式不同，但基本上应该是对等的、相容的。

我与李崇林在长安大戏院匆匆一面之后，就遇上了新型冠状病毒肺炎的疫情。我们两个逾七十岁的老人，遵从宅在家中不出门的防疫要求，但也都没闲着。我把新的长篇小说收了尾，他则录制推广普及京剧艺术的网课。其间我们几次电话长聊，讨论他所架构的京剧表演艺术的理论。我在表示惊艳赞赏之后，也坦诚地提出意见。现在他这部大著的书名是《京剧艺术表演体系："三身理念"定律》，我直言不妥。理念，指的是认定的想法，一般都浓缩为简单的表述，如"人类一定能战胜瘟疫""世界最后一定大同"。你现在明明是提出了一套理论，而且京剧表演体系也需要理论表述，为什么偏说是"理念"呢？此外，"三身"理论，这个符码已经很明晰很响亮，为什么缀上"定律"？而且，依我想来，定律应该多用在自然科学中，比如牛顿三大力学定律、阿基米德浮力定律等。在设定的前提下，定律是不容违反的，也是不需要再商榷的。当然，社会科学中，有时候也会使用定律一词，也是一旦宣布为定律，便不接受质疑。但是现在你创建的是京剧表演艺术的理论，你这个"三身"理论虽然自我圆满，却应该是欢迎批评，欢迎商榷，有待进一步完善的。你虽开风气之先，盘了一个灶，烹制京剧表演艺术理论，也应该允许有人跟进，另盘一灶，烹制出他的京剧表演艺术理论。尤其在审美问题上，应该持开放的、包容的态度。我建议他此书再版时，书名就叫《京剧艺术表演体系：三身理论》，从传播学的角度使这一学术成果的符码简约化，不更有利于口碑相传吗？我提出如此尖锐的批评，本以为李崇林会生气，没想到他回应我说，听到过一些对他这本书肯定的、捧场的话，但我对他的肯定也好、批评也好，都令他感到新鲜，有茅塞顿开、除霾现晴之感。他说如果不是疫情尚未解除，都还在自我隔离中，他早开车奔我家来拜访面谈了。不过，他很高兴有我这样一位老大哥，他用京剧老生念白宣布，我对他"打也打得，骂也骂得"。啊呀，他可是练过童子功，能扎靠耍刀的文武老生，我若真打他，他一反手，我岂不吃大亏了吗？

2020年3月3日于温榆斋

五

艺苑百态

人生的意义，于大多数人而言不是『轰』的一声雷响，而是蜜蜂般『嗡嗡』不息地采撷花蜜；人从暗寂的子宫中来，还要渡到暗寂的彼岸去，那中间的历程，惊心动魄的事未必多多，真多了也未必是福，而常态的日常生活，以其平淡枯燥磨砺着我们焦虑的灵魂。倘若我们能消除娇嗔暴戾，而终甘于平凡，把有限的生命融入能与真、善、美相连的事体中，那可能便是缔造了真福。

新凤霞：说戏

我对凤霞老师，很早就有印象。我的初中是在北京二十一中上的，那本是个教会学校，有两栋洋楼，后来成为公立学校。1953年我上初一的时候，国家拨款新建了一栋教学楼。竣工后，为慰劳建筑工人们，在学校对门的大院里，搭了个临时戏台，晚上演出评剧《刘巧儿》。未曾开演，台下已经挤得水泄不通。一些学生也去凑热闹，我是其中之一。戏开演后不久，许多学生欣赏不来，就跑开捉迷藏去了，我却一直坐在课椅上看到闭幕。那天出演刘巧儿的，就是新凤霞。回到家里我跟父母讲起，父亲就说建筑工人多是京津河北的，最喜欢的就是评剧，其次是河北梆子，京剧大概只有部分工友喜欢，安排这样的慰问演出是最合理的。母亲就问我究竟看不看得懂剧情。我坦白真是看得稀里糊涂，不过唱腔真好听。这不奇怪。我父母对子女一贯有戏曲方面的熏陶，打小就带子女进剧场听戏。在家里，常常是父亲操琴、兄姐开唱。京剧里的"一马离了西凉界""苏三离了洪洞县"之类，我早就耳熟能详，也能跟着哼出几句，但何尝懂得那剧情及唱词含义。父亲也曾带我到天桥小剧场看过评剧《三看御妹》，我更不知剧情所云，但某些优美的唱腔，却令我愉悦。那次看过《刘巧儿》以后，我又从"匣子"（收音机）里听到。便在家里写作业之余，竟不禁也"巧儿我自幼儿许配赵家，我和柱儿不认识怎能嫁他"地哼唱起来，还把过门伴奏也认真地模仿。对此，有的邻居感到讶怪，父母却十分淡定。

改革开放以后，一天吴祖光先生打来电话，邀我带爱人去他家做客。我激动，首先是因为祖光先生。爱人晓歌激动，却首先是能与凤霞师亲近。晓歌是评剧迷，而且特别钟情新派。她的一位同事原来就是评剧院的，自称曾在新凤霞的戏里跑过龙套，后来被剧团精减。这位马姓同事，带动起晓歌和一批女同事成为评剧迷。二十世纪六十年代上半期，新凤霞主演的新编剧目如《会计姑娘》《向阳商店》《金沙江畔》等，她们都扎堆买票去看，看完就哼唱其中的选段。那时每晚演出，剧场会把主要演员的便装照贴在前堂玻璃橱里，就有拉破玻璃偷走新凤霞和当红小生马泰照片的事情发生。她们一群听说，就互相打趣："是不是你偷的呀？"那时没有"粉丝"一词，但追星行为一样存在。

去吴祖光新凤霞家的路上，我提醒晓歌，可以主动跟凤霞师谈画画、写文章，千万不要谈戏，听说自从1975年偏瘫不能登台以后，她就绝少跟一般访客谈戏。到了他们家，见到早去的客人，一位著名作家，一位洋人。两口子对我们十分热情。凤霞师见晓歌有些拘束，就让晓歌坐她轮椅边，用她那尚能自如的右手，握住晓歌的左手，两个人竟絮絮地聊起家常来了。我则跟祖光先生讲起上高中时看北京人艺演出《风雪夜归人》的印象。

后来开饭，大家围坐，继续闲聊。那位洋人，吴先生开始介绍他时，我没听清叫什么。他中文口语很好，是位汉学家。席上凤霞师不断称他乃瑞，才知他的汉学研究把评剧也当作一个项目。乃瑞说，他个人认为，评剧剧目里"最评剧"的，当属《杨三姐告状》，因为它"最乡土"，"最鲜灵"，"最过瘾"。吴先生就笑，说乃瑞"最内行"。凤霞师来了精神，就聊起这出戏来，说她当年最喜欢演的就是杨三姐。有年春节下乡露天演出，场场火爆，飘起雪花，观众不散，台上台下，热气蒸腾。有个老太太，八十三岁了，他们村演完，还想看，就让孙子拿小推车推着，连去了另外三个村，一下看了四场！我也就想起来，上初三的时候爱到报亭买《新观察》杂志。有期封面是凤霞师扮演的杨三姐剧照，梳条大辫子，侧身扭过头来，美丽而倔强。晓歌就叹息，等她进剧场看评剧的时候，古装的，民国的，全停演了。席上那位著名作家就问吴先生凤霞师：你们大儿子吴钢，不是专拍戏曲演出照的吗？有没有拍张杨三姐？乃瑞代答，妈妈当红的时候还不会拍照，等喜欢拍戏曲照片的时候，妈妈已经不登台了。2000年我和晓歌游法国，旅居巴黎的吴钢曾开车从巴黎市区送我们去远郊的枫丹白露，此是后话。

那天回到家里，晓歌兴奋不已，说在凤霞师面前，终于喉咙痒，忍不住要聊戏。那几年新凤霞主演的电影《刘巧儿》《花为媒》重见天日，晓歌百看不厌，其中的唱段少不得咿呀唱来自娱，但总觉唱不顺畅，大胆求教，凤霞师竟蔼然可亲地加以点拨，比如告诉她"巧儿我自幼儿许配赵家"的唱段，连续多句都结束在"呀"上，这"呀"可有学问……还轻声示范了两句

新凤霞在《花为媒》
中饰演张五可

"呀"的处理，让她觉得如聆仙音。

新凤霞因偏瘫不得不告别舞台，那时还不到五十岁。1988年，评剧演员赵丽蓉五十八岁初登中央电视台春节联欢晚会表演小品。此后她八次在春晚露面，成为老少皆知的耀眼笑星，还在电视剧和电影中扮演角色。1991年她凭《过年》中的"母亲"一角获该年度东京国际电影节影后。有次饭局包间中的电视上正放赵丽蓉参演的小品，新凤霞忍不住感叹："她原来是傍我的呀！""傍"是陪衬的意思，我们会立即想到1963年拍成彩色电影的《花为媒》，新凤霞饰演的张五可是大主角，赵丽蓉饰演的阮妈是配戏的彩旦。新凤霞这句脱口而出的感叹，是对赵丽蓉晚年艺术地位升腾的艳羡祝贺，更是对自己中年就不得不息演的痛心疾首。好在新凤霞晚年在绘画和写作上的辛勤劳作结出了丰硕成果，也足够辉煌。

现在我知道那天一起到吴祖光新凤霞家做客的乃瑞，就是秦乃瑞。这当然是他的汉名，他真名John Derry Chinnery，是英国著名汉学家，曾任爱丁堡大学教授、中文系主任、苏格兰中国友好协会负责人，已于2010年去世，由他的儿子秦思源安葬在无锡陈氏墓园。原来秦乃瑞娶了陈小滢为妻，而陈小滢是中国现代文学史上著名作家陈西滢凌叔华的女儿。真是凑巧，就在我写这篇文章的时候，从网络上发现，北京新世纪出版社2016年9月刚刚出版了一本新书《中国乡村的莎士比亚：英国汉学家眼中的评剧》，正是秦乃瑞所撰，目前还只有英文版。我真盼能早日看到中译本，并且相信书中一定会有不少涉及新凤霞的内容。

2016年11月2日于温榆斋

谢晋：是谢静吗

电影界有"一片游"之说，指的是有人与电影仅有参与一部的缘分，比如《上甘岭》里女卫生员的扮演者刘玉茹，她在片子里唱了至今仍在流行的《我的祖国》（当然声音是郭兰英的），给观众留下了鲜明的印象，但自那以后她再没有在银幕上出现过，属于典型的"一片游"。我也曾"一片游"，游得惬意，游得过瘾。

1983年，当时我是北京市文联专业作家。忽然有一天电影局来人找到文联，说要借我去参加中国电影代表团，到法国去参加南特三大洲电影节。文联觉得奇怪，刘心武一个写小说的，怎么去参加电影节？那个时候文艺界人士出国，都要由组织指派，而且机会难得，一般都应轮流出国。我1979年和1981年已经两次参加中国作协派出的代表团，分别出访了罗马尼亚和日本。我怎么还出国，而且竟是参加中国电影代表团去法国？听到这个消息，连我自己也很惊讶。1982年，北京电影制片厂根据我的中篇小说《如意》，拍出一部彩色故事片，由黄健中导演，李仁堂、郑振瑶主演。我只不过是个原著者，虽然后来也参与编剧，

电影导演谢晋（1923—2008）

但最早写出剧本的是戴宗安女士。完成片的字幕上，编剧是我和戴联署。我自己也觉得应该派黄健中或者主演去。那时电影局局长是石方禹，他是个诗人，二十世纪五十年代他的长诗《和平的最强音》影响很大。电影局到文联的人士就解释，说南特三大洲电影节的举办主旨很好。当时欧洲的戛纳、威尼斯、柏林等电影节，都不怎么重视欧美以外的发展中国家的电影，所以他们要为亚洲、拉丁美洲、非洲的电影提供一个专门的平台，来展示其风采。这个主旨，我们应该支持。发起人是南特民间的两兄弟，后来得到市政府支持，1979年举办了第一届，1983年是第五届了。电影节的主席和副主席就是那两兄弟。他们来北京选片，看中了《如意》，决定在庆贺电影节五周年时，在那一届的开幕式上放映。后来我懂得，固然在电影节上获奖是殊荣，能安排在开幕式上放映，也是一种荣誉。而且，那两兄弟决定，那一届南特电影节就以中国为主宾国,其中一个最重要的安排,就是谢晋电影回顾展。他们向中方提出要借去谢晋的诸多代表作,在电影节期间每天放映,而且还要举办关于谢晋电影艺术的学术研讨会。那么,谢晋作为中国电影代表团团长顺理成章。代表团已有了导演,就不再安排别的导演了。演员呢,应该派一位女演员去,但郑振瑶刚参加完菲律宾马尼拉电影节,还得了奖,那么她就别去南特了,让在《如意》中给她配戏,演格格丫鬟秋芸的陶玉玲去。三人才成团,另一名派谁呢?是南特那两兄弟提出来,请这部电影的原著刘心武去。他们说看了片子,觉得这部电影原著提供的基础非常好。他们也想让电影节别开生面,不仅请导演,请演员,这届要请个作家去,而且刘也是编剧。石方禹就同意了。中国电影代表团就由团长谢晋、团员陶玉玲和刘心武以及一名法语翻译一行共四人组成。电影局上报文化部,部里已批复。听了这么一番说明,北京市文联就同意了我去法国。当然后来中国电影在柏林、威尼斯、戛纳等西方大电影节摘银夺金,也一再报名参加美国奥斯卡最佳外语片的竞争。中国俨然是电影强国,对南特电影节就不那么看重了,虽然南特电影节仍在继续举办。

我们先飞巴黎,在那儿住了一夜,就乘火车去往法国西北部布列塔尼半岛上的南特。当时那是一个典型的以西欧中产阶级为主的富裕城市,整个城市给人一种花式奶油水果蛋糕的甜腻感觉。主办方安排我们住进一个小巧而精致的酒店。开始没注意,后来翻译告诉我,那酒店的名字竟是殖民地,我很不乐意。但陪同我们活动的一位法国女士,是学中文的,中国普通话说得蛮流利。我跟她抱怨:"怎么让我们住在殖民地?"她笑着解释:"不过是一种幽默。我们法国绝大多数国民都是厌恶殖民制度的,都是支持原法国殖民地独立的,阿尔及利亚等等不都独立了吗?好比我们这里有一种最贵的香水,叫什么呀?毒药!对,就那么个牌子,不过是一种幽默。"我就跟她说:"我进入不了你们这种幽默!"中国历史上虽然没有完全沦为殖民地,但一度处于半封建半殖民地状态,我在新中国长大成人,对殖民地这个字眼反感,那位法国女士表示理解。但是酒店的服务是很到位的。每晚回到酒店,我们到柜台领房间钥匙时,柜台里的女士总是笑容满面,把很大一把铜钥匙递过来,还指指立在柜台上的一个录像带封套,意思是"今晚会在电视机里播放这部电影,欢迎欣赏",但我们已经看了一天的电影,哪里还有时间看那个?

在南特,我有幸看了亚洲、拉丁美洲、非洲的许多电影,也在谢晋电影回顾展中补了课,看了以前没顾得上看的他1955年执导的《水乡的春天》和1981年执导的《天云山传奇》。我也去谢晋电影艺术研讨会旁听发言的洋人所讲,团里的翻译基本上能同步将其意思告知谢晋和我们。我的总体印象是,没有什么人纠缠谢晋电影和政治变化的关系,他们主要是分析谢晋作为一个电影艺术家所展现的艺术才华和艺术个性。记得有个法国人在发言中盛赞谢晋在《舞台姐妹》开篇时长镜头的运用,说它真绝妙极了,摇移中先展示故事发生的自然环境——绿水青山,梯田农舍;再展示那一历史时期的社会景观———农田尽处现人烟,戴着竹笠的俗众在赶集,集市上的露天戏台上在唱戏;然后又从平移变成利用升降机形成的远观近看,一直移成近景:一个赌博摊档的赌徒们,剧中的戏班班主和尚阿鑫赌兴正浓,身后忽然骚动,有女子穿过人群逃跑,有手执绳索的男女在追捕她……发言者称,谢晋对长镜头的运用,堪与法国导演特吕弗1959年执导的《四百击》最后的那几分钟长镜头媲美。

在南特酒店,我和谢晋各住一室,没怎么聊天。后来主办方组织大家乘游轮游览,在船上我才跟谢晋有比较深入的交谈。我告诉他,我原来看电影,毫无专业眼光,看《舞台姐妹》时没有注意什么长镜头。谢晋说,其实改革开放以前,他也只看到过意大利新现实主义的片子,如《偷自行车的人》《罗马十一点钟》,对电影的蒙太奇还有些探究和实验。我就说蒙太奇的意思我大略懂得,就是电影艺术也就是剪辑的艺术,把一些镜头巧妙地接在一起,便形成了特别的叙事或抒情效果。比如,有三个镜头:一个人愁闷的特写,同一个人欣慰地微笑的特写,一棵大树的空镜头。一种剪接是先愁闷再大树再微笑,另一种则先微笑再大树再愁闷,含义便全然相反。谢晋说拍《水乡的春天》的时候就只是注意蒙太奇。拍《舞台姐妹》的时候,国门未开,他没有机会看到法国新浪潮电影,甚至都不知道法国有个特吕弗在1959年拍了部《四百击》,成为新浪潮电影的代表作。他也不清楚有个叫巴赞的电影理论家提出了挑战蒙太奇的,提倡长镜头的,叫作记录学派的新理念。但《舞台姐妹》开篇的长镜头拍摄,他却是自觉的,是想做一种大胆尝试,不靠后期剪接,而是一气呵成地通过一个镜头来完成环境、时代、故事主体戏班的综合交代。他说这是他第一次出国,当然也是第一次踏上新浪潮电影发源地的法国。他还没有看到《四百击》,不知道那最后令巴赞生发出一套理论的长镜头是怎么拍摄的。他说,长镜头的拍摄,你有了构思，还需要有技术上的支撑。他拍那开篇的长镜头，技术部门费老大劲了，要长长的滑轨，还需要升降机。那时候是胶片拍摄，进口的彩色胶片非常昂贵，浪费不起，因此需要摄影机的机位非常准确，推拉摇移必须浑然天成……他问翻译，《四百击》这片名什么意思？翻译说，它出自一句法国谚语：一个淘气顽皮的孩子要挨四百下打才能消除灾难、驱除恶魔，变成健康听话的儿童。特吕弗这部片子的主角正是个"问题少年"。

那年头巴黎飞北京一周只有两个航班，我们等候飞北京的航班，可以停留三天。在巴黎酒店，我和谢晋住一个套间，共享一个卫生间。我巴不得有机会在巴黎游览。可是我约谢晋同游，他却说好静不好动，只有两次跟我们一起应邀到法国友人和华侨家里做客。但面对无论是真诚的赞美还是客套的捧场，他都付之沉默和微笑。在酒店房间，我开他玩笑，说你名字里那个山西简称，该改成安静的静才是，他竟微笑颔首。他似乎总在喝酒，有国内带来的酒，也有巴黎华侨送的酒。我们那套间里总弥漫着酒香。为了让他能独享安静，我总不主动去他的房间。那一年谢晋已入花甲，他真正做到了耳顺。在北京，我听一些大体同龄的电影界人士说起谢晋，在表达尊敬之余，又难免啧有烦言，说谢晋是他们不以为然的"海派电影"的领军人物，形成一种"谢晋模式"；又说黄蜀芹根据王蒙同名小说拍出的《青春万岁》，步他后尘，令人遗憾云云。谢晋知道这些议论，却毫不生气。南特电影节为他特办回顾展，对他的艺术成就给予了极高评价，他也并不喜形于色，真是宠辱不惊。

在巴黎，我每天约陶玉玲同游。陶玉玲1957年在《柳堡的故事》里饰演的二妹子、1964年在《霓虹灯下的哨兵》里饰演的春妮，嵌入了几代人的观影记忆。我很高兴竟能与她相识，成为游伴。我们不会法语，我只会说简单的英语。法国人对英语是不感冒的，但那年头法国人难得见到中国游客。我用蹩脚的英语问路，他们倒也能客气地用同样蹩脚的英语回应，双方居然沟通成功。就这样，我和陶玉玲一起参观了埃菲尔铁塔、巴黎圣母院、卢浮宫。卢浮宫极大，藏品极丰，我就重点询问米洛的维纳斯在哪里？达·芬奇的《蒙娜丽莎》在哪里？依照人家的指点，我和陶玉玲一起都看到了。后来，我又问到了罗丹博物馆的去法，我们一起去看了罗丹雕塑的真品。我们还去了伤残军人荣誉院，里面有拿破仑墓。陶玉玲是个机灵人，我说谢晋可以叫成谢静，她则可以叫成陶灵。在南特，我们俩应邀去了墨西哥电影代表团住的酒店。他们就在酒店大堂里举行招待会，墨西哥来了个女明星。我和陶玉玲都觉得很像我们在二十世纪五十年代看过的一部墨西哥译制片《被遗弃的人》的主演，一度从墨西哥红到好莱坞的大明星陶乐赛·德里奥，想必是传承其衣钵的后起之秀。那女明星见开幕式上登过台的中国人来了，过来迎接，极为热情。我们语言不通，这可怎么是好？陶玉玲大方地与其用眼神与手势沟通，难道演员与演员之间会有一种超越口语的密码？她二人倒好像是他乡遇故知般，顿成闺密。那女演员招呼我们去吃食台上的墨西哥煎饼卷，亲自用餐巾纸拈了一个递给我，陶玉玲则及时递我一杯龙舌兰酒。噫，倒好像是一对姐妹在招待我这么个外方人！

临返京的前一天，我回到酒店。谢晋主动到我房间里来，并不问我和陶玉玲又逛了哪些地方，而是握着酒杯，兴奋地跟我说："心武老弟，我有个主意，说给你听听，你觉得如何？"我忙问他什么主意。他说："我想让北京人艺的童超演个军长，怎么样？"我吃了一惊，吓了一跳。童超？我从小就是北京人民艺术剧院的观众，几乎看遍了他们演出的剧目，童超扮演的别的角色我都没记住，只牢牢记得他在《茶馆》里演的庞太监，真是入木三分啊！但是庞太监，那是什么形象啊，三分像人，七分是鬼，阴阳怪气，腐朽不堪！解放军军长，找他演？原来谢晋在酒店房间里哪里只是喝酒，他腿不动，脑子一直在动。我知道，他的下一部戏是要把李存葆的小说《高山下的花环》搬上银幕，而且知道他特约了与电影缘分极深的作家李準编剧。我更知道他一贯重视演员的挑选，他要起用童超出演军长？我脱口而出："呀！你是想突出奇兵吧？"他满意地笑了："心武老弟你猜对啰，我看出来，童超有一种潜在的特质，就是老到而威严，谁说他只能演庞太监？我要把他的另一面展现在观众面前！"后来，电影拍成上映，童超戏份不多，却活生生是个军长的范儿。

很惭愧，除了《如意》，至今我再没有任何作品被拍成电影。但有此"一片游"，此生足矣！

2021年3月22日于温榆斋

郁风：聊画

我二十郎当岁的时候，每到周末，总爱到王府井去闲逛。我不是去逛百货大楼和东安市场，是对那条街上的书店特别感兴趣。当时的新华书店总店就在南口路东，国际书店总店就在北口路西，那是我转悠和停留最久的两大空间。那时候新华书店还在那条街开设了若干专题门店，比如少儿读物、音乐、美术、科普……都有自己的空间。有一天我去美术门店，那里面不但展售各种美术书籍，也兼售画纸画具。忽然我发现还有一幅小画标价出售，是郁风的作品。画面上是几株向日葵，铅笔淡彩，本也无奇。不寻常的是，那构图把向日葵作为主体后，却又以特殊的透视法，将向日葵后方的一处房角及带坡顶的院门画得小小的。这样一来，平凡的植物显得高大出彩，重要的人居倒成了渺小的陪衬。我顿时眼睛一亮。郁风小小的画作，对我有种启蒙作用，使我悟出，作画者可以通过自己的心理尺度，来表现所面对的描摹对象，达到特殊的审美愉悦。我注意到画旁标出的售价，一百二十元，相当于那时候我两个多月的工资。我也曾在琉璃厂

郁风与黄苗子伉俪情深

的荣宝斋见到过所展售的字画。跟那里的字画比，郁风这画算便宜的了。我就想，现在没钱买，过些时省吃俭用攒下的钱，加上给报纸副刊投稿成功，每篇能获得十元左右的稿费，一定能把这幅画拿下！但是等我攒够钱，再去时，早已"黄鹤一去不复返"，"此地空余黄鹤楼"了。

四十多岁的时候，我也算文艺界一分子了。有天法国驻华使馆文化参赞在绒线胡同的四川饭店请一些文艺界人士聚餐，我得到邀请去了，席位正好跟郁风挨着。我就把二十多年前攒钱想买她那幅画的事讲给她听了。她有些意外，相当高兴，不禁感叹："我的画还有你这么个知音！"我问："您大概都把那幅画忘记了吧？"她耸起一边眉毛说："哪能哩！我兴致来了才画，产量很少，画过的几乎每幅都记得！"她又告诉我："我爱画向日葵。我江南老家那边总有许多的向日葵，不仅有大片的向日葵田，路边宅旁也会有些向日葵。葵心丰满以后，真惹人爱。你注意到我构图的特点，总爱把平凡的树木花草画在前景，当作审美的主体，而房屋啦，石桥啦，牌坊啦，总在远景里显得小小的，是陪衬，也是点染。"我就告诉她我的理解："您是想把自然之美放在人类的生活背景上去表达，有些个奉劝俗众珍惜家门前小风景的意味吧。我还在一个美术杂志上看到过您一幅画，是把鸡冠花画在前景作为主体。"她点头说道："鸡冠花也是我之所爱！"

席面上毕竟还要兼顾与主方及其他客人的应酬，郁风和我一见如故，都感觉未谈畅快。席散后，她邀我去她家接着聊画，我欣然前往。

她把我带到团结湖一栋普通的居民楼里。我进入一个普通的单元，看到一间不小的书房。朴素的书橱并不整齐划一，有的似乎也没有玻璃护扇。书橱里各种书籍画册大都竖放，也不求尺寸划一，大小厚薄平装精装中文外文混合插放，书橱顶上到天花板也全是书。拐角一个敦实的可移动的踩梯，令我知道他们如何取放高处的东西。进入那个空间，我就感觉自己被一种高雅的文化气息包围。

虽然四围书籍的书脊会有色泽艳丽的，但正如一个具有各种颜色的陀螺旋转起来一样，呈现的总色调却是接近灰色的。郁风请我坐到沙发上，沙发的套布是米灰色的，与总体环境十分搭配。茶几和地板上散放着若干大大小小的书籍画册，有的翻开并以书签作为记号。

我那时候当然已经知道，在我出生的那个年代，也就是抗日战争的相持阶段，重庆有伙进步文化人常聚的空间，被戏称为"二流堂"。我的童年时代正是在重庆度过的。"二流堂"里的那所房屋，我后来见到描绘，墙壁不过是用竹子斜编在一起，然后糊上泥巴，再刷层白粉，属于简陋的建筑。我童年住过那样的房屋，见到的则更多。改革开放以后，我和当年"二流堂"的一些人士很快相熟，相处甚欢。比如吴祖光，他写的《风雪夜归人》那出戏，在我人生道路上有过他和我都意想不到的"戏剧效果"；再比如丁聪，他通读了我第一部长篇小说《钟鼓楼》原稿（当时没有电脑，完全手写），表示喜欢，画了七幅插图，还为第一版的书承担了装帧设计；又比如冯亦代，他的散文随笔集《龙套集》出版，点名要我给此书写书评，我就写了篇《池塘生春草》在《人民日报》副刊发表出来。但是也属于"二流堂"成员的黄苗子、郁风夫妇，在那天以前我并无接触。苗子那天没有跟郁风一起赴宴，我和郁风聊天时也没有提到苗子。

那天我就跟郁风聊画，郁风谈兴很浓。她告诉我，其实她算不上专业画家。她曾长期在中国美术馆工作，主要的工作内容是布展。她说实在喜欢那份工作，因为展出的画她总能先睹为快，从国外借展的世界名画，到国内的农民画，布展都能让她激动好一阵子。布展其实也是一种创作，属于行为艺术，里面有许多玄机。她自己的画作很少参展。她的画尺寸大都比较小，而且她画的油画和宣纸画也不多。她主要的爱好还是水彩，特别是素描基础上的淡彩画。她的画没有宏大叙事，画风景也很少取材奇山怪水。她说我的概括很好，她常画的是"家门前的风景"。她对中国书画市场以平尺为定价标准十分鄙夷，笑说是"刘姥姥的价值观"。她听说我喜欢画水彩写生，也尝试铅笔淡彩，鼓励我说："画出性情就好。"

她告诉我，她虽然也写生，但速写、素描的写生多只作为素材，回到家里再利用这些素材，糅进想象，画出成品。比如我曾看到过的那幅向日葵，就是那样创作出来的。我说我写生完了，画就不能再描补了，也曾回到家觉得不满意，补笔补色，最后总是弄巧成拙，甚至只好将画撕掉。她说遵从写生时的感受很好，无论田野写生，还是在家里画静物，画出你觉得是最后的一笔，事后即使你觉得有缺陷，也坚决不去描补，这个原则要坚守。但她又鼓励我还是应该利用积累的印象，尝试凭借想象作画，"把你的心象画出来"。

聊到兴浓处，她忽然顽皮地一笑，告诉我："其实我也画大尺寸的。虽然少，也有。"说着她站起身，到隔壁屋子，拿出一张大约一平方米见方的画来，并在地板上放平，让我看。那画的是德国的一座古堡。显然，她是利用访德的速写素描，回来糅进想象画成的。它不是向日葵那种构图，有些中国画的那种散点透视的味道。说实在的，这幅大画对我的冲击力有限，只觉得色彩的把握上总体趋灰，但雅致到极点。

我后来知道，郁风和苗子在北京有新居了，而且他们像候鸟一样，定期飞动在澳大利亚布里斯班和北京之间。

我最后一次见到郁风，是十五年前。在日坛的羲和雅居，我的文友李黎在那里大宴宾客，请到的都是珍稀文化老人。李黎出生一年后被养父母从上海带到台湾。她从台湾大学毕业后到美国留学，并在那里定居。她的青少年时代正值台湾地区全面封锁大陆文化资讯，但到美国以后，她发现图书馆里有丰富的中国现当代作家的作品。她如饥似渴地阅读后，萌生出"何不趁其仍健在当面求教"的意愿。大陆改革开放后，李黎是最早进入大陆的华裔美籍作家之一。她如愿以偿地拜见了茅盾、艾青，又陆续结交了众多的老文化人。那天在羲和雅居，我记得到场的除了郁风、黄苗子伉俪，还有黄宗江、阮若珊伉俪，丁聪、沈峻伉俪，王世襄、袁荃猷伉俪，以及吴祖光、杨宪益、范用等。那天已经八十五岁的郁风，穿一袭咖啡色衣裙，戴一串粗犷的黑色项链，头发不算稀薄，大概染过，很随意地披散脑后。人们都知道她已经动过多次大手术，但她谈笑风生，挥洒自如。李黎悄悄地对我说："看郁风，尽管从来不是美女，如今皱纹难掩，却是那么优雅！如此风度，是怎么养成的啊！"我在忆及那次雅集时，特别将提到的文化老人生卒年一一标出，风流云散，雅气长存！

2016年

李德伦：从忧郁中升华

我喜欢听交响乐，但我缺乏这方面的专业知识，更不具备一双"专业耳朵"。我的一位好朋友，他的职业离音乐甚远，然而他业余爱好音乐，就有一双听音乐的"专业耳朵"。比如在我家，我放CD盘，头几组音符一出，他便能娓娓道出：这是哪个乐团演奏，由谁指挥，这张盘的录音师是谁，在英国《企鹅唱片指南》上评上了几个星花……而另一乐队另一指挥所演绎的该曲，明暗对比处理其实更加精心，听来会更丰腴滋润，等等。他的指导总是使我受益匪浅。我常常根据他的建议去选购新的唱盘。不过一般来说，凡我已经有了的曲目，都不拟重复购买。我还没有比较着欣赏同一曲目的不同版本的道行，唯一刻意重复搜罗过不同版本的曲子是巴伯的《弦乐柔板》。巴伯1981年才谢世，这位在二十一世纪前卫艺术浪涛滚滚、代谢频仍的文化氛围中进行创作的美国作曲家，给我的印象是其乐风始终相当的古典。他的这首《弦乐柔板》其实算不得严格意义上的交响乐，原是他的《弦乐四重奏》中的慢板乐章。1936年他将此章改编为了管弦乐，

1938年它经托斯卡尼尼指挥演奏后立刻风靡一时。《弦乐柔板》全曲演奏下来不过九分多钟,但我每回静心咀嚼这首乐曲时总是忘记了时空,心中升腾着莫名的感悟。常常是,我听完了这张盘上的该曲,再接着听另一张盘上的,或同一张盘上的连听两三次。于我来说,巴伯的《弦乐柔板》真是沐灵的甘泉。

  这首《弦乐柔板》是缓慢、深沉而忧郁的。我常常陷于忧郁的情绪中。为什么忧郁?是因为不如意事常八九吗?是因为感受到个体生存的寂寞与孤独吗?是因为个体与他人之间通过碰撞、摩擦而达于沟通、理解、谅解、和谐的艰难吗?是悚然于世事的白云苍狗与人性的诡谲莫测吗?是人生苦短,而永恒难求吗?……要承认,乐曲确从心底牵出了丝丝缕缕、纠结缠绕的这类私心杂念;但其实最令人忧郁难解的,是忽然会意识到,生活的常态是平平淡淡;人生从急风暴雨的动荡岁月解脱出来以后,置身于衣食无忧的环境中,所遇到的最大难题往往并不是别的,而是如何克服平淡与枯燥。一位在设计院搞设计的年轻工程师告诉我,他每天的工作就是画工程设计图,以前在图板架子上用尺子和笔来画,现在改成用电脑画,他虽也会出现一时的新奇感和兴奋点,但总体而言是平淡、枯燥的。一位在我家附近的建筑工地上的抹灰工,也跟我说,他每天就是抹灰、抹灰……晚上回到工棚,打几把"拱猪",也就睡觉。一位商人朋友也跟我说,他早就对豪宴、卡拉OK、桑拿浴之类不能不"奉陪"的事情感到了无兴趣,但为谈生意计,又不能不一再地重复着这一套,欲罢不能。也许有的人从未感受到常态生活平淡、枯燥的一面,因而从未陷入过忧郁,但那样的人我还没有遇到过。我自己是常为人生的平淡与枯燥而忧郁的。怎样从这种忧郁中解脱？我以为听巴伯的《弦乐柔板》这类的曲子，边听边咀嚼人生的这苦涩况味，是一大妙法。当乐曲与心思融为一派澄明时，你便可以悟到，人生的功业，主要还不是靠狂恣的爆发而成就，其主体应是默默地耕耘与韧性地尝试，其中会有大容量的落寞枯燥，乃至数量非少的失误与弯路；人生的意义，于大多数人而言不是"轰"的一声雷响，而是蜜蜂般"嗡嗡"不息地采撷花蜜；人从暗寂的子宫中来，还要渡到暗寂的彼岸去，那中间的历程，惊心动魄的事未必多多，真多了也未必是福，而常态的日常生活，以其平淡枯燥磨砺着我们焦虑的灵魂。倘若我们能消除娇嗔暴戾，而终甘于平凡，把有限的生命融入能与真、善、美相连的事体中，那可能便是缔造了真福。

在中央音乐学院指挥系创建四十年暨杉杉中国指挥育才基金设立的交响音乐会上，演奏了五阕交响曲，分别由中央音乐学院指挥系历届系主任指挥，其中第三曲便是巴伯的《弦乐柔板》。李德伦走出来了，他没坐到别人为他准备的高脚凳上，也没拿指挥棒。这位年逾八十的老指挥家，用简洁的手势演绎了这首我心爱的乐曲。我觉得他的面色是忧郁的，而演奏者们也从容地宣泄着人类共通的忧郁情愫。我从三十多年前起，就常在北京的各个演奏场所欣赏李德伦大师的指挥，然而听他指挥这首曲子还是头一回。台上的指挥老了，台下如我这样的观众也已鬓发斑白。我想到了关于李德伦人生经历的种种报道，他是很轰轰烈烈过的，有过大落大起、大辱大荣、大悲大喜，然而终于归到平静、归到沉思、归到澄明……我看到他侧身大提琴一边，用肥厚的手掌向上强调，仿佛是嫌那部分乐师尚不能传达出众生忧郁的淳朴之美……短短的九分多钟里，我也许已回顾过自己迄今为止的一生……我感到自己的灵魂正从浓酽的忧郁中升华……

交响乐曲不仅是我书房中经常性的"生命背景"，也逐渐地融入了我的魂魄。现在，又是一个平淡的静夜，我又放送着以巴伯《弦乐柔板》打头的唱盘……我勉励自己，再埋头，勤耕耘，好好地走完这可能久久都是平淡无奇的人生之路。

2000年

沈鹏：随缘而吟意趣真

报纸副刊上时有今人的旧体诗词新作，遇到时我总不免默诵一通。我是最不通诗词格律的，这方面的学识最为欠缺。正因欠缺，所以恶补，补的主课是古典诗词，但也重视从今人新作中去领悟三昧。只是补来补去，自己仍在门外，不过偶然议论到过目的篇什联句，那感想倒被认为还有可资参考之处，实乃编辑推动下不揣冒昧，也就写下这样一点欣赏心得，供诗家读者破闷一哂。

我是《北京晚报》上《五色土》栏目的老作者，每晚披览该版已成习惯。近来沈鹏先生在《五色土》上的诗词新作，我也就顺便都诵读过。我与沈鹏先生素昧平生，但他的诗读多了，似乎也就结识了他，觉得他首先是个颇有情趣的人。如《获赠〈中国历代美学文库〉，亟翻读》吟道："雨后晴窗桐影疏，昼眠睡眼渐惺舒。夕阳犹可偷昏色，检索平生未读书。"后来我又读到他有"高卧今晨嫌不足，暂凭续梦到南柯"，"读书每责贪床晏，阅世未嫌闻道迟"等句，不免微笑。我无沈鹏先生诗才，却与他一样有昼眠习惯。他真怠懒得可以，但从他诗句却又知道，他是个既善享受细琐生活乐趣，又能闲中闻道的聪慧人物，这是令人羡慕的。

沈鹏先生以书法大家闻名于世，但作为时下大城市的居民，也很难真有闲云野鹤的栖息环境，少不得还要住在公寓楼中。纵然所居楼宇地点质量都很不错，却也难免人在家中坐、噪声刺心来，沈鹏先生随事而吟，成《楼内装修》一首："一锤响彻百锤敲，天降斯人地动摇。欲探本原何处出，难分上下柱自焦。电钻施展紧箍咒，斗室重围划地牢。言道民工多就业，住房易主喜新潮。"烟火气扑面而来，读来却令人耳顺莞尔；这首诗属对似并不怎么精妙，但结句有宽人容异之心，原本对邻居装修愤懑者，诵后可一笑泯訾怨，由此推及他事，更可释怀。

当然沈鹏先生也有不少题材重大的吟唱，如《纪念〈义勇军进行曲〉60周年》《迎澳门回归》《〈北京晚报〉1月26日报道全球生态灾难严重》等等，其中不乏激情警句，但我读他的诗读多了，就发现他完全没有预设的"题材意识"，基本上是随缘而吟。我以为这是很好的作诗为文的态度，拒硬讴，避作秀，即便诗意未臻茏葱，至少能给人春草如针的一派鲜碧快意。

沈鹏先生屐痕处处，国内参观，周游列国，不少诗作是旅途感怀或归来回思，其中多有清新禅悟之句："苔湿方知昨夜雨，频年难得听鹧鸪。"(《镇江·晨起》)"骚人指点命山名，山曰'吾存自在形'。不识洪荒初启日，凭谁自我作多情？"(《漓江》)"蓄泄顺天循自然，论功放眼千年后。"(《都江堰宝瓶口》)"为因失算塔倾斜，因有斜倾盛得名。世事难分诚若此，东坡琴指辨声情。"(《比萨斜塔》)虽然沈鹏先生随缘而吟有五绝、五律、七绝、七律、四言、长韵、填词等多种形式，但我觉得他最擅长且出彩的还是七绝和七律。

我喜欢沈鹏先生这样一些抒发亲情、感慨天道的句子："纸上音容即手温，凝情一瞬驻青春"，"真玉泥中存异质，老干枝上看鲜妍"，"冷暖炎凉身内外，四时返朴乐天真"，"滔滔洪水悠然过，思痛如何避后灾？"，"潮升潮落谁流运，云舒云卷我趁时"，"大德曰生生不息，与人为善善能安"……我对诗词格律始终学不通，但读别人写的旧体诗时倒还能多少体味到其中的声韵之美。四声平仄，按周汝昌先生点拨，"就是一阴一阳之道在汉语中的自然体现"。"中华诗的一大特点是'义组'与'声组'的可合可分的奇妙关系。"据此，我上面所引的沈鹏先生诗的最后两句，吟诵时就一定要把"义组"和"声组"区别开："大德曰生——生不息，与人为善——善能安。"但这两句以平仄论，是否对应得不够工整？我对入声（现在的汉语拼音方案中已取消此种发声）最拿不准，何字算入声？"逢入归仄"是否就对头？全不能判断。不过读诗实不必胶柱鼓瑟，只要觉得意趣真切，何妨击节欣赏。

沈鹏先生的诗有时冲淡飘逸，如《小避》："小避尘嚣静不哗，绿荫铺地净无瑕。此身疑入桃源梦，唯恐桃源梦有涯。"《友人赠石枕》："情多渐隐高唐梦，一枕黄粱俗务空。青石伴余青帐里，头颅自信比冰淞。"但读者不可据此将其视为"事不关己，高高挂起"之人。遇到不平之事，他也会拍案而起，如一首痛斥昏官的诗结句十分地"金刚怒目"："为官不识水能柔，一旦狂涛川决壅！"他又有寓言诗《泡沫》："模样生来亦可人，亦真亦幻亦成文。迷离闪烁霓虹妒，圆转轻松柳絮亲。风至飘摇遂直上，气逢盈缩失依存。目盲五色唯游戏，且乘风头不计根。"所讥刺的世相宵小，读者或可联系自身的人生体验，产生强烈共鸣。

古人有作诗"三不可"之说："诗不可强作，不可徒作，不可苟作。强作则无意，徒作则无益，苟作则无功。"古人又有"八句法"之说："平淡不涉于流俗；奇古不邻于怪僻；题咏不窘于物象；叙事不病于声律；比兴深者通物理；用事工者如己出；格见于成篇，浑然不可镌；气出于言外，浩然不可屈。"我观摩今人旧体诗作，遵循这"三""八"之训，也算迈过了"囫囵吞枣"的盲目阶段吧。沈鹏先生《自述杂诗》最后一首曰："不从笔诀求书意，还向心中取别裁。独接毛锥千载上，远绍情性自天来。"这是他针对自己主业书法艺术的宣言，也可视为他作诗为文的圭臬，这想法是与古人的"三不""八法"相通的。祝沈鹏先生诗思泉涌、佳作联翩！

乙酉元宵夜写于温榆斋中

孙维世：兰姑姑的戏票

在北京王府井附近的东安门大街路南，有一所至今仍保留着欧洲巴洛克建筑风格的剧场。它长期是中国儿童艺术剧院的专属剧场，但是在1950年中国儿童艺术剧院还没有成立，那里一度是老北京人民艺术剧院的演出场地。这里所说的老北京人艺，成立于1950年1月，是后来成为专演话剧的那个属于北京市的北京人民艺术剧院的前身。它成立于1952年。现在人们熟悉的北京人艺的专属剧场首都剧场，是1954年建造的。据我所知，它最早叫作北京人民艺术剧院的演出团体，属于华北局，是歌剧、话剧都演的，后来分流整合，才把北京人艺的称谓给了北京市，专演话剧。1950年夏天，我才八岁，跟随父母从重庆水路到达武汉，再乘火车抵达北京。从那以后，我就定居北京，直到今天。在北京的近七十年里，观剧是我生活中重要的精神活动，可谓把京城剧场十二栏杆拍遍，舞台沧桑尽收眼底。我到北京看的第一出戏，就是在东安门大街那个巴洛克风格的剧场里演出的。那是1950年底，父母带我到那里观看民族歌剧《王贵与

孙维世年轻时照片

李香香》。

记得那天到了剧场门口,把门检票的不让我进。父母告诉他们我已经上小学三年级了,懂事,能看戏,不会哭闹。可是,首先人家不信我已经八岁多,我那时身体发育滞后,小头巴脑;再者,人家认为我上三年级也是小孩子,而儿童是一律不让进场的。这可怎么办呢?父亲急中生智,就告诉他们,我们的票是赠票,是孙维世导演赠的票,并把那装票的信封拿给人家看。信封是中国青年艺术剧院的专用封,信皮上有我父亲的名字,右下角签着维世字样。这招还真管用,人家就让我跟随父母进去了。我那颗小小的心,由紧而松,欣喜莫名。那出歌剧《王贵与李香香》是根据李季的长诗改编的,导演并非孙维世,也并非中国青年艺术剧院的剧目,是以北京人民艺术剧院名义演出的。可能孙维世和编剧于村熟稔,所以有了较多的戏票,就分赠一些给亲友,我家也就得到了。我至今记得那歌剧里多次出现的合唱:

"一杆子红旗,半天价飘……"

从那次起,我就知道我们家有机会得到赠票,去看演出。赠票的人,父母让我叫作兰姑姑。兰姑姑我始终没见到过,但她的亲妹妹——父母让我叫粤姑姑的,多次来过我家。后来,我当然就知道:兰姑姑是孙维世,粤姑姑是孙新世。

我生也晚,对老一辈的事,只是听说。我爷爷刘云门在1932年就去世了。我在爷爷去世十年后才诞生。前些年,粤姑姑从美国回来,约在贵宾楼红墙咖啡厅见面,见到我就大声说:"心武,我们两家是世交啊!"坦率地说,我心里热络不起来,因为我爷爷跟他们父母的交往,虽然留有若干照片,却是我生命史之前的事情,缥缈如烟。概括地说,兰姑姑和粤姑姑——当然她们还有三位兄弟,其父亲孙炳文、母亲任锐1913年在北京结婚,我爷爷刘云门是证婚人。婚宴后他们在什刹海北岸会贤堂饭庄前的合影留存至今。1922年孙炳文和朱德赴德国前,在我爷爷家小住。1924年我爷爷到广州任中山大学教授,1925年我母亲遇到困难,被孙炳文、任锐接到其家居住。但他们很快也往广州参加孙中山领导的革命,就又安排我母亲到任锐的妹妹任载坤家暂住。任载坤是冯友兰的夫人,所以后来我进入文学圈后,把宗璞叫作大姐时遭母亲呵斥,说应叫璞姑姑才是。兰姑姑、粤姑姑都是宗璞表姐,她们是一辈的。这篇文章要说的是兰姑姑赠戏票,使我"近水楼台先得月",从小受到很好的话剧熏陶的事。关于孙家,关于兰姑姑本人那不到半百就陨落等事情,我没有什么特别的叙述权;但我要呼吁,对于孙维世,作为中国二十世纪杰出的话剧导演之一,她在这方面的成就,一般人还缺乏必要的认知。专业人士虽有过一些纪念性的文字和涉及其导演艺术的论述，其实也还很不充分。我要从自己当年观其所导演的话剧的亲历亲感来谈一谈。

中国青年艺术剧院成立后，孙维世导演的第一出戏是《保尔·柯察金》。这出戏的票也送我家了，但我哥哥姐姐去看了，我没看上。那时候我父亲先在海关总署工作，后在外贸部工作。兰姑姑送票，好像都是邮寄到父亲单位。父亲先带回家，到时候再去看。有次我又看见父亲下班回家，从衣兜里掏出一个信封，我就跳着脚喊"我要兰姑姑的票"，但是父亲冲我摆手，跟母亲说："这回不是票，是信，请我去她家吃便饭。"兰姑姑和粤姑姑都称我父亲为天演兄，称我母亲为刘三姐，或简称三姐。因为我母亲在娘家大排行第三。我后来知道，兰姑姑和著名演员——也就是演保尔的金山结婚了。他们的婚礼早举办过，她再个别邀请我父亲，应该是一种对世交的看重吧。那天父亲带回一瓶葡萄酒，说兰妹（他总这么称呼孙维世）告诉他，是周总理给她的。过些天家里来客了，父亲得意地开了那瓶酒共饮。再一次，父亲回家带回兰姑姑赠的戏票，笑着对我说："全给你！"我接过一看，是三张电影院的票。这怎么回事啊？原来，兰姑姑在舞台上排演出的儿童剧《小白兔》，由中央新闻纪录电影制片厂拍成了舞台艺术片。我约两位同学一起去了新街口电影院。那是正式公映前的招待场，我们好高兴！那电影虽然由中央新闻纪录电影制片厂拍摄，但不是对着话剧舞台的刻板记录，是在摄影棚里搭出了三维的全景，而且充分地运用了电影语言。推拉摇移、主客观镜头及空镜头的使用，娴熟流畅；大全景、全景、中近景、近景、特写、大特写的穿插,恰到好处;蒙太奇的剪接,浑然天成。《小白兔》是兰姑姑根据苏联作家米哈尔科夫原著改编导演的新中国第一部儿童话剧。剧情生动幽默,富有教育意义;场景美丽,赏心悦目。那时候儿童剧组还属于中国青年艺术剧院的一个分支,1956年分离出去便组建成中国儿童艺术剧院,后来它所排演的《巧媳妇》《马兰花》等,其实都是对《小白兔》风格的发扬光大。看完电影《小白兔》回到家,我就裹上父亲的睡衣,又用两条毛巾给自己弄出两只长耳朵,在屋里跳来跳去。我听见父亲对母亲说:"兰妹十五岁就在上海演电影,她对电影很熟稔的,拍起电影驾轻驭熟。"可惜后来兰姑姑没有再导演电影。

兰姑姑再一次赠票,是她导演的果戈理的名剧《钦差大臣》。我高兴地跟母亲去位于东单拐角的中国青年艺术剧院专用剧场观看。令我印象特别深刻的是,全剧演到最后,台上台下都在笑,忽然一个角色大声说:"笑什么?笑你们自己!"台上的所有角色就以不同的姿势僵在那里,台下的观众也都愣住了,这时幕落,观众热烈鼓掌。巧的是,我小哥刘心化,那时候考上了北京大学曹靖华任系主任的俄罗斯语言文学系,而粤姑姑从苏联留学回来,分配到北大俄语系任讲师,正好教我小哥。所以我在小哥的影响下,对俄罗斯和苏联的文学艺术也着迷。小哥告诉我,苏联大戏剧家斯坦尼斯拉夫斯基创建了影响世界现代戏剧极其深远的戏剧流派,即体验派,要求导演指导演员要从自我心中找到与角色相关的种子,去发芽长叶开花,进而体验到角色的内心活动,再外化为形体语言,塑造出有血有肉的艺术形象。兰姑姑呢,她1939年去苏联学戏剧。斯坦尼斯拉夫斯基1938年去世,其嫡传弟子列斯里血气方刚，兰姑姑成了列斯里的学生，因此可谓得斯氏体验派表演体系的真传。

对我影响至深的，还是兰姑姑导演的契诃夫名剧《万尼亚舅舅》。我也是拿着赠票，跟母亲一起在青艺剧场看的。我看时有感受，看完接连几天反刍时有感悟。随着岁月推移，我再回忆那次演出所给予我的心灵滋润与审美启蒙，就觉得那是一生难得遭逢的甘泉，可以啜饮至今。舞台画面具有充分的油画感，不是欧洲文艺复兴的那种情调，更不包含后来风靡欧美的现代派元素，而是俄罗斯十九世纪末二十世纪初巡回展览派画家的那种脱离宗教与贵族气的平民写实风格，与那一时期影响至大的美学家车尔尼雪夫斯基倡导的"生活就是美"的认知相通。剧里展现的万尼亚舅舅和其外甥女索尼娅所生活的外省农庄，以及恬静朴素的田园生活，本来富有情趣与诗意，却因其姐姐前夫和续弦妻子叶莲娜的到来，形成了庸俗的入侵。生活是美，但庸俗腐蚀了生活，也就使其不美。万尼亚舅舅原来对在彼得堡生活的姐夫心存崇拜，那时远远望去，以为他是个天才，结果近距离接触后却看穿他不仅是个庸才，而且是一个满足于不劳而获的庸俗卑琐的小人。全剧没有营造尖锐的戏剧冲突，人物之间的冲突都只在心理层面。而把心理冲突充分诠释出来，是很难的，这就全靠兰姑姑对演员的指导。而当时那一台演员，特别是金山饰演的万尼亚舅舅，得到了兰姑姑那斯氏表演体系的真传，丝丝入扣地把内心崩溃的过程表演得令观众信服。到后来，万尼亚舅舅突然从墙上取下原是作为装饰的手枪，朝那伪君子教授砰的一射，观众都会觉得"如果是我，也忍无可忍"，但是契诃夫并没有让卑鄙小人死去，只是让他灰溜溜带着新妻子返回了彼得堡。最后一幕，万尼亚舅舅终于还是忍受了命运，复归常态，而庄园的生活也就努力缝补破碎的裂隙，去延续固有的质朴之美。演出最后展示的是，万尼亚舅舅坐在书桌前算账，外甥女索尼娅蜷伏在他身边，把头倚在舅舅的膝盖上，道出最后一段向往美好未来的台词。幕布缓缓闭合，而布景窗外的俄罗斯三弦琴的韵律，仍穿透幕布淡淡氤氲，这是剧吗？分明是诗啊！兰姑姑执导的《万尼亚舅舅》，是斯氏表演体系在中国原汁原味的嫡传呈现，对新中国话剧艺术后来的发展起到非常重要的示范作用。金山后来把他在导演的启示下深入角色内心，找准贯穿动作与最高任务，分层次展示在观众面前的过程，细致地加以记录，写成一部著作《一个角色的创造》。它不仅在国内影响很大，在那时的东欧也引起瞩目，波兰就出了波兰文的译本。

  1956年夏天，兰姑姑离开了青艺，去了新组建的中央实验话剧院。剧院院长是老戏剧家欧阳予倩，兰姑姑任总导演。在新剧院，她仍不时给我父亲寄戏票。她根据剧作家岳野的剧本，导演了《同甘共苦》。虽然她离开了青艺，《同甘共苦》在青艺剧场演出了很多场。那时每当我路过东单路口附近的青艺剧场，都会看到剧场外竖立着很大的海报，它以老梅枝上红梅绽放为背景，剧名非常醒目。我很想看这出戏，因为这是兰姑姑以斯氏表演体系原则执导的一部本土化的多幕剧。但是父亲不让我去看，他跟母亲去看了。从看完戏的对谈里，我多少悟出父亲不让我看的缘由。后来我把岳野的剧本找来看了。这个戏的内容在当时来说确实有一定的敏感性，写的是一个新中国成立后已经升到相当高职务的干部。他参加革命前,父母包办婚姻,娶了一个乡下没文化的媳妇。他后来就离了婚,与革命队伍中有知识的红颜知己缔结良缘。这样的人物经历其实也算不得什么,但是剧作家却结撰出以下情节:那干部下乡指导工作,偏遇到已经成长为有觉悟、有能力的农村妇女干部的前妻,这令他意想不到,也令他赞叹不已。这样的情节倒也罢了。为了推动剧情朝尖锐化复杂化发展,剧本里又写到这位干部的母亲,一直由他前妻照顾赡养;而且前妻为了不让婆婆情绪遭到破坏,一直瞒着已经离婚的事实,以至这位干部下乡回到原籍指导工作,他母亲还以为他也是来跟媳妇团圆的!而且在这种误会的前提下,干部前妻与母亲,又偏偏因剧作家设置的不得不那样的原因,来到了干部在城里的家中!婆婆就觉得干部所娶的新妻是二房,你想那干部的红颜知己何等尴尬!这样组织戏剧冲突固然能在舞台上激发出火花,却难免在观众中引出争议。当然全剧以一双根都在农村,先结婚、后恋爱的老干部的恩爱与说教,传达出革命夫妻应当同甘共苦的积极主题,也算一出圆满的喜剧。据说看过演出以后,在周总理身边工作过,并且可以出入周总理中南海西花厅住所的张颖女士与兰姑姑还理论过一番。她年龄与兰姑姑相仿,年轻时也曾登台演出,后来在外交部工作过,又长期在中国戏剧家协会任领导,是懂戏的。在西花厅,她当着周总理的面,就《同甘共苦》这出戏跟兰姑姑呛起来了。张颖认为她不该把这个剧本搬上舞台,内容不健康。兰姑姑就怼她:表现生活和命运的复杂性怎么不健康?就你正确!周总理就劝她们双方都冷静下来,有话好好说。

兰姑姑和张颖都比我大二十岁还多,我是她们的晚辈。1986

年,我被任命为《人民文学》杂志常务副主编,张颖那时任中国剧协书记处书记,领导《戏剧报》。《戏剧报》名为报,其实也是一本杂志。两个杂志的编辑部都在北京东四八条一座旧楼里。有天杂志社工作人员往我家里打电话,说《戏剧报》新制作了一块标志牌,正让人安装到楼门外《人民文学》杂志标志牌的上面。他们认为很不合适,《人民文学》是1949年创刊的高规格杂志,《戏剧报》是1954年才创刊的,行政级别低,应该让他们把《戏剧报》的标志牌安装在《人民文学》下面,而且把张颖办公室电话号码告诉了我,敦促我马上给她打电话。我也就打了,张颖听了笑:"就为这么个事儿啊!"我们那时才算有了交往,后来这事妥善解决了。三十年前,张颖请我到她家,她先生是外交部原副部长、中国前驻美大使章文晋。他们设家宴招待英籍女作家韩素音,是让我去做陪客。可惜那天交谈不可能引到关于话剧《同甘共苦》上去,我真的很希望听到张颖对那出戏的高见。但她前几年已经仙去,成为永久的遗憾。回想当年父母观看了《同甘共苦》回家后的交谈,他们的大体意见是,革命动荡所引发的婚姻重组,他们见得多了,但是把这种事情搬上舞台,似乎会有副作用;特别是年青一代看了,没有什么好处,他们的见地与张颖相似。但不管怎么说,《同甘共苦》这出戏,是兰姑姑试图用斯氏表演体系来执导本土话剧的可贵尝试,建议戏剧界人士能充分地搜集相关资料,就其得失与借鉴意义理性地进行学术探讨。

后来我父亲调到外地的解放军外语学院任教,但每次寒暑假回京,他仍能得到兰姑姑赠票,我也就还能欣赏到她执导的一些作品，如意大利哥尔多尼的《一仆二主》。在那部戏里，我看出她已经在试图从斯氏表演体系的框架里突围。我们都知道，世界上有三大戏剧表演体系，斯氏的体验派固然影响极大，至今在戏剧舞台上还具有强悍的生命力，但是还有德国戏剧家布莱希特创建的表现派。斯氏的体验派让演员和观众都融入舞台上去，似乎共同经历一番忘我的审美旅途；而布氏的表现派却强调"间离效果"，演员在台上要自觉地跟角色剥离开来，不是融入角色而是掌控角色。观众呢，千万记住，您是在看戏，不必忘我，最好作壁上观——用现在网络语来说，就是您稳当"打酱油的""吃瓜群众"，看的就是个热闹，从围观中去获得感悟。另一大表演体系以中国京剧表演艺术大师梅兰芳为代表，就是大写意，一系列程式化的戏剧元素譬喻出大千世界的无穷存在，演员相互蹲起的舞姿象征着船在水浪中颠簸，四个一组举幡旗或持刀枪的龙套在舞台上跑动就代表了千军万马，一根带很多穗子的马鞭挥动着就表示骑马前行。丰富多彩的脸谱，不仅象征了角色的善恶忠奸，其中有的还成为特定人物的独有标志……1935年梅兰芳访苏，那时候斯氏和正好也在莫斯科的布氏都看了梅兰芳的演出。包括当时苏联戏剧界独树一帜的怪才梅耶荷德——此人可是苏联戏剧界的先锋派人士，还有当时在全世界享有盛名的电影泰斗爱森斯坦和普多夫金，也都在看完梅兰芳的演出后大为惊叹。特别是他们看到梅兰芳仅仅用双手的兰花指，就能表达出丰富的内心活动，外在的美与内在的秀令人陶醉。在叹为观止之余，他们便兴起了世界第三大表演体系写意派的命名。

到二十世纪五十年代末六十年代初，中苏分歧渐渐明朗化尖锐化，当时与苏联文化进行一定程度的切割势所难免。开始苏联作家里有一些坚持正确方向的，比如柯切托夫，特别是他1958年出版的长篇小说《叶尔绍夫兄弟》，揭露了后斯大林时代的社会弊端，抨击了修正主义倾向。于是这部小说被改编成话剧，兰姑姑自然而然成为最合适的导演。她也参与了剧本的改编，但后来一直没有公演，只在内部演出，而我家也就没有得到戏票，无从一睹。关于这部话剧的资料，应该趁参与编导演出的一些老人们还在，广泛收集并加以梳理分析，以探究中国话剧（也涵盖中国文艺其他方面）在发展过程中，与苏联文化从崇尚、照搬到纠结、切割，直至最后分道扬镳的历程，那是很有意义的。

最后一次得到兰姑姑戏票是1962年了，是看她执导的《黑奴恨》。1852年，美国女作家斯托夫人创作了长篇小说《汤姆叔叔的小屋》，描述黑人在奴隶制下的悲惨命运。1901年，林纾（林琴南）与通西文的人士合作，以文言文翻译了这部小说，将其命名为《黑奴吁天录》。1907年6月，欧阳予倩、曾孝谷、李叔同等组织的春柳社在日本首演了据之改编的五幕新剧。同年末，上海春阳社的王钟声等在上海演出此剧。注意，那时候清朝还没有结束啊！这些戏剧前辈真是文艺先锋，令我们当下的戏剧工作者和戏剧爱好者肃然起敬。虽然此前李叔同、曾孝谷等演出过《茶花女》，但剧本是直接从法文翻译过来，只演了一幕；而《黑奴吁天录》却是欧阳予倩根据原著改编的原创剧本，以五幕有头有尾地呈现。所以，戏剧史家都把1907年作为中国话剧正式诞生的年份，把《黑奴吁天录》视为中国现代话剧的鼻祖。到今天，这已经一百一十二年了。斯托夫人的小说主调其实是哀

1961年首演的《黑奴恨》

怨、感伤的，欧阳予倩编剧及春柳社、春阳社演出时，都把那个历史时期对现实黑暗的愤激融汇进去，所以强调"吁天"。到了1961年，欧阳予倩再次改写剧本，则又从寄希望于上苍赋予公平的调式，改成了强调黑奴对压迫者的"恨"，这在当时的大背景下是必然的，也是必要的。

  1961年欧阳予倩还健在，而且是实验话剧院院长。那时他是七十二岁的老人，兰姑姑比他晚生三十多年，当时才四十岁。她执导这样一位中国话剧创始人老前辈的剧作，又是在那样的时代情势下，感受到的压力一定不小。剧目承担的思想指向是清晰的，并无诠释的难度，难的是艺术上如何把握。再以导演《万尼亚舅舅》那样的路数处理这个剧，显然是不成了，必须大胆突破，创出一条新路来，使其在艺术上闪烁出新的光辉。幕启前，我对舞台的期待还停留在观赏《万尼亚舅舅》《一仆二主》的心态，但是开幕后就觉得风格一新，完全是不再拘泥于斯氏表演体系的崭新台风。2018年我从电视上看到中国国家话剧院（由中央实验话剧院和中国青年艺术剧院合并而成）的老演员田成仁的一段访谈。他谈五十七年前演出《黑奴恨》的一段经历。原来开排此剧，主角选的另一位也是颇资深的演员，其体型胖壮，也符合原小说描写，但导演怎么都觉得不对劲，就让其停下。那时候兰姑姑排戏，剧院里的人能去觑一眼的都要去觑一眼。田成仁也不例外，躲在一角观看，没想到一眼被兰姑姑见到，就点着名儿要他进入排演空间，演一段给其他演员看。田成仁说那天他害臊地逃避了，《黑奴恨》也就停排了。过了大约半个月，剧才又开排，剧院宣布角色分配，男一号黑奴汤姆——田成仁！可见停排的那些日子里，兰姑姑一直在寻求舞台上的新意，按说瘦高的田成仁并不符合原著里汤姆的模样，但是这次她不求形似，甚至也不要求纯粹从体验入手去寻找"种子""动机"，她大量吸收了布氏表现派的特点，在人物站姿、动态以及与其他角色的形体交错、配搭、互动上，追求一种激动人心的雕塑感。舞台美术设计也不再追求油画感，而是多以灯光的勾勒、移动、变幻来营造氛围，舞台面经常"留白"，有大写意的趣味，令观众用自己的想象去丰富眼睛所见。总体来说，我觉得兰姑姑执导的《黑奴恨》，在"表"（外在）与"演"（内心）之间，在写实与虚拟之间，在诗意与政论之间，经过反复而细致的雕琢——另一位演员石维坚回忆，排演中她要求演员每排一次都要比上次丰满——最后艰辛而勇敢地达到了平衡。为纪念中国话剧诞生一百周年，也是纪念《黑奴恨》上演四十六周年，北京上演了喻荣军编剧、陈薪伊担任总导演的《吁天》，是极富意义的历史回响。

1964年，兰姑姑深入当时的石油基地大庆，与那里的工人和家属同吃同住同劳动。1965年，她编写了话剧《初升的太阳》，由金山导演。1966年上半年话剧进京演出，轰动一时，好评如潮，那应该是她努力开创中国话剧新篇章的力作。但是自1963年起，她和我父母没有了联系，我也就再没有得到过兰姑姑的戏票。很后悔1966年上半年没有自费买票去看《初升的太阳》，现在已成绝响，徒留想象。

　　我希望人们对于兰姑姑，也就是孙维世，不要再去消费她的隐私，以及她那非正常死亡的悲剧，而是把她作为中国杰出的话剧导演，去正视她在中国戏剧史上的价值，从对她导演的剧目（据说一共有十六个）的资料搜集与研讨中获得推动中国话剧艺术继续发展的借镜与动力。

2019年5月11日于绿叶居

张权：谁在唱

一

那天我乘出租车穿过一条新拓宽的街道，路牌写着金宝街。金宝，真是一个历史时期有一定的街名，如今追金逐宝竟成了堂皇之事！那条街西口各雄踞着一个豪华酒店，北边是典型的现代派简约风格，南边则是仿佛直接从巴黎搬来的欧陆古典建筑，不能说是相映成趣，只让人感到有了金和宝，怎么搭配都没商量。

穿过金宝街，往南拐以后，我忽然想起，这条现在唤作银街的马路东边，原有一条胡同叫无量大人胡同，是我仙去的妻子吕晓歌童年居住过的地方。我就问司机：可知有这样一条胡同？他摇头。我就麻烦他找街边允许停车的地方暂停，下车帮我打听一下，如就在附近，那就弯进去观览一番。司机下车去打听，问了好几位都说没听见过。后来他遇上一位白髯飘飘的老大爷。听了他的问题，老大爷先是一声长叹，然后告诉他：无量大人胡同这名字早给改啦，改叫红星胡同三十年啦，可是现在红星胡同也拆得只剩一小截啦！一半多都并入这条马路，叫作金宝街啦！回到车上，司机向我汇报完便问我：是不是再拐进金宝街去观览一番呀？我发愣，好几秒钟后才说，算了，不必。

二

无量大人胡同这名字的来历，一说是朱元璋派手下干将吴亮潜进元兵把守的北京城时，曾在此处隐藏。他把城内军情刺探得十分详尽后，又潜回朱元璋帐下，使得攻城之战十分顺利。明朝建立后，为表彰吴亮军功，遂将当年他藏匿的胡同命名为吴亮大人胡同。到清朝，它则讹变为无量大人胡同。但另一说则称明朝此处有一大官为其母祈寿，建成一无量寿庵，胡同名出于此。不管怎么说，二十世纪五十年代初，这条胡同仍叫无量大人胡同。无量大人胡同15号是一所小巧的四合院，我妻吕晓歌上中学以前就住在那里面。

1951年，晓歌七岁，刚上小学。那年冬天，她放学回家，院子里忽然热闹起来。原来院里只住着她和父母一家人，从那天起住进了另一家人——是一大家子人啊！一对夫妻，男的高大英俊，女的娇小美丽，还有一位老太太，更有两个跟晓歌年龄相仿的女孩子。后来知道，一个女孩比晓歌大一岁，一个则小一岁。那天雪花飘飞，那家人安顿好了，先响起叮咚的钢琴声，接着就有人唱起歌来，那歌声好悦耳啊！晓歌以后回忆起来时，承认那穿越湿润的雪花和薄如蝉翼的窗纸的袅袅琴音歌声，于她是人生中最初的艺术熏陶。

谁在唱？

三

1956年，我十四岁，从初中升入高中。我那时住在钱粮胡同。钱粮胡同和无量大人胡同其实都在从北新桥到东单的那条贯通南北的大街，也就是如今被称作北京银街的左右。只不过钱粮胡同靠北段在其西侧，而无量大人胡同偏南段在其东侧。我那时候几乎每周都要进剧场看演出。北京人民艺术剧院专属的首都剧场离得近，走过去就行。那里的话剧我几乎每个剧目都先睹为快。那时候看京剧多半要到前门外的广和楼，需要坐有轨电车，距离相当远。而看歌剧，就需要到比广和楼更远的天桥剧场。但是为了艺术享受，再远也觉得愉快。记得那时候在长春工作的大表姐来北京出差，我搞到两张歌剧《茶花女》的票，请大表姐一起去看，她比我还要兴奋。

灯光暗下来了，乐池里先发出嗡嗡调琴弦的声音，后来静寂下来，看到了高举的指挥棒猛然一动，序曲响起……幕布掀开，好一派金碧辉煌的法国古典客厅布景，宾客如云的大场面啊，有多少穿大落地长裙、梳金发联垂的西洋古典美女在摇着大羽毛扇，又有多少穿笔挺燕尾服、鬓角长长的西洋绅士举着高脚酒杯……哇，唱响了《饮酒歌》，陶醉啊！……

在回我家的电车上，我得意地跟大表姐说："托人买票的时候，问得清清楚楚，今天的《茶花女》是张权来唱，果然好吧！"

那时候的说明书上，茶花女的扮演者会有好几个名字，而A角并非张权。许多买票的人总要问：我买的这场是不是张权来唱？

四

人生的剧本，究竟由谁编写？一幕幕地往下演，因为并不能偷看下一幕的内容，往往是置身此幕时，懵懵懂懂，全然不能预测到下一幕时自己会是怎样。

我小哥刘心化，1950年随父母来到北京时，已经念完高中。单纯到极点的他，觉得自己既然向往革命，那就应该去上华北革命大学，没想到入学后才恍然大悟，那并非清华、北大那样的正规大学。其学员，多是1949年以前已经上过大学或走上了社会的知识分子，其中很多是演艺人员或当过报刊出版社的编辑。他们到这所大学里来经过短期培训，再被分配到新政权下的文化单位任职。小哥比他那些同学往往要小十多岁。小哥和我家都好客。星期天，小哥常带些比他大很多的同学，从西苑到城里钱粮胡同我父母家，一起包饺子聊天。记得有回来了一位我觉得实在不能叫作姐姐、只能唤作阿姨的女士，小哥跟家里人介绍说："就叫她阿姚吧！"那阿姚也就爽朗地笑着说："这么叫最好！老少咸宜！"至今我还记得她的嗓音，是粗放而略显嘶哑的。

小哥同班的学员后来都分配得很好。比如吕恩分到北京人民艺术剧院，出演了《雷雨》中的繁漪，后来我们知道她是剧作家吴祖光先生的前妻。小哥说吕恩留给他的最深刻的印象，就是一次全班同学到颐和园东岸湖区游泳，吕恩在那种情况下，还用上海话跟另一女士说："咯个思想改造,是顶顶重要的咯!"多年后小哥跟我提及此事,还感叹:那时候他们华北革命大学的那些"旧知识分子"改造自己、以使自己成为"革命知识分子"的心劲,真是执着甚至狂热的,其诚挚无可怀疑。阿姚,名姚滢澄,分配到了《文艺报》当记者。"她后来嫁给了唐挚吧?"小哥的这一误记遭到了我严厉呵斥:"怎能乱点鸳鸯谱?她嫁的是唐因。唐因、唐挚是两个人!唐挚是唐达成,他的夫人叫马中行,是北京电影学校表演专业最早一届的!"

谁能想到,1988年以后,我和唐达成、唐因住进了北京安定门外东河沿的同一栋楼里,成为邻居,但那时阿姚早已不在人世了。

怎么会说到阿姚?她跟《茶花女》,跟张权有关系。性命交关啊!

五

1957年的时候,晓歌十三岁。她家的房客是莫家夫妇。男主人莫桂新,其妻张权。张权演《茶花女》,晓歌并没看过。她甚至不记得张权在家里唱过什么洋歌。反倒是,直到她嫁给我以后,她还清楚地记得,张权反复练唱的多是些中国民歌,像《半个月亮爬上来》《小河淌水》《蓝花花》……莫桂新偶尔也唱,他们也有不唱光弹钢琴的时候。给她记忆最深的,是一曲《牧童短笛》。以至1981年,我们从柳荫街小平房搬到劲松楼里单元房后,用那时连续挣到的稿费购置了一架二手钢琴。她没弹多久车

1956年中央歌剧舞剧院演出威尔第作曲的歌剧《茶花女》

尔尼练习曲,就照着谱子硬啃高难度的《牧童短笛》。几个月后,她竟然基本上拿了下来!她说,当她弹出《牧童短笛》的那些音符时,往往是心头百感交集,无数往事片段呈现,令她觉得"此曲不应天上有",实在是人间方能闻——这些音符,让人到头来憬悟到,最美的还是朴素生活、醇厚人情。

我曾问晓歌,你那时候觉不觉得张权很洋气?她说没觉得很洋气。晓歌坦承,当时她和我一样,内心深处是很希望知道些西洋事物的。她说那时候无量大人胡同里尽是些好四合院,还有些中西合璧、带两三层爬满常春藤小楼的院落。她家那个小院是比较小,也比较简单的。那时候梅兰芳一家也住在无量大人胡同里,还有若干名流也住在里面。她记得有一回得机会进入了一个大四合院,里面绿荫森森,曲径通幽,忽然花木掩映的堂屋里落地大座钟报时了。那具有特殊韵味的声音缓缓飘来,令她小小的心里充满了欢喜与憧憬……她说父母告诉她,那院里当时住着西洋人。她觉得那外表是中国式的院落里，氤氲出的是浓酽的洋味儿。后来那个院里的西洋人回西洋去了，她也就再无缘进入了。记忆里让晓歌想起张权是从美国回来的，只有一个细节，就是有一天张权从一个漂亮的铁听里取出糖果，分给她的两个女儿。她见到晓歌从门外走过，就叫住晓歌，走出屋，笑眯眯地往晓歌手里塞了两块糖果。那糖果确实很洋气。糖纸很漂亮，印着英文，晓歌拍平了，夹在书里，保存了很久。不过那糖的味道有些怪，后来才知道，那是薰衣草的气息。

张权一家成为晓歌家房客后的第三年，莫桂新和张权又生下了一个女儿。这位从美国归国的歌唱家的生活更增添了喜兴。晓歌记得有次她敲门进来交房费，穿着云南蜡染土布缝制的衣裳，跟晓歌母亲拉了一阵家常。她说起北京小吃，说豆汁还不能接受，但炒肝是最爱；只是那炒肝里虽然有几片猪肝，其实主料是猪肥肠，做法也并不是炒而是烩，可见老北京人好面子，凡事总往好了夸，她说着说着便呵呵地笑……

在张权小女儿三岁那年，"百花齐放，百家争鸣"的口号提出了。后来有关方面就提倡了一阵"大鸣大放"，说是可以给领导提意见，帮助整风。转眼到了1957年。是那一年的哪一天？在北京人民艺术剧院南边的一栋灰楼——当时是中国文联大楼，从里面走出来一位女士，正是我小哥口中的阿姚。她作为《文艺报》的记者，出发去采访张权。那一天中午，我是不是去北京人艺售票处买吴祖光编剧的《风雪夜归人》的戏票了呢？正在王府井小学上学的吕晓歌，是不是在教室里跟着音乐老师唱那首《让我们荡起双桨》呢？而《文艺报》编辑部里，作为编辑部主任的唐因是在二审谁的稿件呢？他的副手唐达成，是否正在为自己以唐挚的笔名写出了敢与周扬争鸣的《烦琐公式可以指导创作吗？》一文，而暗中得意？……

人生的剧本早已写好，就是不能事先偷看，以改换剧情。

六

姚滢澄对张权的采访，经她整理之后以张权署名方式发表，题目定为《关于我》。张权确实发了一些牢骚。当年我就读过那篇"鸣放"文章。嵌在记忆里的，是张权说起一次她公开演唱后，一位领导这样表达异议："像张权这样的美国妇女，若是站在人民的舞台上，简直是不能容许的。"这深深刺痛了张权的心。对于这种不给人立锥之地的蛮横指责，难道还不能发牢骚吗？

后来我知道，张权早在抗日战争时期，就在重庆演出过歌剧《秋子》。那时候周恩来作为共产党驻重庆办事处主任，很看重进步的文艺团体和相关人士。1949年新中国成立以后，周恩来作为总理，在文艺方面常常亲自过问，想起重庆时期所熟悉的那些文艺人才，有的还漂流在国外，就让有关部门通过各种渠道动员其回国，参与新中国的文艺建设。他真是心细，像话剧演员赵韫如，在抗战后嫁给了美国空军人士，去了美国，赵韫如在重庆剧坛并非一线红星，周恩来却也记得她。她被动员回国后，成为北京人民艺术剧院的骨干演员。周恩来也记得1947年赴美深造的张权，跟有关部门有关人士提到她，张权遂在1951年获音乐硕士学位后回到祖国。她的第一处住所，就租住在无量大人胡同15号吕晓歌父母家。

万没想到，《关于我》刊出后酿成弥天大祸。莫桂新、张权夫妇都被划成了"右派分子"。据说《关于我》这篇文章里很多成问题的话都是莫桂新道出的，再加上认为他有历史问题，因此，他被划为极右，送去劳动教养。他先在北京郊区，后被发配到黑龙江劳改农场。1958年夏天，莫桂新死在劳改农场，时年四十一岁。他的具体死因和死亡过程，当时跟他在一起的杜高有回忆文字，网上可以查到，这里不引。但1993年左右我跟吴祖光交往时，有一次他提起的细节跟杜高所述有些差异，构成另一版本，应予披露。吴祖光当年也在同一农场劳改，只是没有跟莫桂新编入一个小队。吴先生说，那时候每天劳动强度非常大，人会出很多汗，却并不充分供应饮水。一次干完重活排队归来，路上莫桂新实在渴得难耐，见路上的车辙里还有些雨后积水，就不管不顾地蹲下去用手掌掬起喝入肚中。回到宿舍他就开始腹中绞痛，后来就上吐下泻，发高烧不省人事，拉去急救时已经不中用，当夜就死掉了。吴先生跟我说起这事时表情和语气都很平静，也没加什么议论感叹。他们那一辈人经历的见到的多了。吴先生虽是编剧圣手，却深知冥冥中更有君临每一生命之上的存在，为我们每一个生命准备的剧本，其诡谲奥妙，是永远无法企及的。

因为采访了莫桂新、张权并炮制成了《关于我》一文，当然还有其他若干"放毒"行为，姚滢澄也被划为了"右派"。她夫君唐因更被认为罪孽深重——作为《文艺报》中层领导，为多少

"牛鬼蛇神"的恶攻言论开了绿灯啊！当然划右。两口子最后下放到东北。唐达成呢，别的都先甭说了，敢写文章跟领导文艺界反右斗争的周扬叫板，划右！后来他被下放到山西。马中行虽然没划右，但随他下放。她本是电影学校（后改学院）表演专业外形气质最佳的女生，其星途也就从此葬送。

张权被赶下了台，被安排去洗涤、补缀演出服装。

我问晓歌，可记得莫桂新和张权一家沉沦的景象？她说印象很模糊。只记得从那边房客住的屋里传来的不再是琴声歌声，而是拼命忍却又忍不住的哭声。丈夫劳改去了，上有一老，下有三小，张权自己工资待遇也降了级，但还按时来交房租。那两个大晓歌一岁和小晓歌一岁的莫姓姑娘，本来是晓歌跳猴皮筋的玩伴，那以后很少出屋了。后来张权一家搬走了。再后来，晓歌父母把无量大人胡同的院子以很低的价格卖掉了，搬到西北城东官房一处院落租屋居住了。

告别了无量大人胡同，晓歌也就告别了她的少女时期。而那以后，我从北京师范专科学校毕业后，被分配到北京十三中任教。我问分配我工作的教育局人士，十三中怎么个去法？他告诉我，坐十三路公共汽车，从起点站算第十三站下车，那一站叫作东官房。于是，我去十三中报到时，就会路过东官房南口的一个小院。那时候，我万没想到，那个小院里就住着我未来的妻子。（关于姚滢澄采访张权、被划"右派"、"文革"中遭迫害自杀，参考姚小平《不该被遗忘的音乐家莫桂新》一文，见山东画报出版社《老照片》第三十七辑，并刊于2008年10月14日《扬子晚报》。）

七

  1962年，我从《北京晚报》上看到一个很不起眼的演出广告：哈尔滨歌舞剧院张权独唱音乐会。这个张权应该就是六年前我和大表姐在天桥剧场看到的那位扮演《茶花女》女主角薇奥列塔的张权吧？我跑去买票，没有买到。她的独唱音乐会很低调地举行，但显然当年喜欢她的观众跟我一样，并没有忘记她，形成一票难求的局面。

  后来就到了1966年，发生了许多很难预测到的事情。在东北，唐因的妻子姚滢澄，本来就被其历史问题压得透不过气，又被指认为"现行反革命"，于是上吊自杀了。大约四十年后，她的女儿姚晓晴来到我家跟我约稿，我与她淡然相对。但我心里忍不住说，我是见过你母亲的啊。在钱粮胡同我家，小哥让我叫她阿姚，我没叫，因为不知道该叫成"阿姚姐姐"还是"阿姚阿姨"，但我一直记得阿姚那特殊的嗓音……其实1988年唐因就搬到了安定门那栋中国作协和中国文联合盖的宿舍楼里，他家住在二层，我住在十四层，但我们没有什么来往。只记得有一回在门口遇上，彼此打过招呼后，他说看了我的《私人照相簿》，发现那用文字和旧照片构成的文本里有关于罗衡和张邦珍的内容。他说这引起了他的一些回忆，"那时候罗衡总是女扮男装，非常有个性"……我到现在也并不清楚唐因是在他生命的哪个时段，在什么地方，根据上苍精心编写的剧本，跟罗衡和张邦珍那两位国民党女性，在同一幕中有过什么样的角色关系。她们应该都是他老师辈的人物吧。这两位女士1949年以后都在台湾地区继续她们的人生戏剧，也都在那里谢幕离世。

1978年，我从报纸上看到一条消息，张权回到北京，她的"右派"问题得到改正。我想她会回到当年排演《茶花女》的原单位，再跟男高音歌唱家李光羲配戏吧，说不定会再演一把《茶花女》，但没有那样的后续新闻出现。她没有回原单位，她后来加入了新成立的北京歌舞团，再后来到中国音乐学院任教。估计她也不会再去由无量大人胡同改称的红星胡同里徜徉。她应该是尽量远离伤心地，去融入改革开放后的新剧情。

我在1980年成为北京市文联的专业作家。大约在1982年，我跟两位写作上的熟人，路过沙滩，顺便进到中国作家协会暂时安身的简易房里。我遇到了二唐，即唐因和唐达成，他们当时正奉命联袂完成了批《苦恋》的大块文章，是"春风得意马蹄疾"的意态，真是所谓"咸鱼翻身"。他们不但"右派"问题获得改正，而且跟张权的选择不同，他们不是远离昔日伤心地，而是偏要"在哪里跌倒在哪里爬起"。并且他们不仅是爬起来，更挺直腰杆再上层楼了——他们不仅回到《文艺报》，先获得了原有的位置，再进一步获得擢升。那几年动静很大的电影《苦恋》事件，不要说如今的"80后""90后"多半茫然无知，就是"60后""70后"的许多生命现在也多半淡忘。根据白桦剧本、由彭宁执导的电影《苦恋》被某些非一般人士认为问题很大，闹出风波，以至不得不由高层决策，责令中国作家协会的《文艺报》撰写一篇"使争论各方都能满意的批评文章"。这重任最后就落在了二唐身上，而他们也就居然不负期望，改了不知多少稿，终于定稿隆重地在《人民日报》和《文艺报》同时刊出。这应该是他们作为官方评论家的事业顶峰。记得那天二唐谈锋都很健,唐达成说:"整个文章的写作、修改和刊发过程,就构成了非常精彩的一部长篇小说!"

二唐二唐,是一是二?合二为一?难怪连我小哥也把唐因唐挚混为一谈。唐因比唐达成即唐挚大三岁,唐达成自己跟我说过:"我是一直把唐因视为兄长的啊。"

但是命运的剧本编写得出人意料,却又自有逻辑。

1985年末到1986年初,中国作家协会召开第四次代表大会,领导机构大改组。唐达成一下子被任命为中国作家协会党组书记,即货真价实的一把手,享受正部级待遇啊,而且马上成为全国人民代表大会的代表,并且是人大法制委员会委员。记得有回他见到我笑呵呵地说:"要打官司来找我啊。"搬进安定门那栋新楼,他住十二层,是四室一厅再加一个相连接的独单元。

从来二唐联袂,都是唐因、唐达成(或唐挚)的排序。好比一起储蓄政治资本,唐因所占份额似乎还要大些,但最后提款时连本带利全被唐达成一人独占。四次作代会一开完,只见唐达成飞黄腾达,唐因呢?据说是年纪大了(他刚好过六十),不好安排。二唐没有联袂升腾,唐因最后只被安排为作协下属的鲁迅文学院的负责人。你想他该是怎样的心情?

唐因也住进了同一栋楼,住房面积比唐达成差多了。说实在的,我对二唐的情断谊绝最真实的原因至今不明,这里所说的应属以小人之心度君子之腹。后来我也曾当面问过唐达成:当年情如手足,何以如今闹成这样?唐达成没有正面回答,只说他们最后一次谈话,是他从十二层下到二层去拜访唐因,唐因先是不让他进门，后来勉强让他进去，说了非常刻薄的话，最后等于把他轰了出来，并且声色俱厉地说：你以后再不要在我跟前露面！说完进屋，把门砰地关拢。"我站在他门外，心如刀割！"唐达成跟我说到这里，不愿再置一词。

三年后，唐达成被清查挨处分下台，我也被免去了《人民文学》杂志主编的职务。我们本来很少来往，都赋闲后我偶尔下两层楼去他那里聊聊。有次去了他说夜里做了噩梦，是被往一辆大卡车上赶。"哎呀，怎么又要下放呀？"他说梦里就喊出声来。

再后来唐达成查出了肺癌，先手术，再化疗，再放疗，然后是人生最后的谢幕。据说唐达成下台时，唐因说过很快意的话。但唐因也终于谢幕，并且比唐达成早两年。安定门那栋楼里有的人没活到七十，不少活过七十的没达到八十，活过八十的没达到九十，近些年几乎年年甚至季季有人去世，几乎每层楼都有剧终而去的角色。挨整的固然多有逝者，整人的也未必长寿。1993年，我又从报纸上看到一条不怎么起眼的消息，张权去世，享年七十四岁。

唐达成遗孀马中行有次见到我说，她很后悔——他们反右运动落难后下放山西时，唐达成因苦闷，大抽劣质纸烟，她不但没有劝阻，还跟他比着对抽，因为那似乎是消除郁闷的最有效方式。她认为唐达成肺癌的祸根，就是那时候酿成的。我听了觉得未必，但无须跟她讨论。她想跟我那么说，说了，我听了，她心里也许就宽松一点吧。有回她从街上回楼，走到大铁门那里，觉得很憋屈，就站住了。恰巧晓歌也从街上回来，见她站在那里，也就站在那里。两个人没有说什么话，但事后马中行跟别的人说，她非常感激晓歌，因为能那样陪她站着，是赛过万千话语的。

后来马中行在家里因心肌梗死仙去。她曾跟我说过，她唯一一次拍电影，是在伊文思的一部纪录片里，扮演一个回娘家的农村新娘。其中有一个长镜头，表现她骑驴在很高的花丛里趑行，放映出来那画面美极了，更美的是拍摄时的那个时空，那种心灵感受……我就问她，纪录片应该讲究真实，为什么要摆拍呢？为什么要拿演员扮村妇呢？她想了想说，那是伊文思的一种风格吧。其实，回想人生，几分是真？几分是假？在与他人同场共演的人生戏剧里，作为一个角色，我们"摆拍"得难道还少吗？反正，一幕幕，流过去的，就么流过去了……

是呀，一幕幕的，全流过去了，现在连晓歌也仙去了。

只觉得有歌声，来自幽深处，令我的灵魂莫可名状地陷于深深的惆怅……

谁在唱？

八

我为自己的一篇小说《谁在喊》，用彩色油性笔画过一幅插图。注意，那篇小说是《谁在喊》而非《谁在唱》。那篇小说试图揭示一个生命在自我身份认同上陷于困境时，应该勇于面对现实，并且寻求一个恰切的人生定位。从无量大人胡同引出的种种回忆及思绪，使我觉得这幅《谁在喊》其实也可以改题《谁在唱》。张权和莫桂新都信仰基督。他们在教堂里举行的婚礼。

1993年6月16日，在北京西什库天主教北堂，为他们夫妇举行了隆重的追思弥撒。我画的这幅画，那生命是在喊还是哭？是在歌还是呼？可做多种理解，而那背景，恰是一座基督教的教堂，用来配合这篇以回忆张权为主的文章，似也对榫。

  逝者的歌哭固然令人怀想，我们仍在人生剧本的演出中走向下一幕并迎向剧终幕落的角色，是否也该聆听自我心音，为自己的错失忏悔，为自己的甘苦而悲欣交集呢？

  我们确实无法偷看人生剧本的下一页，但我们可以尽量演好这活剧中的眼下这一场。把玩自己画出的这幅画，灵魂的声带似已在振动……

2009年7月21日于绿叶居

叶子：细雨中的荧光

窗外霏霏细雨，槐树上的叶子闪着荧光，令我心里舒畅清爽。我不由得想起来，曾有一位演员叶子，给予过我许多的审美愉悦。

叶子是北京人民艺术剧院参与建院的老演员，原名叶仲寅，叶子是艺名。她生于1911年，我观看她演出时，她已经是四五十岁的人了。最近她还在电视的"怀旧剧场"里重温她主演的电影《龙须沟》。《龙须沟》先是演的话剧，后来拍的电影。当年我没看过话剧演出，据看过的哥哥告诉我，虽然电影改编拍摄得不错，充分地冲破了舞台模式，长镜头的运用、蒙太奇的手法都堪称出色，但没有使用原舞台演出的全部演员，没有从北京电影制片厂请来于蓝、从上海电影制片厂请来张伐等加盟。就北京味儿来说，似乎有些个"跳色"，不那么浑然一体了。他感叹："别的角色外请，都还不要紧，关键是程疯子、丁四嫂这两个角色，非于是之、叶子不可，这两根大梁立住，整部戏就撑起来了！"叶子所饰演的丁四嫂，给观众的感觉，不是演员演出来的，简直就是老北京的杂院妇女活跳到了舞台上银幕里。据说为了传神，叶子故意把自己的嗓音弄哑。那时候像她那样的演员倾全力地塑造人物，绝不去顾及自己戏外的颜值和音韵是否招人喜欢，观众认可、喜欢他们塑造的艺术形象，才是他们最大最高的愿望。

  我在少年、青年时代是北京人艺的忠实观众，几乎把剧院公演的每一出戏都看了，从成为经典的到演过就算的，全跑去看。叶子在《日出》里饰演三等妓院的妓女翠喜，在《北京人》里饰演破落世家的掌家媳妇曾思懿，给我留下的印象都极深。我那时候是一个认真的文艺青年。看经典名剧之前，我会先找来剧本，细读细品以后，再进剧场观剧。《日出》的剧本于我还比较容易消化。陈白露是交际花，属于高等妓女；翠喜呢，是破窑子里的三等妓女。这两个高低有别的妓女，在剧本里基本上都被赋予正面内涵。那时候我就发现，中外作家对于妓女多是同情、怜悯的态度。那时候演出的话剧《桃花扇》，里面丧失良知、节操扫地的反面角色是官员、书生，一群妓女全是深明大义的正面角色。中国歌剧舞剧院演出的歌剧《茶花女》中，主角玛格丽特被塑造成一个忠于爱情的圣女。那时候上语文课学白居易的《琵琶行》，老师也让我们与白居易一起同情那个历经沧桑的琵琶女。在北京人艺《日出》的演出里，叶子以沧桑的语音和泼辣的肢体动作，把一个身份下贱、心有金光的女性演绎得活灵活现。当落入虎口的小东西跟她说："我……我实在过不去了。"翠喜回应她："这叫什么话，有什么过不去的。太阳今儿个西边落了，明儿个东边还是出来。没出息的人才嚷嚷过不去呢。妈的，（叹气）人是贱骨头，什么苦都怕挨，到了还是得过，你能说一天不过么？"读剧本时，我对翠喜的这种"活命哲学"很不以为然，一个被侮辱被损害的生命，应该要么奋起反抗，要么宁为玉碎、不为瓦全。但是面对舞台，当叶子道出这段台词时，她那种独特的沉痛化、控诉化处理，一下子让我心痛之余，又生出对卑微生命坚韧存活的理解与悲悯。后来我看过的别的演员饰演的翠喜在道出这段台词时，都不能令我满意。

《北京人》这个剧本我难以消化。其中曾思懿这个角色，曹禺的提示是：曾思懿——曾皓的长媳，三十八九岁。自命知书达理，精明干练，整天满脸堆着笑容，心里却藏着刀，虚伪，自私，多话，从来不知自省。平素以为自己既慷慨又大方，而周围的人都是谋害她的狼鼠。嘴头上总嚷着"谦忍为怀"，而心中无时不在打算占人的便宜，处处思量着"不能栽了跟头"。一向是猜忌多疑，言辞间尽显矫揉造作，总之，她自认是聪明人、能干人、厉害人、有抱负的人。剧作家本意是把她当作一个负面形象来创造的。但北京人艺排出的《北京人》，叶子塑造的曾思懿，在剧本规定的框架里却大大丰富了这个角色的厚度与深度。叶子在扮相上一反丁四嫂与翠喜的邋遢恶俗，一袭端庄的旗袍，光洁的发髻，腰身笔挺，嗓音不再嘶哑，而是地道的北京儿化音韵，字正腔圆。这令观众感觉到，这位家庭主妇，每天面对着昏聩的公公、颓废的丈夫、啃老的儿子、哀怨的儿媳、无能的小姑及其丈夫、奇怪的房客……更有与她丈夫关系暧昧的寄居亲戚愫芳，疲于应付，心力交瘁。虽然其人性的阴暗面令人不齿，却也实实在在有值得理解同情的一面。记得那时候在《文艺报》上有关于《北京人》演出的对话，参与对话的有名导演孙维世。她就指出,大意是,曾思懿这个角色,演员不必从剧本提示的那些概念出发去演绎,要让自己置身在曾家那发霉的环境中,设身处地去体验角色的内心,很自然地在剧情的流动中,展示出她的生存困境。这样,剧作家所宣称的"我有一种愿望,人应当像人一样活着,不能像当时许多人一样活着,必须在黑暗中找出一条路子来",才得以浸透到观众的意识中。

  1960年北京人艺把契诃夫的《三姊妹》搬上了舞台。那之前我阅读了契诃夫多个剧本,非常钟情于《三姊妹》。我读《三姊妹》剧本时还在页边上随手写了不少批注。《三姊妹》的演出我当然要看。谁来饰演三个姊妹呢?赵韫如饰演二姐玛霞,谢延宁饰演小妹伊莉娜,我觉得都很得宜。我对赵、谢二位在此前舞台上的"青衣""花旦"类角色都很熟悉,而且她们演也容易洋气,但是发现饰演大姐奥尔迦的居然是叶子,却不免有些吃惊。那时候叶子已年近五十,而且我总觉得她的形象气质与西洋女子差距非小。剧本中的奥尔迦至多不过三十多岁,文雅温柔,叶子扮演的奥尔迦出现在舞台,不说别的观众,我这个人艺的老戏迷,能接受吗?大幕开启,一下子三姊妹全呈现了,奥尔迦穿着女子中学教员的蓝色制服,有时候站着,有时候走来走去,一直在改学生的练习簿;玛霞穿着黑色连衣裙,把帽子放在膝头上,正坐着看书;伊莉娜穿着白色连衣裙,站在那儿沉思。头一段台词由奥尔迦道出:"我们的父亲去世整整一年了,恰巧就是今天,五月五日,也就是你的命名日,伊莉娜。那天很冷,下着雪。当时我觉得我活不下去了,你呢,躺在那儿晕了过去,像个死人一样。可是现在过去一年,我们回想这件事就不觉得那么难受了,你已经穿上白色的衣裙,而且容光焕发了。"一点没有丁四嫂、翠喜、曾思懿的影子,声调也完全没有北京味儿,活脱脱一个遥远年代遥远地域的俄罗斯女子,在那里与她的两个妹妹说知心话。戏一段段演下去,我忘记了叶子,接受了契诃夫笔下的奥尔迦。契诃夫所有小说、剧本贯穿着一个母题,就是反庸俗。《三姊妹》剧本里有几句奥尔迦与其嫂子娜达霞的对白:

奥尔迦:(低声,惊讶)您系一根绿色腰带!亲爱的,这可不好!

娜达霞:莫非这有什么不吉利吗?

奥尔迦:不是的,只是不相配……有点怪……

娜达霞:(带哭音)是吗?不过这不是绿色的,是暗色的。

读剧本时,我忽略了,没在意。舞台上,叶子饰演的奥尔迦和朱琳饰演的娜达霞却非常精彩地演绎出来,令我一下子想起契诃夫的名言:"人的一切都应该是美丽的:心灵,思想,面貌,衣裳。"奥尔迦是从审美的高度发现嫂子娜达霞的衣带不对头,一定的服装要配与之和谐的腰带,颜色的搭配尤其应当达到悦目雅气。娜达霞虽然富足,衣衫价值不菲,却始终停留在庸俗的层面。对于大姑子的提醒,她本能地从是否吉利上头去考虑,俗不可耐。全剧最后,三姊妹那"到莫斯科去"的愿望依然茫然无果,她们紧靠在一起。小妹伊莉娜依偎在大姐奥尔迦胸前,奥尔迦道出心声:"时间会过去,我们也会永远消失,我们会被人忘掉,我们的脸,我们的声音,我们这些人,会统统被忘掉,可是我们的痛苦会变成在我们以后生活的那些人的欢乐,幸福和和平会降临这个世界,人们会用好话提起现在生活着的人,并且感谢他们。啊,亲爱的妹妹们,我们的生活还没有结束。我们会生活下去!军乐奏得这么欢乐、这么畅快,仿佛再过一忽儿我们就会知道我们活着是为了什么,我们痛苦是为了什么……要是能够知道就好了,要是能够知道就好了!"叶子把这些富有哲理的诗化句子表述得非常从容、非常自然。闭幕后,观众觉得余音绕梁,不免在心中细细回味。

  我没有想到,作为叶子的一个观众,在改革开放以后竟与她有了一次合作的机会。1984年我发表了长篇小说《钟鼓楼》,翌年获得第二届茅盾文学奖。1986年北京电视艺术中心就将其改编拍摄成八集电视连续剧,那时候电视连续剧拍上八集就算是巨制了。导演鲁晓威来告诉我,他们邀请叶子出演海奶奶一角,开头叶子没有答应,因为她在1965年就因病告别舞台了。1986年她已经七十五岁,身体一直不好,谢绝了许多演出邀请,但是看过剧本以后,她说:"那好吧,我也来个三栖!"所谓"三栖",就是除了演舞台剧,还演电影,演电视剧。叶子早年参演过电影《大团圆》《悬崖之恋》,1959年又出演过彩色儿童故事片《朝霞》,早已"两栖"了,但那时候电视剧才起步不久,"三栖"的演员还不多。叶子进了剧组,导演尽量把有她戏份的场景集中拍摄。初剪后导演就让我看相关的片段。说实在的,叶子所演绎的海奶奶,与我这小说中所写的那个老太婆,已经不大一样了。她根据自己的生活经验与演艺修养,为这个角色增添了许多的喜剧色彩。特别是她与饰演詹丽颖的澹台仁慧演对手戏时，有不少精彩的即兴发挥；而年过半百的澹台仁慧也是老戏骨，随即呼应，十分生动，为这部戏增添了光彩。这部电视连续剧在第三届巴西里约热内卢国际影视节获评委特别奖，据说是中国电视剧第一次获得国际奖项，叶子的参演不用说也是亮点之一。

叶子长寿，她2012年辞世，活过一百零一岁。窗外细雨中的叶子啊，你闪闪发光，象征着那深邃而永恒的演艺之灵。

2018年5月19日于温榆斋

董行佶：关于米黄色的回忆

改革开放以前，西方记者报道中国时有"蓝蚂蚁"之说，觉得到了中国，满眼不分城乡男女老幼，大多身着颜色样式划一的蓝灰色服装。其实，情况也不尽如此。起码在北京，在二十世纪七十年代初期，有些青年男女就敢于突破划一，试图让自己穿戴得漂亮一些。那时候出现了"狂不狂，看米黄；匪不匪，看裤腿"的俚语，被我捕捉到。所谓"狂""匪"，并无多少政治含义，意思是在穿着打扮上"特立独行""敢为人先"。米黄色，突破了蓝灰划一；笔挺的裤线，昭示着个人审美尊严。粉碎"四人帮"后的1978年春天，我从那俚语获得灵感，加之也有生活原型，写出了短篇小说《穿米黄色大衣的青年》，通过一位青年工人对一件米黄色大衣的态度转变，表达出装扮自己固然不错，但更应投身现代化，去装扮亲爱的祖国那样的意蕴。现在回看，这是篇浅薄的作品。

那时候，我之前发表的短篇小说《班主任》《醒来吧，弟弟》《爱情的位置》引发轰动。轰动效应由电台广播后放大，前两篇

董行佶（1929—1983）

被中央人民广播电台文艺部以广播剧形式录播，后一篇则被电台直接朗诵。中央人民广播电台青年节目的编辑王成玉联系到我，说他打算请人朗诵《穿米黄色大衣的青年》播出。我与王成玉1959年就合作过，那时候他是中央人民广播电台少儿部《小喇叭》的编辑，我还只是个高中生。在他指导下，我编写了若干对学龄前儿童播出的节目，其中广播剧《咕咚》颇有影响。王成玉要安排《穿米黄色大衣的青年》播出，我自然高兴，但他告诉我要约北京人民艺术剧院的董行佶来朗诵，我却心里打鼓。

董行佶！那年头还不时兴"大腕""粉丝"一类词语，但在我心目中，董行佶可是个杰出的表演艺术家，我则是他地道的剧迷。北京人民艺术剧院的专属剧场首都剧场，建筑立面就是米黄色的。在那米黄色的剧场里，我几乎观看过北京人艺那些年演出的全部剧目。二十世纪五十年代末六十年代初，我看过北京人艺演出的《雷雨》《北京人》《日出》。我惊讶地发现，在《雷雨》里董行佶饰演的是比他实际年龄小很多的纯真少年周冲，在《北京人》里他却又饰演比他实际年龄大很多的腐朽昏聩的老太爷,在《日出》里他倒是饰演了跟他实际年龄接近的一个角色,但那却是个人妖似的胡四。什么叫杰出的表演艺术家?就是演一个活一个,但所饰演的角色可以反差大到惊人地步。如果不看演员表,简直不能相信这几个角色都是董行佶一个人变换而成。那时期,这三出戏轮番上演,董行佶也就轮番进入完全不同的角色境界,生动而有信服力地令观众接受。

我写《穿米黄色大衣的青年》时,是当时北京人民出版社文艺编辑室的编辑。出版社在崇文门外东兴隆街,编辑部在一栋老旧的西式洋楼里。楼外另有个中式院子,是当时北京市的文艺创作联络部,主持工作的是原来北京人艺的党委书记赵起扬。每当编余,我总爱往那中式院里跑,跟起扬前辈聊天。赵起扬在北京人艺和院长曹禺、总导演焦菊隐配合得非常好,是内行领导内行的典范。他不仅对人艺的演员熟悉,而且能深切地辨析出每个人在艺术上的优势与弱点。我跟他聊到于是之在电影《青春之歌》里饰演余永泽时,认为演得非常好。他却不以为然,他的看法是,于在舞台上天衣无缝,但电影镜头前没有摆脱舞台演出痕迹,是个遗憾。他说,北京电影制片厂的导演崔嵬到人艺是点名借于是之的,其实董行佶从外形上也是接近小说《青春之歌》里余永泽这一人物的。如果让董行佶去演,董是机灵鬼,也许能在镜头前克制舞台痕迹。什么是舞台痕迹?因为话剧演出不可能给观众特写镜头,演员在表情上适度夸张是必要的,好让台下坐后排的也能看清,但你演电影时在镜头面前也忍不住夸张,就显得"跳脱"了。我跟起扬前辈说,人艺演员,有的不演戏,光是朗诵也光彩照人、令人陶醉，比如苏民。他就补充说，还有董行佶。据说有位专攻朗诵的专业人士说过"恐怕只有董行佶死了，我在朗诵界才排得到第一！"，当然这是调侃，夸张，出语也不雅，大有"既生瑜，何生亮"的意味。

王成玉告诉我要请董行佶朗诵《穿米黄色大衣的青年》，我虽期盼，却不抱希望。我又听说去请董行佶朗诵的各方人士很多，他一般都推掉。他对所提供的作品非常挑剔。大体而言，不是名著名篇，不合他口味，他都不屑一顾。他朗诵的高尔基《海燕》、朱自清《荷塘月色》、契诃夫《变色龙》，都成为朗诵精品。《穿米黄色大衣的青年》在他过目后，会被破格接纳、录制朗诵吗？我惴惴不安地等待消息。不久王成玉告诉我，董行佶竟同意朗诵这篇小说。节目播出了，我听得发愣，这是我写的那些浅陋的文字吗？一句一字没改，听来却成了另外一个温馨而清新的故事。我这才深切地懂得了什么叫作朗诵艺术。董行佶把我作品里那些累赘粗糙的文句轻轻掠过，把作品里得以打动听众的元素似乎是不经意地拎起。仅仅用他那绝妙的声音处理，就使这篇小说仿佛脱胎换骨，从一个粗陶碗变成一件细瓷器。四十年过去了，前两天在网络上发现有位署名"小筑微语"的网友，去年在他的微博中写道："虽然三十多年过去了，我依然保存着中央人民广播电台寄给我的一本蓝色塑料封皮的笔记本，里面还完好地夹着一张泛黄的便笺。那是中央人民广播电台的用稿通知。笔记本是那个年代很常见的，用稿通知也仅有寥寥数语。之所以珍藏至今，是因为它留住了我的记忆，写给中央人民广播电台的那篇听后感的字里行间所记录的青春之气令人难忘。大概那时自己觉得在中央人民广播电台播出稿子很是难得而且值得记住吧,我还在留存的底稿上特意写了一行小注:八月十三日(一九七八年)中央人民广播电台《青年节目》广播了我的一封信。"他在信里是这样写的:"编辑同志:七月七日晚上,我打开收音机,收听《青年节目》。本来并没有注意去听,但播音员一开始的介绍立即像磁石般把我吸引住了,我身不由己地坐了下来,几乎是屏着呼吸在听,生怕漏掉一个字。刘心武的短篇小说《穿米黄色大衣的青年》像重锤一般深深地叩动了我的心扉,仿佛自己也在扮演着小说中的某个角色。我是1975届高中毕业生,正值'四人帮'流毒泛滥之际。那时候,青年人精神空虚,无所事事,不少人正是过着和小说中主人公相同的生活。这种令人难受的现象对我这个闯进社会生活大门不久的青年人来说,真是百思不得其解。我不禁问自己:难道他们没有理想和抱负吗?难道他们甘愿碌碌无为地庸俗地生活一辈子吗?我问自己,问同学,问友人,然而,有谁能回答这个问题呢?历史回答了这个问题!……在这里,我要喊出我们周围年轻人的共同心声:向'四人帮'讨还青春!刘心武同志在继《班主任》之后又写出了这篇动人心弦的作品。我感谢他用自己的笔实实在在地打动了我,不,应该说打动了青年人的心!"我想,《穿米黄色大衣的青年》这篇小说经广播后获得这样的肯定,一是它确实和《班主任》一样具有一定的超前性。那时候"四人帮"虽被粉碎,党的十一届三中全会尚未召开,整个社会是否能改变"蓝蚂蚁"的景观,人们还在期待中。也就是说,这样的文字表达着对改革开放路线正式确立的愿望。一是它获得了董行佶这样的朗诵艺术家的再创造。他的声音,比我那些文字更能激荡青年人的情怀。

现在人们赞扬一位朗诵者,动辄说他声音富有磁性。董行佶的声线似乎并不怎么富有磁性。他五十四岁英年早逝后,曹禺写诗悼念他时这样形容他的声音:"你的台词是流水在歌唱,你吐字像阳光下的泉水,那样清晰,那样透亮。"我现在还保留着当年王成玉给我的一盒董行佶朗诵《穿米黄色大衣的青年》的录音带,应该赶快把它转换成数码制品,以便永久保留。

到二十世纪八十年代初,董行佶就患了抑郁症,曾到安定医院调治。但他仍接受了大导演汤晓丹的邀请,在电影《廖仲恺》中扮演了廖仲恺。他抱病把电影拍完,自己却未看到完成片。据说他定妆以后,廖仲恺的儿子廖承志那时候还健在,一见不禁热泪盈眶。我祖父刘云门上世纪在日本留学时就认识廖仲恺、何香凝夫妇,二十世纪二十年代初祖父把我姑妈刘天素带到广州,交给何香凝在她手下做妇女工作。后来她更是成为何先生的秘书。姑妈对廖仲恺当然是接触过真人的,她看过电影《廖仲恺》后对我说,在电影院里几乎忘记了是在观影,觉得那就是廖伯伯本人复活在了眼前。我观影时,想起当年赵起扬的话,董行佶果然机敏过人,一点舞台痕迹皆无,令我更加懂得话剧表演和电影表演虽有相通处,却又是大相径庭的两种表演艺术。董行佶凭借在《廖仲恺》中的表演获得第四届金鸡奖最佳男演员殊荣,但那之前他已经在1983年6月自杀。抑郁症导致自杀是全球性现象。总有人胡猜乱想,董行佶有什么想不开的呀?我要强调:抑郁症是一种疾病,不要往什么思想问题、心胸狭隘、小肚鸡肠上去瞎琢磨;我们应该自责的是,对抑郁症患者欠缺细微的关怀,对他们与病魔斗争所经受的痛苦缺乏尊重，对他们以非正常方式结束生命缺乏悲悯。

记住董行佶，他的话剧演出资料，他的电影作品，他那像阳光下的泉水般清晰透亮的朗诵，如星在天，光芒不灭。

2018年10月13日于温榆斋

王澍：幽窗棋罢指犹凉

这阵子有两个热门话题，一个是第八十四届奥斯卡颁奖，一个是NBA纽约尼克斯队的林书豪。其实都跟咱们中国的关系不甚大。奥斯卡奖，这回最佳外语片奖中国电影又没能入围，这回更难说人家有什么政治性偏见。美国的政治家跟伊朗的政治家PK得正酣，但这回奥斯卡奖的评委们却能超越政治，把最佳外语片的小金人授予了伊朗小成本制作的电影《纳德和西敏：一次离别》。在网络上，中国网民有"冲奥"一词，我乍看到时以为是冲击奥林匹克运动会的金牌，后来才知道指的是冲击美国奥斯卡奖的小金人。不管在什么范畴里，许多中国人都希望自己的同胞"夺金"。林书豪是生于美国长于美国的美国人，只因为从血统上说有福建的根，他在美国职业篮球界的爆红，也引出许多国人的亢奋。连中央电视台的记者采访他时，都迫不及待地追问他何时加入中国国家篮球队，去为中国争光。这种希望中国人能在国际上扬名的心态，应该被理解。

第八十四届奥斯卡颁奖礼已经落幕，获奖名单在网络及纸媒上都可很方便地查到，相关评论很不少。林书豪作为话题资源似已透支。其实，有个话题应该热起来，那就是有个中国建筑家，出生在中国，成长在中国，工作在中国，作品在中国。中国记者采访他用不着使用英语，他也不会像林书豪那样只能说一点简单中文而大都以英语来回答，当然更用不着追问他"何时回中国报效祖国"。这个人今年才四十九岁，他叫王澍。2012年2月27日，美国相关机构宣布，将2012年的普利兹克建筑奖授予他。

中国网络上比"冲奥"使用得更多的词语是"冲诺"。许多中国人希望瑞典的那个诺贝尔奖在自然科学奖项上能再次授予中国人，特别是授予如今仍居住工作在中国的科学家，这种心情更可理解。但是国人应当注意到，当年诺贝尔立遗嘱时，在自然科学方面只设生理学或医学、物理、化学三个奖项，且偏重基础理论研究，像数学、应用科学与工程技术方面则并无奖项。但被"诺奖"忽略的领域里，如今几乎都有世界公认的具有权威性的奖项。那么，美国的普利兹克建筑奖，就相当于建筑界的"诺奖"，是一个非同小可的奖项。其获奖者，理应比奥斯卡电影奖的小金人得主、NBA的球星更被我们看重。

也许因为他不处于大都会的中心，王澍到目前为止的作品，知者不多，其图像在电视、纸媒中此前也很少出现。网络上有，但行业外的观赏者稀少，至于特意到其作品里去欣赏者，就更少了。我希望出现王澍热，主要是应该让国人都见到他的作品。电视、纸媒、网络齐动员，让他的作品，能像上海浦东的那些摩天楼，北京的"水蒸蛋"（国家大剧院）、"大鸟巢"（国家体育场）、"大歪椅"（中央电视台新楼，还有另一俗称恕不引用，对库哈斯的这一作品的总体评价另说，这里只强调它的独创性）等一样，进入国人的视野，成为显著的时代、地域、文化符码。

从建筑评论的角度谈论王澍的作品，我的准备还很不足，但我希望除了一般性的宣传，建筑界应当由此引发出讨论，将以往已经持续进行着的设计创新话题借机加以深入。

王澍的代表性作品，我知道的有中国美术学院杭州象山校区建筑群、苏州大学文正学院图书馆等。他规划设计的中国美术学院杭州象山校区建筑群，充分体现出他那"向乡村学习""轻盈建筑"的理念。你乍看到他的这个作品时，可能会有这样的反应：唔，我知道他都使用了什么样的建筑语言，这种线条让我想到汉斯·夏隆的柏林爱乐音乐厅，那个细节让我想到柯布西耶的朗香教堂；那边嘿，有点山西悬空寺栈廊的味道，这里又严格地在按宋人的《营造法式》行事；那个角度令我揣测是受到西方近来"简约主义"的影响，暮色中的轮廓线又似乎有路易斯·康的孟加拉国会大厦的韵味……但是你真的流连其中，就会忘记了建筑史与晚近的各种流派，你就会觉得王澍所提供的是他独特的构思。他超越了他必须熟悉的建筑史上的、近年流行的、同行创作的那些范式、新潮，而且他也并不是在玩所谓"同一空间里不同时间的并置"——那种以拼贴、装饰趣味取胜的"后现代"（无论是在建筑上还是在别的，比如说造型艺术、影视、舞台演出、文学的领域，"后现代"那一套都是最难超越的）。他不是将一盘营养大餐展示给我们，而是将那盘大餐自己吃了进去，并充分消化，成为自己灵感的营养，再发挥出来，使我们见到了非他王澍而不成的个性化杰作。这是非常了不起的！

象山校区的建筑上，王澍设计出不少非规整形态的窗洞。它数量虽多，气流虽畅，透光效果却会令一些人觉得稍逊一筹。有位访问者就此问到他，他说他是在追求中国传统文化里的"幽明"意境，因为这组建筑是用来培养美术家的。因此，他的这种追求是恰当的，更是意味深长的。西方建筑越来越彰显的"大放光明""宏大叙事"值得借鉴，但是中国传统建筑的暧昧性、诗意化，却是万不能因追求所谓"现代化"（"全球一体化"）而抛弃掉的。《红楼梦》里，曹雪芹写大观园的那些文字，实际上是很好的建筑规划设计方案。贾宝玉奉父亲之命，为大观园诸景点题对联，有一联下句是"隔岸花分一脉香"，因此可以引申联想：虽王澍是靠自己的独创性做出精彩设计，但普利兹克建筑奖颁给王澍，这"隔岸"的喝彩，确实能够让他作品的芬芳成为国人的骄傲。贾宝玉还有一联下句是"幽窗棋罢指犹凉"，王澍常练书法、赏国画，因此能有对"幽明"等意蕴的追求。我想他对大洋那边的颁奖，应有一种胜棋的快感，却绝不会发起热来，他会继续遍体清凉地投入到新的设计项目中。

2012年2月28日于温榆斋

谷文娟：何处在涌泉？

那天我应中央电视台10频道邀请，去录一个节目。录完我正往大院门口走去，忽然听见有人在身后叫我。我扭头定睛一看，惊呼热中肠，是久违了的谷文娟大姐。她说："我从背影上就断定是你！"但看到我正面时，她笑说："老了老了……"她的笑容像当年一样，总带有些揶揄的味道，头微微晃动着。我不忍心说我觉得她变矮了，低头望着她只是傻笑。10频道《绿色空间栏目》在谷大姐爱人他们单位的招待所里租屋搭棚录像，谷大姐他们宿舍也在那个大院里，正好下楼散步，我们因此不期而遇。

我告诉谷大姐我已到耳顺之年。她眉毛耸动，大概是在推算我们当年认识的时候我才多少岁，也许是同时意识到我也在推算她那时才多少岁，就爽朗地说："我今年七十三了，早退下来啦！"我们心里都掀起了往事的烟云波涛，却一时不知从何说起。我只说了句："当年你对我是有恩的……"她也没谦词，仍是一脸灿烂地笑，看得出她在为我高兴。仅仅因为我仍在继续二十四年前开始的事业，没有停歇，她就为我高兴。她的这份高

谷文娟

兴实在是再次施我以恩德。

与谷大姐的这次邂逅，引出我许多的回忆以及复杂的思绪。

二十四年前，即1978年，那是个历史转硬弯的年头。我在1977年11月发表了短篇小说《班主任》，又在1978年春天发表了短篇小说《爱情的位置》和《醒来吧，弟弟》。杂志负责人和编辑对这些作品的出世当然起着关键的作用，但作品的推广还需要一个很重要的渠道，就是电台的广播。那时候我那些作品以及另外一些作家的作品，如卢新华的《伤痕》、王亚平的《神圣的使命》、陈国凯的《我应该怎么办》等被称为"伤痕文学"，是有争议的。邓小平同志复出以前，当时最高领导人还在强调"两个凡是"。从理论领域到文学领域，思想解放的潮流屡遭阻挡，那时的文学杂志、报纸副刊刊登那样的作品，特别是电台文艺部将其朗读或改编为广播剧，都还要承担一定风险，必须以胆识和锐气、热情甚至激情，才能迅速地将其发表播出。就是在那样的情况下，谷文娟作为中央人民广播电台文艺部的编辑，连续编录了我的《班主任》《醒来吧，弟弟》以及另外一些作家的作品，使当时还不能及时看到报刊的人们，特别是还在农村插队或在边疆生产建设兵团的年轻人，从电波里一下子听到了跟"四人帮"那时候完全不同的声音，以至于印象深刻到终生难忘的程度。有的听众后来见到我，跟我细说当时情况。那时农村里安装着很多的高音喇叭，地头的电线杆上也有。在"四人帮"倒台以前，那些高音喇叭里充斥着诸如"批孔""批邓"的肃杀之声。1977年的声音里虽然多了批判"四人帮"的内容，却仍在肯定"无产阶级文化大革命"。那时时兴把高音喇叭的音量调至最大，传出的声浪在广袤的田野上滚动弥散，遇到丘陵山谷还会发出轰隆的回音，透过听觉给人心灵的震撼是无可遁逃的。因此，1978年仲春，突然有一天他们从那高音喇叭里听到了谷文娟等编录的节目，内容上对"文革"发出了质疑，宣布了爱情在人生中有合理位置，配乐里出现了贝多芬的《命运》旋律，又有轻柔的絮语与抒情的琴音。这让在田野中的他们惊奇、惊喜，"世道要变了"，他们也因之释放出了求变履新的青春情怀。在这样的田野聆听里，他们感受到被启蒙的喜悦与激动。于是，他们记住了那些作品与作者的名字。许多这样的青年是先听到广播，再去找报刊书籍阅读相应文字的。到了现在，有的文学史家可以说那还不是文学作品，有的批评家可以嘲笑那些文本的僵硬幼稚，我们自己也可以真诚谦虚地一再地申明那时候实在还没有真正迈进文学的门槛，但是这些都改变不了一个基本事实，就是包括我在内的一些人那时因为时代机遇、思想潮流、文学复苏，加以有这样的广播托举而名噪一时，纷纷涌进文坛，命运发生了重大转折。虽然后来随着时间的推移，我们各有各的浮沉哀乐，但这一事实，回忆起来时无论是自豪还是赧颜，都已嵌在了历史年轮里，不可更改。

1978年底，中国共产党十一届三中全会胜利召开，改革开放大势初定，文学的潮流急速奔腾。虽然争论不断，风波不少，但人们心态越来越乐观勇进。那时被谷文娟改编录制的广播剧，可以说是播一出，红一出，作品因此广为流布。文学评奖活动中，这也就成为一张无形的巨大选票。作品因此获奖，作家因此得福，不是中国作协会员的可望立即入会，有机会被派出国访问，所在地甚至有奖励住房的。记得那时一些作家见到谷文娟真是笑面如花，不知该怎么亲近她才好。还曾有人私下里来问我："究竟怎么着才能让谷文娟看上（作品加以改编播出）呢？"在那时经常是由冯牧等作家协会领导主持的活动中，我就看到有的人指着谷文娟背影跟旁边的人小声说："那就是她……"，仿佛见到了一尊真佛。

但是到了1983年以后，大概是因为新电影渐渐多了起来，而且它们大多是由新小说改编的。电视机开始普及。电视剧也开始活跃，许多电视剧也都取材于小说。广播剧在这种情况下就渐渐不那么稀罕了。于是文学界对谷文娟的黏糊，似乎也就逐步地变成了疏离。到1985年以后，许多新锐作家已经不清楚谷文娟是何许人了。我自己也顾不上和谷文娟保持联系，她究竟还在改编录制些什么广播剧，不清楚也不想去收听了。

时过境迁，世态炎凉，这些词语我们用滥了，但真正锥心地体会到这些字眼里的人生况味，也不是那么容易的，不是我们太迟钝，倒也许是太聪明了。文学史家称为"新时期文学"的那个阶段里，对推动那时的文学复苏、发展做出贡献的新闻界人士是颇多的。我记得的就还有中国新闻社的记者甄庆如（现在他使用甄诚的笔名）。他有时一天里向海外发出数篇关于中国文学复兴的报道，像巴金的言论，艾青的新诗，丁玲的复出，王蒙等的改正，中国作协创办全国优秀短篇小说和中篇小说奖项，劫后的第一个作家代表团的出访，等等。这些消息都马上被港台地区及世界各处的华文报纸抢着采用。新华社的女记者郭玲春写报道总愿意使用富有新意的文体，还写了不少有深度的专访。电台方面的人士也绝非谷文娟一个，我知道的就还有一位王成玉。他在中央人民广播电台的《青年节目》里播出了不少新小说。我的《爱情的位置》《穿米黄色大衣的青年》就是他组织的。他能请到像董行佶那样的能以声音塑造人物的艺术家来担纲朗诵，使这些小说在群众中的流布更如清溪般畅快致远。那时候绝无"红包"现象，也还没有"炒作"一说。这些人士尽全力宣传新作品新作家是出于高度的工作责任心，更是出于由衷的呵护热情。他们使许多像我这样的人名利双收，自己却名利双无。随着岁月推移，他们与红火的"知名作家"的距离渐行渐远。后来很少有人再忆念这些人、这些事。记得二十世纪末有一回一些同行聚谈，我提起了这几个人，有的不知道也不想知道他们是谁。这倒不算什么，可是就有知道的讲起其中某某的逸事趣闻，涉及私生活，多为尴尬事，边说边笑，大为不屑。即便其所说的全非谣言，也无伤大雅，但自己名利双收，周游列国，甚或还有了官职荣衔，对人家

"不过还是那么个角色"，甚或改换为更不起眼的角色，持此种态度，毋乃有失厚道乎？

"滴水之恩，当涌泉相报。"这是我们背得烂熟的古训。因为没有什么新意，不能为诡奇的新潮文本增色，倒可能令那些只喜欢颠覆风格的读者嗤鼻，有的作家已经很少再加以引用。但我们的双脚难道应当从这样的道德基石上挪开吗？检讨自己，我也很惭愧。记得我1988年在杂志主编任上，有一天忽然接到谷文娟从美国的来信。她说她随在驻美机构工作的爱人暂住美国，希望我们能给她按期寄杂志。我就此事与管财务的副主编商量，都感觉到如果按期给她寄赠，那么，相应地就该给另外的许多海外人士寄赠。我们初步拉了个名单，因为邮费很贵，单位经费有限，算起来实在吃不消，也就叹气作罢。现在扪心自问，怎么就不能由我个人自费给她按期邮寄呢？不承认是舍不得钱，那么，承不承认是舍不得时间和精力？更应该承认的，是心里面已经不那么看重她。过了河了，她也不是桥了，自己日理万机，国内海外要应付的人际关系丝缕纷乱，对她仅存一份淡淡的忆念，似乎也就仁至义尽了。

回顾这二十四年的写作历程，予我有滴水之恩以至更多恩沐的人事真是不少。我真涌泉相报了吗？也许只有一例，那就是冯牧仙逝后，在他家中的遗像前我献上自己一幅水彩画后着实发自肺腑地飞泪号啕。其实，我后来在文学观念上与冯牧已经疏离，甚至有所龃龉，但我登上文坛，他实为第一扶植者。这是永远不能忘怀，也永远不该讳言的。

细想起来，真要履践以涌泉去报滴水之恩，恐怕也实在很难。滴水算起来总不会很少，自己又哪有那么多泉眼可供喷涌呢？环顾人世，熙熙攘攘，蝇营狗苟，恩将仇报的事情不少，何处在涌泉报恩？那样的风景实不多见。但与谷大姐的邂逅，毕竟牵出了这许多的思绪，像滴滴清露，还是像汩汩活泉？那天分别时，我们都没有询问记录对方的电话号码。偶然相遇，比着意联系，似乎更有淡如水的君子意趣。也许，不必涌泉，心存一份善意祝福，而终于相忘于江湖，更是真实的人生，也更符合真实的人性吧。

            2002年4月26日于绿叶居